谨以此书献给

为石化设备国产化而奋斗的中国知识分子

青年原创书系

天工

TIAN GONG

苦力／著

"推力轴承和同步齿轮都损坏了。"德国现场服务工程师毫无表情地说，"我查过备件清单，推力轴承已经有储备了。同步齿轮没有储备，需要立刻购买。"1982年4月15日下午3点，南方石油化工厂设备副厂长刘智天木然地看着拆开的螺杆压缩机和正在整理图纸的德国工程师，心绪回到两年前……

北京出版集团公司
北京十月文艺出版社

图书在版编目（CIP）数据

天工／苦力著. —北京：北京十月文艺出版社，2010.8
（青年原创书系）
ISBN 978-7-5302-1039-0

Ⅰ.①天… Ⅱ.①苦… Ⅲ.①长篇小说—中国—当代
Ⅳ.①I247.5

中国版本图书馆 CIP 数据核字（2010）第 096569 号

天工
TIAN GONG
苦力 著

*

北京出版集团公司
北京十月文艺出版社 出版
（北京北三环中路6号）
邮政编码：100120

网址：www.bph.com.cn
新经典文化有限公司发行
新华书店经销
北京谊兴印刷有限公司印刷

*

787×1092　16 开本　16 印张　230 千字
2010 年 7 月第 1 版　2010 年 7 月第 1 次印刷
ISBN 978-7-5302-1039-0
Ⅰ·1011　定价：28.00 元
质量监督电话：010-58572393

一

"推力轴承和同步齿轮都损坏了，"德国现场服务工程师毫无表情地说，"我查过备件清单，推力轴承已经有储备了。同步齿轮没有储备，需要立刻购买。"

1982年4月15日下午3：00，南方石油化工厂设备副厂长刘智天木然地看着拆开的螺杆压缩机和正在整理图纸的德国工程师，心绪回到两年前……

1980年的春天，南方石油化工厂决定老装置改造。如果改造完成，可以提高产能百分之四十。南方石油化工厂位于上海西北郊区，具有中国最大的苯乙烯和聚苯乙烯生产装置。

石油化工装置不同于一般的工厂，有几十层楼高的圆形反应塔、矮胖敦实的物料容器、过山车似的高架管廊、遍布各个角落的输液泵。装置边缘唯一的一座有人的水泥平房是装置的大脑——控制室，十几名操作员面对着控制盘聚精会神地观察各种数据和指标。唯一遮蔽在厂房里的设备是装置的心脏——压缩机，通过它反应物料如血液般地流向装置其他部分。

白天，装置看上去犹如一片奇异的钢铁建筑；夜晚，灯光璀璨恰似盛装的迪斯尼乐园。装置昼夜不停地运转，吞进石油、天然气，吐出国家急需的塑料、基础化工原料，每分每秒都产生巨大的财富；工人没有星期天、没有节假日，四个班组二十四小时倒班，实行半军事化管理。

当时厂里使用四台往复式压缩机，三台生产一台备用。往复式压缩机就像一座巨大的风箱，在电动机的驱动下，缸体内的活塞一推一拉把工艺气体压缩升压，送到反应器里进行化学反应。不过，往复式压缩机噪音高、震动大、易损件多，九个工人的维修班几乎天天围着这四台压缩机转。

设备处提出：趁这次装置改造，采用一台螺杆压缩机取代现在使用的四台往复式压缩机。

螺杆压缩机像一只趴在地上的巨大乌龟，"龟壳"里有两根类似螺栓的转子咬合在一起旋转。低压气体从"龟壳"一端吸入，被转子压缩，变成高压气体从"龟壳"另一端排出。螺杆压缩机噪声低、震动轻、易损件少，维护工作量小。

每台螺杆压缩机都有独立的润滑油系统，它就像这个巨型"乌龟"的体外心脏，一面连续不断地把常温的润滑油送进压缩机的各个轴承，一面将被轴承高速旋转加热了的润滑油收集起来冷却、过滤，然后再加压送回压缩机的轴承。之所以称之为"血液"，因为它一刻也不能停，哪怕只停十几秒钟，也能让这个巨型"乌龟"立刻死亡（高速旋转的轴承缺油就必然烧毁）。为了防止这类事故，在压缩机旁边高挂着一个"紧急血罐"（高位油箱），随时准备应付润滑油系统的故障。

螺杆压缩机有着复杂的控制系统，在压缩机旁边有一个就地控制盘，上面有启动和停止按钮，为了防止误接触而导致事故，这些按钮用透明塑料盖子罩着。控制盘上还有若干指示仪表，显示主要操作参数。在控制室里，有一个远程控制盘，除了有就地控制盘上所有的按钮和指示仪表外，还有更多的指示仪表，如压缩机的入口压力、出口压力、流量、气体的温度等等，就连轴承的温度、振动也有仪表显示。

这台螺杆压缩机很大，估计价格近千万元。这么贵的压缩机备不起备机，因此，要求螺杆压缩机至少能保证连续运转一年，最好三年。

这个建议得到装置改造指挥部的批准，但是具体到选用哪个公司生产的螺杆压缩机却产生了分歧。

前来技术交流的制造厂不少，最后集中到两家：德国凯克科压缩机公司和中国长江压缩机厂。

凯克科公司的销售代表古德姆博士温文尔雅，典型的日耳曼脸庞，表情十分生动。虽然已经四十多岁了，仍然显得很年轻，像个漂亮的学者。他嘴唇很薄、说话幽默，浅灰色的眼睛总是能捕捉到别人脸上难以察觉的变化，还未开会，他已经和用户接待人员成了朋友。

在技术交流的第一天，他用极为艰涩的中文向用户致辞，并且解释说这是他花了一星期时间练习的结果。虽然大家根本听不懂他说的是什么，但是却对他的友好报以热烈的掌声。

古德姆博士用通俗的语言介绍凯克科公司的压缩机结构和最新技术，配合着幻灯照片介绍了他们在世界各地的销售业绩。他对国际上通用的API（美国石油学会）压缩机设计标准非常熟悉，他用公式和数据显示了他的博学，介绍的深度拿捏得恰到好处，南方石油化工厂参加技术交流会的技术人员无不被他的魅力和风度所折服。

古德姆非常尊重用户，无论用户提出问题是出于无知还是诘难，他总是耐心地解答，而且还触类旁通地提供一系列参考数据和实例。设备处新来的技术员孙茂龙冒冒失失地问了一句："同步齿轮是干什么用的？"

"问得好！"古德姆给予鼓励并解释道，"同步齿轮是压缩机的重要部件，相当于控制人走路的膝盖。它的作用是控制两个螺杆之间的间隙。间隙太大，气体泄漏太多，效率低；间隙太小，无法补偿螺杆温度变形，引起螺杆碰撞。"

古德姆详细地解释了齿轮间隙和螺杆间隙的关系，解释了同步齿轮的转动和受力，从公式到曲线，满满画了一黑板。就连对孙茂龙提问感到粗浅的刘智天也觉得受益匪浅，这个古德姆彻底征服了他。

其实被征服的不只是刘智天，除了他师傅——现任设备处长牛浩以外，所有的人都倾向购买德国凯克科的压缩机。虽然凯克科的压缩机要比长江压缩机厂的价格贵四倍，但是"性能价格比评分"（技术和商务的综合评分）还是德国凯克科公司高，刘智天下决心购买凯克科的压缩机。

牛浩是刘智天进厂时的师傅，因为是第一次使用螺杆压缩机，这位设备处长格外谨慎："请问你们是怎样防止压缩机反转的？"

古德姆对此很不以为然，凯克科的压缩机在全世界销售了一百多台了，从来没有发生过反转事故。古德姆博士很轻松地说："凯克科压缩机出口工艺管线上安装止回阀，在压缩机突然停车时自动关闭，防止后系统工艺气体倒灌，导致压缩机反转。另外，凯克科压缩机采用了可倾瓦推力轴承，这种轴承是由若干个独立作用的轴瓦块组成，可以自动调节受力角度，允许压缩机反转……"

长江压缩机厂也在上海，地处黄浦江东岸，销售代表是个年轻的姑娘，叫朱向红，二十多岁，一副眼镜遮不住满脸的稚气。她对牛浩担心的问题倒是很认真，与她的设计工程师商量之后，她很小心地回答："如果反转速度不高，我们的压缩机没有问题。如果反转速度很高，我们希望与用户共同商讨对策。一般说来，应对措施是结合工艺控制系统和压缩机控制系统……"

她的话还没有说完，刘智天就不耐烦地打断她："你们以前遇到过压缩机反转的情况吗？"

朱向红有些犹豫，"有过一次，不过……"

最后，考虑到压缩机反转的可能性不大，而且装置改造时间紧迫，刘智天拍板："虽然我们第一次采用螺杆压缩机，但是通过对几家的压缩机方案研究，我们已经基本掌握了螺杆压缩机的特点。最近部里多次来电话催问改造进度……"最后，决定购买德国凯克科公司的压缩机。

古德姆博士非常高兴，宴会上酒喝的异常兴奋，宴会结束了还拉着刘智天不放，不断地用夹着德语的英语表示，德国人是中国人的好朋友。据宾馆服务员讲，古德姆还没走到房门口，就在走廊里稀里糊涂地小便。第二天，古德姆赔了地毯清洗费。

失标通知是设备处长牛浩发给长江压缩机厂的，从那以后刘智天只在设备展览会上见过一次朱向红，好像没说什么，只记得她抱着一堆资料跟几个客户在讨论什么。朱向红的打扮有点土，人不漂亮穿什么也不行，刘智天很快就忘掉朱向红了。

德国凯克科公司的压缩机终于到了，机体喷漆就像烤瓷一样漂亮，控制柜上各式仪表和开关是那样的精致，还配了一套德国产的日常维修工具，螺丝刀可以自动卡住螺钉。钳工出身的维修车间主任立刻把这套工具拿到自己的办公室里，像孩子玩玩具一样稀罕起来没完。

压缩机的安装、试车虽然也有些小问题，比如，有些附属件尺寸有偏差，在现场再次加工；有些部件没有随主机运来，再次补供，资料错误造成时间和人力的浪费等等。但是，总体来说还是很顺利。打通流程、化工投料、提负荷，终于完成了预期的扩建目标。

刘智天心里别提多么高兴，在最后安装和试车这五个月里，他整天泡在工地上，经常睡在办公室里，总算是熬过来了，可以睡个安稳觉了。

可是，也就安稳了不到四个月。

一次工艺系统发生波动，压缩机突然连锁停车，下游工艺气沿着压缩机出口管道直冲压缩机螺杆转子，造成压缩机突然反转，转速高达每分钟五千转，损坏了止推轴承和同步齿轮。

刘智天想起了古德姆博士，联系过去，古德姆正在休假。

凯克科公司的正式答复是：

……由于贵公司工艺气体含有聚合物，卡住压缩机出口止回阀的驱动机构，导致止回阀无法正常关闭。由此产生后系统高压气体倒灌进压缩机壳体，引起压缩机转子反转，损坏推力轴承和同步齿轮……这次压缩机损坏属于贵公司工艺问题引起的事故，不属于我们的质保范围……防止压缩机反转是整个工艺控制的问题，如果贵公司需要我们协助，可以派工程师参加研究，我们工程师的费用是一千二百马克／每天／每人，从工程师出发日算起，工程师的差旅费和旅馆费用由贵公司承担……

刘智天心事重重地回到装置区外的行政办公室，回手把安全帽挂在门后的衣架上。这台从德国引进的压缩机是装置的心脏，它一停，全厂都得停。

刘智天心不在焉地翻阅着秘书送来的新文件和报纸：上季度产品和产量报告、下季度生产计划安排、设备备品备件采购计划……还有一份部里表扬南方石油化工厂改扩建取得成绩的通报。刘智天把表扬通报反扣在办公桌上，顺手拿起报纸。当天报纸上刊登了英国和阿根廷在马尔维纳斯群岛开战的消息："……自从英国1833年1月从阿根廷手中获取了马岛以来，英阿关于马岛的主权争执了一百多年。英国人开始并没完全拒绝阿根廷人，1971年英国人甚至允许马岛居民领取阿根廷身份证。1972年的地质勘探报告显示，马岛的南部海域下可能储藏着丰富的石油资源，英国人从1973年拒绝再讨论交还马岛的问题。通过军事政变上台的阿根廷陆军总司令加尔铁里决定以武力解决一百五十年来悬而未决的问题，1982年4月2日凌晨，阿军采取了行动，一举占领了马岛。英国政府迅速对此作出反应。当日晚间，首相撒切尔夫人召集英国三军统帅，达成立即出兵收复失地的一致意见，议会也在第二天全票通过撒切尔夫人的决定……"

阿根廷和英国之间的战争还未开始，两国相差甚远的实力就决定了胜负。刘智天想到与德国凯克科公司的纠纷，谁更有实力呢？

刘智天虽然出身知识分子家庭，可是从小并不愿意读书，要读也是小人书。高二的时候他突然萌发了读书的念头,可是赶上"文化大革命"又不能读了。父亲被任教学校的红卫兵打成"反动学术权威",他就自动成了"黑五类子女"。"黑五类"(地主、富农、反革命、坏分子、右派)是那个时代的贱民,不但政治上低贱,而且经济上拮据。一旦你被划做"黑五类子女"(另一叫法"可以改造好的子女"),幸运之神就不再照顾你了,少年时代所有的"好事"(受表彰、升学、就业、参军等等)都会离你而去。随着它们离你而去的还有友谊,那些曾经的伙伴都以"与你为伍"为耻,而在那个精神生活匮乏的年代,捉弄、羞辱、殴打"黑崽子"也就成为他们最经济的娱乐。

父亲的工资被冻结了,每月只发十五元钱的生活费。为了糊口,刘智天只好起早贪黑到处打零工。一些往日的伙伴,戴着红袖标,结伙找上门来欺辱他。此时他才意识到,以前的日子是多么幸福。他每天除了灰溜溜地早出晚归打工外,就是揣上一个馒头,拿着一本书,躲到离家很远的小山上去读书。

一天,刘智天正在小山的崖下读《物理》,忽然崖上人声喧哗,一个身影从崖上摔了下来。摔下的那人四十多岁,被反绑着两手,好像没受致命伤。只见他晃晃悠悠地站了起来,憋足了劲,一头朝石壁撞去,顿时满脸鲜血。

刘智天听说有些人因为受不了批斗而自杀,但是亲眼看见还是第一次。别看刘智天平时不惹事,可是他从来不怕事。虽然亲眼看见自己父亲被批斗、关牛棚,他也受了不少屈辱,但是人性的本能让他立刻冲了上去,一把抱住还要再次冲向石壁的那人。他掏出手绢,捂在那人血肉模糊的脸上,解开他反绑的双手,拽着他就跑。那人虽然没有受重伤,但是根本跑不动。刘智天也不知哪来的力气,把他背起来冲向远处解放军驻地的卫生所。

卫生所里有一个小护士在值班,看见一个小伙子背着一个血人冲进来,吓了一跳,赶紧给他检查、上药、包扎伤口。刘智天告诉她,他们是第一中学的师生,帮助生产队干活,老师不小心从崖上摔下来了。因为是解放军的卫生所，包扎完毕后不收钱，只要刘智天签个名字。这时刘智天动了个心眼，他写上"第一中学，高二（9）班，万余山"。

离开卫生所，那人端详着刘智天问："你为什么要救我？"

刘智天一愣，直到这时他还没想过这个问题，现在得想个办法把这个人送回家。

这个人叫延平川，原来是本地的干部，前几年调到省里工作。"文化大革命"开始后，当地的红卫兵把他揪回原单位批判。他白天要在红卫兵的监督下劳动，晚上接受批斗。稍有不如意，红卫兵便用皮带、垒球棒殴打他。因为受不了折磨，他逃跑过一次，被抓回来以后，每次出去劳动，红卫兵就把他反绑着捆上。实在难以忍受精神上的屈辱和肉体上的折磨，在去劳动的路上，他摆脱押送的红卫兵，冲上小山。本想再次逃跑，可是他跑错了路，跑到石崖边上。后面红卫兵已经追上来了，叫骂声已经听得很清楚，再被捉回去的后果他连想都不敢想。想想自己干革命二十多年，打过鬼子，参加过解放战争、抗美援朝，立下如此多的战功。如今却被一群不懂事的毛孩子天天批斗、殴打，也不知家里人都怎么样了……想到这里，听到后面追声已近，他万念俱灰，头朝下栽了下去。可是人在空中身不由己，本来打算头朝下，一了百了，不成想身子在空中变换了姿势，结果身体着地。崖下堆积了经年的树叶腐枝，所以延平川摔下来并没有受致命伤。

现在送延平川回家是不可能的了，干脆一不做二不休，刘智天就把延平川送到乡下姑姑家，告诉姑姑他是父亲的朋友。

不过事情还没完，红卫兵从山后绕道到崖下，只见地上有血迹，不见延平川的人影，就到处搜索。找不到人就到各个医院去查，最后追查到解放军的卫生所。看到刘智天留下的签名，红卫兵就找到第一中学。第一中学也是红卫兵掌权，一看签名"第一中学，高二（9）班，万余山"就知道是假的，因为高二只有八个班。因为是抓逃跑的反革命，他们也很认真，召集起全体高中部学生，让那个解放军护士逐个辨认。当那个护士走进刘智天的教室，刘智天知道纸是包不住火了，他唯一要考虑的是下一步怎么办？交出延平川是一种选择，交出来以后他也躲不过"包庇反革命"罪；不交出延平川自己怎么说呢？就说不知道延平川是什么人，帮助他包扎好伤口就分手了。也许自己咬着牙就能挺过这一关。

那护士在教室里转了一圈，眼睛在刘智天脸上停留了几秒，但是她什么也没说，走回教室门口，对陪同的红卫兵坚定地说："没有。"

姑父是个老实巴交的农民，识字不多，喜欢与有文化的人打交道，一生最大的爱好就是听评书。虽然延平川没有告诉他自己是什么人，可是根据侄子每次来小心翼翼的样子，他也猜到了八九不离十。白天他不让延平川出门，只让他在家里帮着做点轻快活，晚上便要求延平川给他讲故事。那时候没有电视，收音机里除了"语录歌曲"就是"大批判文章"，晚饭后听延平川讲故事成姑父全家的享受。

开始延平川给姑父讲《水浒传》、《封神演义》、《西游记》、《三国演义》，后来就讲外面曾经发生的真事、国外发生的事。慢慢地姑父变得不一样了，他试着与延平川讨论故事里的人物，评判外面、国外发生的事，等到后来红卫兵内部为了争权夺利发生了内讧、中央要求各级政府搞"老中青干部三结合"，延平川离开姑父家、返回省里的时候，姑父被村民推举当了生产队长。

1968年11月，刘智天扛着背包上山下乡了，在那个年月他只配当农民。他不怕苦、不怕累，生产队长颇为喜欢这个小伙子，便分派他管理生产队的菜园子。

那年头农民在生产队里挣工分，年底才能结算，分钱、分粮。菜园子就是大家的零花钱口袋，全村的人都指望着能多卖点菜、多分点零花钱买个油盐醋、给孩子扯个衣裳布。刘智天也虚心跟着老菜农学，尽心尽力地把菜园子侍弄得黄瓜绿、柿子红，谁见谁夸。

一天村支部书记路过菜园子，夸奖刘智天干得不错，将来必定有出息，然后就提出要一篮子青菜。刘智天一口拒绝，他对书记说："你是党员，这事要是让社员知道了，那不是给党抹黑吗？"从此，无论刘智天怎么努力干活，他再也没有评上"先进"或者"标兵"，也就没有机会招工进城或者保送上大学。

　　1971年7月的一天，刘智天正在田里割麦子。忽然大队会计急匆匆地跑来找他，说是县里来了通知，叫他立刻去办手续上大学。他愣了一阵，这种好事也能轮到他这个"黑崽子"？等办完手续他才听别人说，刘智天在省里有个当大官的亲戚。他明白是延平川帮他。有心到省里打听一下，表示感谢。但是转念一想又作罢了，他不愿意在记忆中留下自己不愿回忆的阴影。

　　三年"工农兵大学生"的生活是他一生中最美好的时光，他不看电影、不看小说，除了跑步锻炼以外，几乎全部时间都用来读书。工农兵学生水平参差不齐，有些人只有小学水平。为了照顾全部学生都能跟上班，大学教科书编的与中学课本差不多。上课时，别人跟着老师学习中学《代数》，刘智天就自己看从图书馆借来的《高等数学》，不懂就问能问到的老师，无论是来给他们上课的老师，还是在路上遇到的老师，无论认识不认识。

　　班里有个女学生叫宋文革，她原名叫宋月花。"文革"初期流行"起革命名，立革命志，做革命人"。宋月花改了这个响亮的名字，除了会背诵《毛选》，她什么都不会。她看不惯刘智天整天埋头读书的样子，说他是走"白专道路"，多次建议班长开会"帮助"刘智天。刘智天身高一米八，农村劳动练得一身疙瘩肉，班长看着他就发憷，也就没敢硬管，只是提醒他注意影响。刘智天知道是宋文革在背后捣鬼，不过懒得与她计较。

　　一天，数学老师给同学们讲正负数，宋文革怎么也弄不懂什么是负数。她理直气壮地问老师："社会主义日新月异地发展，工农业生产快速增加，怎么就会出现'负数'？你讲这些负数有什么用？"

　　上课的老师刚从农场里"解放"出来，怎样给"工农兵学生"上课本来就没底，让宋文革一问慌得不知如何解释是好，一堂课就让她给搅了。

　　刘智天以前没有学过英语，所以英语课他认真听讲。教英语的是个老太太，据说解放前是资本家的小姐，年轻的时候给她父亲当英文秘书，身上背着打字机，一面给她父亲翻译，一面随手把她父亲和外国人的谈话记录下来。老太太发音非常好听，刘智天最喜欢上她的课。

这天老太太给同学们讲解英语主、谓、宾的关系，她举例说："We love Chairman Mao.（我们热爱毛主席。）'我们'是主语，'热爱'是谓语，'毛主席'是宾语。"

宋文革立刻站起来大声地叱责："你讲的不对！毛主席永远是主语！"

刘智天忍无可忍，一拍桌子站起来，指着宋文革的鼻子骂道："你算哪门子学生，愿意学你就老老实实地听，不愿意学你就滚蛋！你再敢捣乱课堂老子就敢揍你！"

虽然事后学校工宣队（工人毛泽东思想宣传队）找刘智天谈话，批评他"缺乏阶级感情"。但是从此以后，宋文革看见刘智天就躲着走，而全系的老师都知道机械制造班有个"敢帮着资产阶级讲话"的刘智天。老师们主动指导他学习，就连图书馆的管理员也从此对他特别客气，只要是他想借的书，她们总能帮他留着。

毕业后，刘智天分配到南方石油化工厂，他更是勤奋刻苦。整天跟着维修班的工人跑现场，拿着根"听棒"（一根细长的金属棒，一头搭在设备上，一头贴近耳朵，用来探听设备内部运转的声音。）学习诊断设备故障。靠着自己的努力、搭档们的支持和领导的欣赏，一步步地升到副厂长的位子。

同事们几次给他介绍对象，刚开始别人看不上他的"憨样"；后来他提升了，他又看不上别人的"俗样"。

这次装置改造是他负责的第一个大项目，用厂长杜春阳的话，"你年纪轻，有技术，如果这次改造成功，你是第一功臣。"本来一切都顺利，部里通报表扬专门提到他刘智天的成绩。可是一瞬间一切都变了，压缩机是他主持购买的，而且还是他亲自在厂办公会上汇报的。杜厂长还提醒他设备处有些不同意见，他拍着胸脯保证德国凯克科公司的压缩机没有问题，现在恐怕要拍着屁股走人了。

想到这儿刘智天忍不住叹了口气，他心里明白：每停车一天工厂损失一百多万元，全厂有四百多名职工，就按平均每人每月五十元工资算，每天的损失可以养活全厂职工五年，停车半个月就够养活全厂职工一辈子！

他刘智天这次闯的祸大了……

"丁零零……"电话响声打断了他的思绪,刘智天不用接就猜到是厂长杜春阳的电话。"我命令你:执行部里决定,想尽一切办法,尽快恢复生产!"

南方石油化工厂会议室里烟雾缭绕,设备处、生产处、维修车间、仪表车间和各生产车间的主要负责人员都在听供应处长廖敏谦的汇报,"凯克科公司的答复是:必须安装凯克科的同步齿轮,否则终止质保期。同步齿轮常规交货期是三个月,正式报价随后就到。……锦州和四川的制造厂都同意为我们赶制同步齿轮,不过对于更换齿轮后的后果不承担责任。国内螺杆压缩机厂中最有能力的当数长江压缩机厂,已经派人去联系了,估计也不会有什么好办法……"

南方石油化工厂内不许吸烟,平时开会没人吸烟。今天不同,全厂停产,还不知道什么时候能开起来。尽管副厂长刘智天不吸烟,也讨厌别人在他面前吸烟,但是他今天格外宽容。

"我看干脆安装国产同步齿轮,"维修车间主任高洪敏粗声大气地说,"又不是第一次玩洋设备了,都是一个脑袋两个蛋,谁怕谁呀。"

生产处长梁石山立刻赞成:"我同意,每天损失一百多万,什么时候是个头?先把压缩机开起来,恢复生产。"

仪表车间主任范志刚表示反对:"这台压缩机不同于其他设备,它配有就地和远程两种控制系统,我们还需要时间掌握这套系统的维护和修理。如果放弃质保,一旦控制系统出现故障,不仅我们要自己出钱买配件,而且国外工程师的人工费也要我们承担。更重要的是,质保期对制造厂派人到现场维修的时限有要求,而非质保就是双方协商的事情了。"

"德国人也忒欺负人了,当初说得天花乱坠,出了事故就全是我们的责任。"

"他们必须赔偿,不行就和他们打官司。"

…………

设备处长牛浩一直闷不做声，刘智天试探地说："师傅，您看呢？"

牛浩慢条斯理地翻开笔记本："根据现场分析，同步齿轮碎裂主要是两个原因：一个是压缩机反转速度太高；另一个是齿轮材料等级偏低。我同意仪表老范的意见，质保期不能丢，还是使用凯克科公司的同步齿轮，请他们尽量提前供货，要求提高新齿轮的材料等级。防反转措施一定要解决，不然还要发生事故。德国的工程师该请就得请，发生了事故就别心疼钱。我们可以先拿出一个方案，请凯克科公司提出改进意见。采用国产同步齿轮可以作为第二方案，不过测绘齿轮是关键，最好请压缩机厂的人来测，他们有经验。按理说长江压缩机厂水平比较高，不知道他们会不会接这个活？"

....

会议的结果跟刘智天事先预料的差不多：供应处紧催凯克科公司报价，联系国内压缩机厂测绘损坏的同步齿轮；设备处和仪表车间研究防反转措施；维修车间对压缩机进行全面检查；生产处和各生产车间做好随时开车的准备。

会议室里只剩下刘智天和牛浩。

刘智天苦闷到了极点："现在其他厂领导都不发表意见了。"

牛浩排解道："出了这么大的事，谁也不敢多说话。再说，都怕承担责任，人之常情嘛。"

刘智天说："我已经给杜厂长说了，我承担全部责任。"

牛浩安慰道："现在还不到承担责任的时候，要紧的是赶快把压缩机重新开起来。"

刘智天问："你觉得有希望短时间把压缩机开起来吗？"

牛浩答非所问："长江压缩机厂的朱经理来过电话，问'姑婷'的情况。"

刘智天一愣："姑婷？"

牛浩说："德国工程师给压缩机起的名字。"

刘智天想起来了，德国设备工程师临走时说：按照传统，每台压缩机都要取个名字，这台压缩机叫"姑婷"，德语的意思是"女神"。他对牛浩说："我想给它改个名字。"

牛浩问："叫什么？"

刘智天愤愤地说："希特勒！"

第三天凯克科公司的报价到了，一看报价刘智天脸色铁青，一对同步齿轮竟然比原来的价格涨了三倍，而且交货期是四个月。如果加上运输、安装，这就是说：南方石油化工厂要停产五个月！刘智天连想都不敢想下去。

刘智天一把抓起电话："厂办刘主任吗？我是刘智天，立刻联系部外事局，我要马上去德国。……干什么？我去宰了那群兔崽子！"

二

得知南方石油化工厂买的德国压缩机出了事故，在北京参加展览会的朱向红连夜赶回上海，一下火车她便立刻赶到南方石油化工厂。设备处长牛浩向朱向红介绍了情况，并且领着她察看出事的压缩机。

牛浩试探着问朱向红："长江压缩机厂上次没有中标，你们怨恨我们吧？"

朱向红说："要说不怨恨那是假话，不过站在你们的立场上，我理解你们的谨慎。如果我是你，可能也会买德国凯克科的压缩机。"

牛浩面带歉意地说："说句老实话，我们并非不爱国，也知道你们需要业绩来打开市场。没有选长江压缩机主要还是因为责任太大，我们对使用螺杆压缩机也没有经验，希望朱经理能够对贵厂领导替我们美言几句，协助我们抢修这台压缩机。"

朱向红爽快地说："请牛处长放心，我回厂请示领导，争取他们同意参加这台压缩机的抢修。"

牛浩赶紧又说："现在工厂急需这台压缩机，请朱经理务必说服贵厂的领导，最好马上帮助我们抢修这台压缩机。"

朱向红稍作思索，立刻答复："我立刻回厂，三个小时内给你答复。"

回到厂里，朱向红找到设计室主任陈东敏和生产处长赵东亮，要他们配合销售处，抢修德国凯克科压缩机，帮助南方石油化工厂渡过难关。

赵东亮撇着嘴说："不管！谁让他们买进口设备？这回吃苦头了吧，活该！当初谈判的时候，我们那么恳求他们，价格都降低到成本价了。隋厂长亲自出面找他们杜厂长协商，保证今后三年内二十四小时维修服务，随叫随到。你看那个刘智天狂的，说德国的压缩机三年内连续运转根本不用维修。我听说他已经递交辞职报告了，要帮也等他们换个设备厂长再帮。"

朱向红耐心地劝道："这也是个了解德国压缩机的机会，要不是他们出事故，咱们怎么可能接近这台压缩机呢？"

陈东敏同意朱向红的意见："这是个绝好的机会，我们通过测绘同步齿轮，全面测绘德国压缩机。这将有助于提高我们的压缩机设计，改进我们的制造工艺。"

最后三人商定：由设计室和生产处各抽出六名精干的工程师，组成测绘组，傍晚进入南方石油化工厂，利用一整夜的时间，彻底测绘德国压缩机的重要部件。

下班后，朱向红领着十几人的测绘组赶到南方石油化工厂。牛浩一看那架势就明白了八九分，他立刻安排食堂赶快准备加班饭，并且通知维修车间今晚不要工作，给长江压缩机厂测绘组让开场地。

晚上八点多钟，牛浩来到压缩机现场找朱向红，他平静地说："我已经安排食堂夜里十一点给你们上夜宵，我就不陪你们了。"两人相视会心一笑就分手了。

虽然朱向红喜欢销售工作，但是她从不放过任何学习技术的机会。她明白，销售压缩机不同于销售彩电、冰箱，不能只告诉用户设备的性能和用途。要讲出压缩机的结构特点和设计原理，要让用户明白压缩机运行过程中可能发生的问题，要告诉用户怎样避免这些问题，还要告诉用户发生这些问题的解决方法。

今晚朱向红和工程师们一起测绘，她知道：他们不但要测绘每一个部件的尺寸，还要测绘部件的形状，要测绘尺寸的渐变，要测绘出磨损的部分，要测绘出加工的程序，还要测绘出表面的加工等级……这一切不但需要精湛的技术，而且需要高度的责任心和致人体力疲惫不堪的劳动强度。而且，经过这个不眠之夜后，他们还要经过几百个甚至上千个不眠之夜去分析这些繁杂的数据，由此推演出螺杆廓的曲线公式、动静部件之间的间隙、壳体的内表面曲线、部件预留的热膨胀系数等等。由此才能推演出德国压缩机的设计原理，才能吸收其中的精华，补充长江压缩机的设计不足。

长江压缩机厂销售处会议室里，朱向红正在汇报："根据金相分析，德国凯克科公司压缩机的同步齿轮使用的是普通的铸钢。根据测绘数据分析，表面加工精度6级，硬度HRC30.5……为了解决南方石油化工厂的燃眉之急，给他们仿制一对同步齿轮没有问题。真正要解决的问题是怎样防止压缩机反转。设计室的周工程师提出增加两个控制连锁，一个是压缩机停车时连锁关闭压缩机出口切断阀；另外一条是压缩机出口至入口的旁路管线，压缩机停车时，连锁打开旁路阀门。通过降低停车时压缩机出口侧的系统压力，达到防止压缩机反转的目的。在压缩机出口处的止回阀、切断阀的阀杆和阀座等处通入蒸汽间歇吹扫，防止聚合物聚集、阻碍阀门关闭……"

这是一次高级别的销售会议，史刚正把主管销售的副厂长隋贸良、设计室主任陈东敏和生产处长赵东亮都请来参加会议。

朱向红一面翻看着笔记，一面将所有了解到的情况逐一做了汇报，并且提出自己的看法，"目前凯克科的压缩机事故造成南方石油化工厂全面停产，如果我们出手相救，能达到三个目的：第一，迅速恢复生产，给国家挽回损失；第二，通过解决德国压缩机的问题，积累经验，用于改进我们压缩机的设计；第三，产生示范效应，为以后的市场竞争打下基础。"

"本来不想蹚这个浑水，"史刚正补充道，"不过小朱他们做了细致的调查和研究，解决方案可行，我同意她的意见。"

赵东亮虎着脸说："我们制造同步齿轮应该没有问题，麻烦的是要负责连带责任。如果维修后的压缩机再发生事故，可能把我们牵扯进去。"

朱向红反驳说："风险与利益是孪生兄弟。既然我们打算抢占石化市场，早晚我们自己的压缩机也要面临同样的风险，权当这次抢修是实弹演习。"

陈东敏提醒道："赵处长说的不无道理，毕竟不是我们的压缩机，我们不占优势，弄得不好可能真给拖进去。"

朱向红力争："我们的优势恰恰在于出事故的是德国的压缩机，修好了我们样样好；修不好，也是德国压缩机不好，不会影响长江压缩机。再说，我们必须把它修好，那是咱们国家的财产。"

赵东亮嘟囔着："我就是觉得不能便宜刘智天这小子。"

最后，副厂长隋贸良做出决定："销售处联络南方石油化工厂，提出为他们解决事故，恢复生产。设计室负责解决压缩机反转问题。生产处负责制造同步齿轮。"

散会时，朱向红揉搓着发紧的太阳穴，今晚得好好睡一觉，这几日她实在是累坏了。

南方石油化工厂会议室里，设备厂长刘智天仔细地阅读朱向红带来的事故处理方案。设备处长牛浩、仪表车间主任范志刚和供应处长廖敏谦在一旁默不做声。

刘智天心里盘算：如果长江压缩机厂的同步齿轮能行，只要十四天就能开车生产。如果不行……他抬起头问牛浩："师傅，你看行吗？"

设备处长牛浩没有立刻回答，他掏出笔记本，翻到其中一页："凯克科的同步齿轮用的是铸钢，长江厂用的是锻件，强度提高了。精度提高了一级，机加工公差减小了。我和合肥通用机械所的张炜聪通过电话，他是我大学的同学，毕业后一直从事材料研究。他认为长江厂的方案可行。"

刘智天又问仪表车间主任范志刚："老范，你看长江厂提出的控制反转方案行吗？"

范志刚是浙大仪表专业毕业，和刘智天同一年进厂："我和车间技术组的老孟研究过，基本行得通。具体再细化一下，模拟试验看看效果。"

"关于采用国产同步齿轮，与德国凯克科公司谈判质保期的事，"供应处长廖敏谦不等刘智天发问赶紧解释，"我已经咨询朱经理了，原则上我们占主动，根据合同和技术附件，凯克科公司应该对事故负有部分责任，如果我们不要求索赔，只要求质保，对方应该能答应。"

刘智天这才正面看着朱向红："朱经理……"

"您还是叫我小朱吧。"朱向红赶快打断刘智天。

"好，就叫小朱。"刘智天觉得这姑娘长得其实挺漂亮，"谢谢你，小朱！今天中午我请你吃饭，下午供应处和你签合同。"

"刘厂长，压缩机停着呢。咱们现在签合同，晚上我们处长请您吃饭。"

十五天后压缩机开车，南方石油化工厂全面恢复生产，朱向红与刘智天成了朋友。

三

随着南方石油化工厂压缩机项目的失标、德国压缩机事故抢修成功、石化方面的感谢，朱向红的名字开始引起长江压缩机厂领导的注意。大家明白，石化系统使用的压缩机都是易燃易爆的工艺气体压缩机，技术难度和销售价格远高于普通空气压缩机。南方石油化工厂是中国举足轻重的大型石化企业，抢修德国压缩机是进入石化企业的垫脚石。

星期五上午照例是厂长办公会，今天的主题是三名中层干部的聘任：聘郝东林任设备处副处长、汪洋任设计室副主任和朱向红任销售处副处长。

郝东林和汪洋的聘任比较顺利，这两个人在厂里已经工作十多年了，无论资历还是威信都无可挑剔。人事处长开始介绍朱向红："朱向红是77级大学毕业生，是'文革'后恢复高考的第一批学生。上大学之前在惠阳拖拉机厂工作了三年，工作是安装钳工。根据档案，第一年学徒，第二年担任副班长，三年里小革新和小发明多项，多次获得工厂奖励。大学专业是机械设计，成绩良好。由于上大学前自学过部分大学课程，朱向红用了两年就读完了四年大学课程，提前毕业。1980年入厂以来，先是在设计室工作，后来调入销售处负责大项目销售。根据销售处反映，朱向红工作热情、勤奋，也善于团结各专业人员共同工作，是个优秀的销售人员和团队组织者。尤其是她能够在逆境中顽强努力，不放弃任何一个销售机会，深得销售处的好评。这次提升她为副处长我们做过民意调查，大多数意见是赞成的，虽然也有些不同的看法，但是直接反对的还没有。"

销售副厂长隋贸良满意地点点头，他同意人事处长的介绍，朱向红不仅是十年"文革"后第一批正规大学毕业生，而且还是销售处最优秀的销售员，破格提拔当之无愧。其他人也表示赞同，似乎没有不同意见。正当厂长贺春江准备做出决定时，生产副厂长吴任虚咳嗽了一声，然后喝了口水："我同意大家意见，朱向红的确有不少优点。"吴任虚有哮喘病，喘口气接着说："不过有人反映朱向红假公济私，给客户维修的东西中夹带自己家的物件。要是一般业务员我们也就睁一只眼闭一只眼，就算工厂对她优秀工作的奖励。但是今天要提拔销售副处长，这个重要的领导岗位需要慎重。当然啦，我还没有调查群众的反映是否真实，不过朱向红还年轻，再考验一段时间比较稳妥。"

其实吴任虚知道是怎么回事，就是朱向红八竿子打不着的表姐，也是长江压缩机厂的客户，顺便加工了一个市场上买不到的水管接头。要是别人的事他才不去管呢，可是与朱向红有关的事他得记着，这不就用上了。

隋贸良不由得一愣，朱向红行事不拘小节是完全可能的，但是用工厂的设备为自己家里加工物件不大可能。吴任虚的资历比厂长贺春江还老，虽然工作能力不强，自尊心却极强。显然朱向红在什么地方得罪了这位元老。

的确，朱向红是得罪过吴任虚。一年前工厂接了一台丁二烯尾气压缩机。虽然压缩机不大，利润很薄，但是丁二烯尾气易燃易爆，制造技术要求高。吴任虚副厂长的意见是提高价格，要不然就推掉这个订单。因为当年的订单不少了，工厂已经满负荷运转，没有必要接这种"仨瓜俩枣"的小订单。可是朱向红不同意，工业用压缩机讲究的是业绩，用户首先要看你有没有这种气体压缩机的制造业绩，有业绩才有资格参加竞争。正因为处在基建高潮，各家生意都不错，而这台压缩机不赚钱，所以其他厂家都随便报个天价，不想接这个订单。如果从长远看，这是天赐良机呀。当时处长史刚正出差去了广州，参加办公会只有副处长苗曲平和项目经理朱向红两人。苗处长是个好人，从来没有和客户发生过争吵。而且是个老好人，从来不发表与领导不同的意见。眼看着大家都要同意吴副厂长的提议，朱向红突然发表了不同的意见。刚开始吴任虚没有把朱向红放在眼里，以为端着副厂长的架子，板着脸，几句话就能把朱向红给镇住。可是朱向红根本不吃这一套，两人你一言我一语地在办公会上就争论起来，最后是负责销售的副厂长隋贸良出来打圆场："销售处负责与用户再谈判一次，争取增加价格，生产处准备安排订单生产。"

在朱向红眼里这是一次工作会议中的争论，吴任虚是副厂长，有度量，不会因为工作争论和她计较短长。此后每次见了吴厂长仍然很尊敬，而且感到吴厂长很亲切。

不过，吴任虚忘不了，你个黄毛丫头竟敢当着其他人的面让我下不来台，这不是藐视我吴任虚快退休了没有权力吗？看我有没有权力把你熬成个黄脸婆。吴任虚舒服地伸伸腰，把头靠在椅背上，脸侧过去等着厂长贺春江发表意见。

贺春江不用问就知道是吴任虚在耍花枪，早年他就领教过这位师兄的鬼把戏。朱向红肯定是冤枉的，可是吴任虚的面子不能驳，不然他会给自己制造麻烦，别看吴任虚工作一般，搞人事可是不一般。尤其是他有股韧劲，记仇能记好几年。想到这里贺春江不由得为自己叹息，想当年自己也像朱向红一样热情、勤奋，总想着干一番惊天伟业、千古留名的大事。可是三十几年的风风雨雨把他磨炼得四平八稳、处处小心，虽然是一厂之长，可是哪个副厂长没有部领导做后台？就拿这个吴任虚来说吧，本来主管生产，可是经常请假外出看病，弄得自己和其他副厂长替他忙些事务性工作，而他却借着看病的名义去部里拜访老领导"汇报思想"！其实别说他了，一个市政府秘书的电话就能把他从厂务会中叫出来，而事情可能只是托他给乡下侄子找份轻省的工作。贺春江长长地出了一口气："好吧，今天会议开得很好，确定了郝东林和汪洋两位同志的聘任。吴厂长的意见是爱护朱向红的，老隋你要提醒史刚正处长，年轻人嘛，要严格要求，我们要建立合格的干部队伍……"

　　厂长办公会上的讨论像长了腿似的，很快传遍工厂的各个角落，销售处也不例外。

　　整个下午朱向红一直很郁闷，提升她任销售处副处长的消息她事先有所耳闻，本来她挺高兴的，做得优秀就应该升职。可是，升职有这么复杂吗？

　　她想起两个月前一家美国公司首席代表给她的电话，虽然只是约她抽个时间喝咖啡，但是她明白：这是对方给她的招聘信号。她并非没有想过去外国公司工作，条件好、待遇高，凭她的能力在美国公司当个部门经理绰绰有余。真要走吗？她有点吃不准。虽然说在外企工作合理合法，谁也说不出啥，可是她就是抗拒不了内心的一个根深蒂固的印记。

　　那是小时候看电影《林则徐》，庞大的清朝军队根本抵不住一支人数不多的英国军队。当她看到清朝的皇帝在宫中娱乐，而关天培在虎门失守自刎时，她对一起看电影的父亲说："我要是清朝皇帝，我就会亲自带兵上虎门炮台，大不了和关天培一起自刎，也不能让后代子孙笑话我！"

　　记得父亲笑话她不懂事，皇帝哪能上前线？可是她在心里固执地认为：皇帝宁可战死也不能向侵略自己国家的敌人投降。

　　学校举行"讲故事比赛"，她编了一篇《虎门抗英》的故事。在她的故事里，林则徐说服皇帝和他一起上虎门炮台，用诸葛亮留下的图纸造出一门一炮就能炸飞军舰的"诸葛大炮"，不但把英国军舰赶出中国，而且还乘胜追击打到了英国，最后俘获了英国女皇，绞死了主张侵略中国的邪恶大臣。

这篇故事可给学校评委出了个难题，虽然台下小学生都拍着巴掌叫好，可是故事不符合历史呀。最后，历史老师卢明皓发表了看法："这篇故事虽然不完全符合历史事实，但是作为故事可以偏离历史的真实。建议作为一篇科幻故事给予一等奖。"

现在世界各国打的就是经济战，能把高价值的商品卖到别国去就是国力强大的表现，南方石油化工厂就是虎门，她就要做一回林则徐，有朝一日还要把长江压缩机卖到德国去！况且吴任虚还不是琦善，贺春江也不是嘉庆皇帝，与她共同工作的同志也不是清朝的军队，她暂且忍下这一回。

现在大型石化企业关键压缩机都是进口的，国产压缩机为了吸引人也做广告说是采用某个外国公司的洋技术。这些出名的洋公司百年以前什么都不是，今天的成就不也是几代人兢兢业业干出来的？小时候上学的路上，朱向红经常帮助人力车工人推车上坡，工人弓腰奋力拉车的情景她总也忘不了。当时她就发誓，一定好好学习，让中国没有受苦受穷的人。

想到这儿，心情有些释然，朱向红看看表，该下班了。正想收拾文件回家，办公室的门被人推开了。

"刘厂长！"朱向红有点惊讶。自从成了朋友以后，刘智天经常派人送来招待票，请她去看电影、听音乐会，但是亲自到她的办公室还是头一回。

"办公室就剩你一个人啦，朱经理有点太勤奋了吧。"刘智天一面打着哈哈，一面在朱向红对面坐下来。其实他早就来了，一直从会客室的窗户盯着朱向红的办公室，等到没别人了才进来。

今天刘智天穿得很整齐，头发梳得溜光，好像还刮了脸。"刘厂长今天要参加重要活动吧？"朱向红敷衍地问。

刘智天有些窘："看来我平时太邋遢了，朱经理……咱俩换个称呼吧，叫职务太生分了。"

"好啊，你叫我小朱，我叫你老刘。"朱向红不知道刘智天葫芦里卖的什么药。

"我有那么老吗？"刘智天有点不自然，"咱们叫名字吧，我叫你朱向红，你叫我刘智天。嗯，最好把姓也去了，你叫我智天，我叫你向红……算了，不跟你绕弯子了，你嫁给我吧。"

一瞬间朱向红觉得脖子里有点痒，想笑，不过她听到自己说："行。"

"这么痛快？"

"嗯，我今天心情不好。"

让朱向红意外的是聘任她为销售处副处长的通知下来了。她不知道的是，史刚正找过厂长贺春江。

"听说有外资企业在联络朱向红，"史刚正好像有点漫不经心，"如果她走了，最好再从新来的大学生中挑选一两个调到我们销售处。"

贺春江不由得愣住了："这消息你听谁说的？"

史刚正微微仰起脑袋好像在思考："我听老苗说起过，他见过有两个外公司的人来找朱向红。根据他们的穿着打扮，老苗断定他们是外企公司的。"

贺春江认真地对史刚正说："朱向红是个好苗子，你要设法留住她。"

史刚正问："用什么留呢？"

贺春江解释道："上次提升干部会上，朱向红没有通过是有原因的，你要做说服工作。"

史刚正知道该说什么："朱向红根本不当回事，我想她要走恐怕我们也留不住。我现在担心两件事，一是别人把她挖走；二是给大家造成误会：只有领导喜欢的人才能被提拔，否则干得再好也白搭。"

"胡说！"贺春江有点恼了，"你不要听那些小道消息，朱向红提副处长的事还没有最后决定。"

两个人沉默了一会儿，贺春江盯着史刚正看："你小子是不是变着法地来替朱向红说好话吧?"

史刚正老实地说:"论看人你比我强十倍,论能力我是你亲自培养的。我觉得这个朱向红应该想办法留住才好,要是她被别人挖了去,那我们在市场上肯定少了一员干将,多了一个对手。"

……

终于,贺春江设法让朱向红的提升在办公会上通过了。

不过朱向红更不知道的是,提升史刚正为厂长助理的决定被部里的一个电话给中止了。"部里有个领导说你小团体主义严重,不能对领导负责。说是提拔这样的干部要慎重。"副厂长隋贸良十分惋惜地向他透露这个消息。史刚正只是微微地一笑,这个山东汉子什么也没说。

四

朱向红和刘智天结婚了。两人各自请了两周的假,刘智天陪朱向红去南方看父母,算是度蜜月。

在餐车上,朱向红随手翻阅着当天的报纸,一个标题突然跳入眼中,《国画大师张大千先生去世》。她急忙看下去:1983年4月2日晨,国画大师张大千先生在台北溘然长逝,享年84岁。……张大千毕生画人物、山水、花鸟、虫鱼、走兽,工笔,写意,无一不能,无一不精。1979年他81岁时曾自书一联:"独自成千古,悠然寄一丘",正写出了这位艺术家的性格与心境。

朱向红从小喜欢画画,可惜没人教她,她只好模仿着画。她喜欢油画的逼真,像照片一样,可是无从下手。她喜欢国画的神韵,可是画出来总也不像。最后,她喜欢上了漫画。漫画不需要像,关键是意境要妙,而且想怎么画就怎么画。现在与客户打交道,她经常在脑海里给对方画一幅漫画,相貌特征、秉性脾气统统画上,记住了这幅画,就记住了这个人。

越是学不会的东西,越觉得神奇。朱向红陷入沉思:手因心动,张大千画画时，心里在想什么……

餐桌对面的刘智天察觉出朱向红的变化，他轻轻握住朱向红的手："怎么了？"

朱向红从精神世界里飘了回来，鼻子有点发酸，她把报纸推给刘智天。

刘智天浏览一下朱向红刚才看过的版面，看着眼睛潮湿的朱向红："你是因为张大千……"

"不全是，"朱向红有点难为情，"我只是觉得时间过得太快。小时候盼着长大，长大了又惦记着许多事情来不及做。"

"我告诉你一个办法，"刘智天一本正经地说，"晚上睡觉前想你最想做的事情，晚上在梦里你就能完成。"

"那你告诉我，你什么时候梦见我的？"朱向红觉得有点意思。

"压缩机开车那天。"

"你梦见我什么了？"

"我去找你求婚，史处长说：你去托儿所接孩子了。"

"讨厌！"

两个人在朱向红家住了十天，除了帮助丈母娘做饭，刘智天就是陪着朱向红游历小时候度过的地方。

朱向红觉得一切都变得小了。原来高大的小学办公室走廊，现在变得又矮又窄；学校发动同学自己垫起来的大操场，也变得像个生活区活动角；许多街道已经拆了，剩下的也没有记忆中那样宽大。一切都变了。

登上儿时经常去的小山，山下是火车站，望着蜿蜒通向远方的铁轨，朱向红问刘智天："你的人生目标是什么？"

刘智天一愣，他笑了笑："其实我是个很俗的人，小时候梦想当将军，后来想当科学家，现在的梦想是到部里当个副部长。"

"怎么不想当正的？"朱向红问道。

"人要有自知之明，从来还没有搞设备的当正职。"刘智天一本正经地说，然后反问道，"你的人生目标是什么？"

"我一直没想好，"朱向红沉思着说，"最初想开火车，当不了司机也要当列车员，就是为了能周游全国。后来才知道列车员也只能跑一段铁路，就改想当画家。"

两人边走边谈，不觉走到山腰处的白石洞。白石洞不是个洞，是个寺庙。

"寺内莲花座下有一个无底洞，里面镇着一个屈死的罗汉。"说着朱向红领路走进寺里。

寺很小，像个农家院。迎门影屏上写着一个大大的"佛"字，转过影屏就是正殿，一尊略高于真人的佛祖塑像端坐在莲花台上。

朱向红向结缘柜内投了五元钱，然后拿起一炷香，走到莲花座前，双手合十，拜了三拜，然后把香插在莲花座下。

"你也拜佛？"刘智天有些好奇。

"我拜那罗汉。"朱向红说罢向后院走去，"我与枉聊和尚是朋友，我们去见见他。"

"枉聊？"

"就是'忘了'。"

后院有一口井，井边是几行青菜和瓜架，石砌的十字小径分别通向正房和两侧的偏房。正房里，一个老和尚戴着花镜正在看报纸，他就是白石洞住持枉聊。

"师父。"朱向红走上前去轻轻叫道。

枉聊和尚慢慢抬起头，摘下花镜，定睛看了一会儿，然后笑道："原来是红妹子，请进。"

刘智天随朱向红走进正房，暗暗打量枉聊和尚。

"师父，几年不见了，您还认得我？"朱向红问。

"那罗汉认得你。"枉聊和尚答非所问。

一个小和尚提着一壶开水，端着几个茶杯走了进来。枉聊和尚示意他取书架上的茶筒。

寺里的茶就是不同，刘智天觉得特别的香。

"师父，我结婚了，这是我爱人，他叫刘智天。"朱向红介绍道，"智天，这就是枉聊法师。"

"师父好！"刘智天赶紧起身行礼。

枉聊和尚和气地朝刘智天点点头，刘智天觉得和尚的目光好像越过他，看向很远的地方。

墙上有一幅水墨画，好像没画完，整个画面上只有一只半个身子的小鸟。仔细一看，是一只要出壳的小鸡，正在奋力挣扎。不过蛋壳没有画出来，是要观者自己去想象。

朱向红走到画前，细细观赏："这是您的新作？"

"上个月画的，手有些抖了，意境差了些。"枉聊和尚答道，"你要是喜欢，送给你做个念想。"

拿着枉聊和尚的画，朱向红和刘智天手牵着手地走下山来。

"给我讲讲枉聊法师。"刘智天满脑子疑问。

"没人知道他的身世，"朱向红边走边说，"听说以前是个大学教师，还被内定为校长的接班人。不知怎的，出家当了和尚。"

朱向红回忆道："有一次我和父亲吵架，躲到寺里不回家。枉聊法师为了哄我，讲过他祖先的一些事。他出家之前姓赵，也不知是第几代祖父曾经住在山东的博山，有一年这个祖父被派到河南做县令，遇到兄弟俩分家争财产。俩兄弟都宁愿放弃全部家财，争着要祖传下来的一颗夜明珠。兄弟俩相争不下，只好告到县衙请大老爷了断。

"赵县令让人把夜明珠呈上来观看，这明明就是一颗琉璃球，博山老家有的是。赵县令对堂下兄弟二人说：'这颗珠子暂且存在我这儿，等我给你们再配上一个，分给你们如何呀？'兄弟二人诺诺而退，心里说：分明是大老爷看上夜明珠，自己留下了。

"第二年赵县令回博山省亲，临来时叫人装了两麻袋琉璃球。回来后把兄弟俩找来，从麻袋里随手拿出一颗琉璃球，对兄弟俩说：'你们看能

配上你们原来那一个吗?'

"兄弟俩赶紧说:'能。'

"赵县令说:'行啦,你们一人一颗,别再吵架了。'

"兄弟俩以后逢人便说:'大老爷真富,夜明珠成麻袋地装。'"

刘智天追问:"有意思,还有吗?"

朱向红接着说:"赵县令擅长水墨画,无论什么画都是一笔而就。一天,众人要求他给大家作幅画。赵县令先泡壶茶,沉吟片刻,一挥笔在纸上点了一下,说:'成了。'众人一看只是一个黑黑的大墨点。赵县令看到众人不解,便用手指点着说:'这是头,这是脖子,这是身子,这是爪子……'众人这么一看,还真是一只活灵活现的鸟。赵县令手指一弹,鸟儿'扑棱棱'飞走了。"

刘智天说:"我不信,这个太神奇了。"

朱向红说:"还有更神奇的。后来他升任泰安太守,泰安周边群山峻岭,匪盗猖獗,民不聊生。他让石匠给每户凿了一个手执利斧的石人,他给每个石人写名'石敢当'。每当盗匪侵扰,这些石人便立刻活了,手执利斧砍杀歹徒,吓得盗匪再也不敢来了。现在泰安许多人家都有刻着'石敢当'的石头,作为镇宅之宝,就是从那时传下来的。"

刘智天笑道:"嘻嘻,我信了,还有吗?"

朱向红说:"那时当地百姓种小麦是一片一片地撒种,小麦长出来又黄又瘦,产量很低。赵太守教给他们要成垄地播种。这样既节省种子,又利于施肥和灌溉,还能高产。当地百姓不听,成片地撒种都吃不饱,如果一垄一垄地种肯定要饿死人。看到百姓不信,赵太守自己安排家人先给大家种个示范田。后来,赵太守的小麦丰收了,大家都跑来看。赵太守高兴,当夜醉卧麦田,谁知受了风寒,一病不起。现在泰安有他一座墓,每年都有人培土,现在都快成一座山了。"

刘智天半晌没说话,然后问:"那罗汉是怎么回事?"

朱向红答道:"相传当地有个叫瘤硬的无赖,偷鸡摸狗,溜门撬锁,大罪不犯,小恶不断,惹得乡邻愤恨,可是没犯大罪,官府也拿他没办法。有个樵夫叫白石，为人仗义，答应替大伙教训一下瘤硬，让他收敛点。可是，白石脾气暴躁，下手重了，把瘤硬给打死了。

"尽管乡亲们求情，可是毕竟出了人命，官府判白石死刑。白石死后，观音菩萨念他是条汉子，要点化他成仙，可是，如来身边管审批的白毛老头反对，说白石反性太重，成仙必然祸害仙界。

"最后，如来采取妥协方案，要白石在洞里修炼一万年，磨去反性，方可成仙。观音菩萨怕白石忍不住性子，管人间的闲事，坏了前程，所以在洞口镇上佛祖莲花座。这就是白石洞的由来。"

"那你每次拜他都说什么？"刘智天追问道。

"我要他一万年后出来，做个打抱不平的神仙！"

五

当了副处长后，朱向红还是做销售，只不过管的项目更多了。她最不喜欢的事是参加厂里召开的没完没了的会，有些会议与销售处关系不大，只是厂领导可能随时提问一两个问题，为了回答这可能会问的一两个问题，朱向红必须在会议室里待上一两个小时。为了解决开会浪费时间的问题，朱向红每次开会都带着项目材料进会场，只要与她无关，她就在会议桌上办公。没有公可办了就读书。开始别人不习惯，后来也就随便她了，谁让她是朱向红呢。

1984年10月1日，朱向红和刘智天一起坐在电视机前观看国庆35周年阅兵式。目睹装载着导弹的战车排山倒海般开来，朱向红不禁想起少年时代的科技强国梦想……

尽管那时正处于"文革"期间，朱向红无法接受正规教育，过早地进入工厂，但是她还是想尽办法寻找能够借阅的课本，工休时同伴们胡打胡闹，或者闲扯聊天，她悄悄走到旁边一个角落读书。就这样，她设法读完主要中学课程，并且自学部分大学课程。这就是为什么1977年恢复高考，她轻而易举地考上大学；这就是为什么当她参加低效的办公会时，能旁若无人般地在会议桌上处理日常公务。

在电视上看见邓小平的身影让朱向红有一种报恩的冲动，不仅是他给了朱向红读大学的机会，更重要的是他把一个划时代的中国带到世界面前。朱向红对刘智天说："做人就要做邓小平这样的人。"

结婚后朱向红最惬意的是回家，家务活儿的规矩是：谁先回家谁做饭，后回家的打下手。刘智天喜欢研究做面食，用各种面做成面条、馅饼、春卷、包子、饺子等等，只要是面做的，刘智天都有兴趣。他经常驻足在一些小食摊前看着摊主为客人做小吃，最让他着迷的是各种各样的手抓饼。朱向红不喜欢做饭，但是喜欢各种盛饭菜的器皿，在她眼里器皿就是饭菜的衣裳，美食一定要配上恰当的器皿。别人逛街买衣服，她逛街买器皿。在他们家里，各种形状、质地和颜色的器皿应有尽有。有一次朱向红回家晚了，刘智天做好了饭，摆了一桌子等她。朱向红看了一会儿总也不动筷子，刘智天纳闷："有什么不对吗？器皿用错了？"

"今天是星期三，你用的是星期六的器皿。"朱向红悻悻地说。

今天刘智天先回的家，朱向红进门时刘智天已经在厨房里忙着。放下文件包，洗洗手，朱向红戴上围裙进去帮忙。

"我们厂可能要升一级，名字要改成'南方石油化工公司'。"刘智天一边搅着鸡蛋一边说。

"嗯。"

"如果升级成公司，我有可能当公司的设备副总工程师。"

"嗯。"

"我们要上一套新的苯乙烯装置。"

"嗯？"

"这套苯乙烯装置的产能是十五万吨/年，目前是国内最大的苯乙烯装置。科研报告已经报到部里，估计下个月就能批下来。"

"科研报告批下来后,你们怎么办?"朱向红认真起来。

"接下来是初步设计和审查,长周期设备采购。"刘智天知道朱向红想知道什么。

"初步设计需要多长时间?"朱向红问。

"计划三个月。"

朱向红想:如果这个项目批准了,必然要采购一台螺杆式压缩机。装置大,压缩机也必然大。如果我们厂能把这台压缩机拿下,参加石化企业大型压缩机的竞争就有了业绩。她脑海里呈现出上次竞争南方石油化工厂压缩机的一幕……

刘智天和其他技术干部坐在谈判桌的另一侧,他们面前摆放着德国凯克科公司压缩机的图纸和资料,一边听长江压缩机厂工程师讲解设计方案,一边对照德国人的资料提问题。

朱向红承认:外国压缩机有超过国产压缩机的地方,但并非一切都是国外的好。会议休息期间,朱向红找到刘智天,提出:把长江厂和凯克科公司的方案放在一起比较,综合两家的优点,确定出最佳设计方案。然后,两家根据规定的设计方案各自设计压缩机,进行竞标。

"朱经理的目的恐怕不仅仅如此吧。"刘智天冷淡地说。

朱向红的确还有别的目的,就是想通过参加竞标学习国外制造厂的长处。让她受不了的是刘智天当时的眼神,一种含着轻视、不屑一顾的眼神。当时她恨不得举起笔记本砸向刘智天那自命不凡的脑袋……

刘智天被朱向红的眼神吓了一跳:"向红,你怎么啦?"

朱向红这才回过神来:"没什么。"

"又想起过去的事了?唉,老婆大人!说吧,这次我怎么帮你?"

厂长贺春江亲自主持竞争南方石油化工厂压缩机的项目会议,主要副厂长、销售、设计、生产、供应等部门的负责人都出席了会议。销售处长史刚正介绍了情况,然后大家开始讨论。

各部门都认为是个机会,石油化工已经成为国家的主要工业支柱,资金充足。目前国内外压缩机制造厂都在寻找机会扩大在石化领域的市场份额，更重要的是石化系统各个企业联系密切，在一个地方做成功，会产生巨大的示范效应。一旦将主机卖进去，备件将会源源不断地卖进去，备件是一块旱涝保收的利润。长江压缩机厂是中国最大的螺杆压缩机制造厂，估计这次主要竞争对手是国外压缩机制造厂。这次会议的议题是：与国外公司竞争，制定什么策略？预留多少利润？

生产副厂长吴任虚很有把握地说："上次竞标失败主要是南方石油化工厂对我们不了解，通过我们帮助他们抢修德国压缩机，已经让他们认识到我们的制造实力。"周围人点头表示同意。

"吴厂长有什么具体建议吗？"销售处长史刚正问。

"有啊，"吴任虚接着说，"现在国家对中国制造厂实行关税保护政策，中国企业进口外国压缩机要上缴百分之二十多的关税和百分之十七的增值税，这两项还不是简单的算术相加，而是先征关税，再征增值税。这样一来进口压缩机的价格就得上涨接近百分之五十。我建议：根据这些有利条件，可以适当提高投标价格，争取产生大效益。最近大家都辛苦，效益好了就可以多发些奖金，鼓舞士气嘛！"

"吴厂长，材料怎么选择呢？"供应处长问。

"材料选择要适中，重点是质保期内不能出事故。加工精度也要适中，尽量节约成本……"

吴副厂长的发言得到一片认可声。

厂长贺春江突然冲着朱向红说道："我们的小朱处长也许有什么话要说？"

这是朱向红升为销售副处长后参加的最重要的会议，她告诫自己，沉住气，别冒失，别搞砸了。朱向红谨慎地发言："我们竞争这个项目的目的是为了打进石化行业，销售更多的压缩机。因此，拿到订单是关键。"

几个厂领导点头表示赞同。

"这些我们都知道，你能说点具体的吗？"吴任虚打断朱向红。

"朱处长有方案与大家讨论。"史刚正赶紧打圆场。

朱向红打开笔记本，看得出她事先有准备："先说一下竞争环境，外国压缩机制造厂纷纷开始在国内加工部分非关键部件，比如：压缩机底座、油冷器、过滤器等等，以求降低成本。再有，石化企业是中央直属企业，国有资金建设，国家在批复项目的时候就考虑到进口关税，所以，如果他们采购进口设备可以免关税。还有，石化企业在评价设备时，他们对于向国家上缴关税视为己任，所以价格上不考虑关税的影响。关于材料的选择，我同意适当选材。比如：石化企业通常是二至三年大检修一次，无论是否还能用，易损件全部更换。这是他们企业的性质决定的，对于他们来说，最重要的是长周期连续运转。停一次车，恢复起来需要几天，一天的损失一百多万，几十天的损失就够买一台新的压缩机。因此，易损件的选材标准是工作寿命五年，主材按照国际通行设计标准二十年。为了在评比时不低于国外制造厂，设计和制造标准按照API（美国石油学会）标准和ASME（美国机械工程师协会）标准。"

"利润准备定多少呢？"计划处长张志娟问道。

"至于利润，我建议略高于国内竞争标准，比如百分之十五，这样我们也不吃亏，而且还有回旋余地。"

朱向红说完了，观察大家的反应，会议室里有一种不安的寂静。

厂长贺春江打破了会议室的沉默："我原则上同意朱处长的方案，大家可以畅所欲言，充分讨论，制订出详细的项目管理计划。"

厂长一表态，大家纷纷响应，会议很快做出决定：设计室负责技术方案，生产处负责制造成本核算，供应处负责材料费核算，销售处长史刚正负责正面技术交流和商务竞标，副处长朱向红负责搜集信息、分析情况和制作标书。

厂长贺春江笑着总结道："经过抢修德国压缩机我们提高了竞争力，最近厂里又添置了一台电脑控制的机加工中心，过去几道工序可以在机加工中心上一次连续加工完成，这不仅提高了我们的加工精度，也节约了加工时间。咱们的小朱处长又当上了他们刘厂长的首长，竞标不成功都不行啊！"大家在一片哄笑中散会。

朱向红注意到，副厂长吴任虚板着脸，没有一丝笑容。

吴任虚心里苦啊！

当年他中专毕业进入长江压缩机厂，跟着金工师傅学车、铣、刨、磨、钻，跟着钳工师傅学锉、凿、刮、研，跟着焊工学焊接，跟着电工学电气，跟着仪表学自控，经过十几年的磨砺，终于成为全厂公认的技术大拿。当年的厂长也就是现在的部长刘华志，提拔他当主管生产的副厂长，那年他才三十四岁。

那时工作性质也简单，部里下达什么生产任务他们长江压缩机厂就干什么任务，只要完成就是好样的。为了提前完成任务，他天天盯在车间里，历年是部里嘉奖的干部。每次厂里开会都是他吴任虚主持，所有部门都得听他的调遣。贺春江因为脑子灵，被刘华志任命为销售副厂长，不过他再灵，老吴生产什么他就得卖什么。

本想刘华志调到部里，自己能当正厂长，可是没想到刘华志看中的竟然是比他年轻五岁的贺春江。如果当年任命他老吴当厂长，恐怕他现在早就在部里当副部长了。真应了那句老话，心比天高，命比纸薄！

三十多年一眨眼就这么过去了，现在压缩机设计讲究的是国际 API 标准，制造讲究的是 ASME 标准。那些外文资料吴任虚根本看不懂，他也不认识。别说国际标准，就是国内标准也在不断改变，吴任虚真是力不从心了。现在又讲究市场经济，销售处拿来啥订单，他吴任虚就得生产啥机器。真让人憋屈！

他觉得越来越不受人待见，这些年轻的娃娃根本不把他这老前辈放在眼里。

儿子和女儿都劝他早点申请退居二线算了，已经退休的老伴也劝他不要硬撑着，早晚都得退，你还能把副厂长的位子搬回家里来？

他不是没有想过退，就是退也得有个退法，他不甘心就这样灰溜溜地退。

这次南方石油化工厂压缩机竞标，这些娃娃只知道技术方案、技术含量、技术评分……技术个屁！和国外压缩机竞标价格是关键，同样价格用户能买你的？可是话又说回来了，都是钢铁制造的压缩机凭什么国外的就要贵那么多？可是我老吴说话谁听呀？

六

晚饭后，刘智天从公文包里拿出一沓资料放在朱向红面前。

"这是德国凯克科公司压缩机交流方案资料。我去洗碗，你看一看吧。"刚走两步，刘智天又转过身来，"我只能帮你这些了。因为我和你的关系，我已经要求回避参加评标。部里派来专家组主持评标，他们都是部里从各个石化企业抽调的专家。这次那个古德姆博士又来了，好像他和这些专家还很熟。"

第二天晚饭后，朱向红主动抢着洗碗。一切收拾停当，刘智天笑着说："行了，老婆大人，有什么吩咐你就说吧。"

朱向红拿出笔记本，认真地斟酌着："凯克科的压缩机方案和上一台没有什么大的区别，比较大的改动就是机型大了，增加了防反转措施。不过，他们的防反转措施是抄我们的，看来他们的情报工作很出色。"

"挡不住的。"刘智天解释道，"我是嘱咐现场人员注意改造部分保密。可是，凯克科公司派来一个售后服务工程师，把这台压缩机查了个底儿掉，什么都清楚了。"

朱向红看看笔记本："我们分析过凯克科公司选用的材料，品质一般，不像我们从德国进口的钢材，而且有的部件好像加工粗糙了点。为了公平，也为了你们用户的利益，我们建议：参加竞标的压缩机制造厂都要标注主要部件的材料制造商，要有产地证。主要部件要说明加工方法和使用的加工设备。这些都应该列入评分范围。"

刘智天认真地记下来："这个建议很好，我明天就提出来。"

"还有，"朱向红看看笔记本说，"业绩不应该按台数评分，难道生产了十台压缩机的制造厂就一定比生产了六台的强？"

"这个嘛……"刘智天有点犹豫。"你说该怎么办？"

"应该按照国际惯例，定一个上限，分等级评分。"朱向红耐心地说。

"我明天提出来征求专家们的意见。还有吗？"

"暂时没有了，嗯……能不能把你们的评分标准给我看看？"

"这个不行，哎，你别瞪眼，这个真的不行……"

为了有充分的准备时间，长江压缩机厂申请最后一个技术交流。

技术标书由设计室的各专业组长执笔，汇总后生产、供应、销售、计划等部门的主任工程师审阅，最后交到朱向红手里。

本来技术标书是由技术部门把关，朱向红只要确认各个部门的负责人签字就可以了，可是她硬是一页一页地审查，而且还同设计室的专业人员讨论、修改。刚开始大家还能配合，毕竟这个项目太重要了。可是后来大家就开始发牢骚了。

"朱处长，这样写也是可以的。"

"不行，要改。不能有丝毫的含糊，谁知道那些专家是些什么人？眼老昏花的，万一理解偏了怎么办？"

"不是还有清标嘛。他们不明白，我们解释呗。"

"不行，万一他们理解偏了还不问呢？"

"……"

朱向红找到材料科长李璞严，递给他一张预算单："李科长，你们计算的制造法兰的钢板好像太多了。"

李璞严一看就明白了，法兰的基材是一个圆环，计算材料有两种方法，一种是根据圆环的大小，以大套小在钢板上配裁，这样节省材料；还有一种方法是以圆环外圆直径为边，按照正方形在钢板上裁出，这样比较浪费。显然科里的材料概算员采用了第二种方法。

"这小子真给我添乱！"李璞严心里骂道，但是脸上却没有表现出来，因为自己也没有审查出来呀。他漫不经心地说："法兰用量不大，就这么估吧。如果真有中标的希望，咱们再重新算。"

朱向红脸一板："不行，你安排人重新计算。"

望着朱向红离开的背影，李璞严没有好气地小声嘟囔道："还不知道能不能中标，瞎认真什么呀。"

朱向红找到设计室仪表组长莫守信，指着图纸中的一段管子说："莫工，这段管子可以用聚四氟乙烯材料，没有必要用不锈钢。"

莫守信查看了图纸，不以为然地说："为了统一，也是为了方便，所以我们尽量减少材料种类。"

朱向红坚持道："聚四氟乙烯便宜，在没有必要的情况下，就不要使用不锈钢，我们要降低成本。"

莫守信一翻白眼："我们历来这样做的，不用改。"

朱向红去找刘东敏，刘东敏下令，莫守信把图纸改了。

朱向红开始招人烦了。

一天，厂长贺春江亲自参加项目会议。他什么也不说，走到讨论问题的黑板前，提笔写下一行字：生死一役，怠慢者斩！

"项目结束前不许擦掉！"说罢，贺春江表情严肃地走出会议室。

从此，再也没有人跟朱向红争辩了。

史刚正和朱向红陪同技术组一起参加压缩机技术交流会，桌子对面坐着专家组和用户的工程师们。

"这些专家我一个也不认识。"朱向红悄悄地对史刚正说。

"我认识一个，以前吵过架。"史刚正阴着脸回答。

朱向红的心一沉。

晚饭时，刘智天笑着告诉朱向红："你们的方案资料准备得最好，专家们很满意。有一个专家认识你们史处长，他说：'资料准备得这么认真，其他方面一定错不了。'听这个专家说，你们史处长是个顶较真的人。有一次，他们厂里操作工反映你们厂生产的压缩机有异常响声，他带着工程师连夜赶来。别忘了，那是年三十啊。"

"史处长告诉我他和这位专家吵过架。"

"是吗？他没说。"

销售处已经得到确切消息，最终通过技术评审，参加商务投标的合格制造厂只剩下四家，长江压缩机厂和德国凯克科公司是其中最可能中标的厂家。

第二天要报商务标书，副厂长隋贸良主持销售、供应、生产、设计和计划负责人会议，确定压缩机竞标价格。除了负责人外，销售处的项目经理梁浩也参加了会议，他将根据会议的决定编制商务标书。根据各部门提供的数据和预定的利润，大家很快就确定了竞标价格。

副厂长隋贸良下达命令："朱处长和梁浩立即在销售处会议室编制标书。从现在起，任何人不得进入销售处会议室。标书编制完毕，史处长审核，然后锁入保险柜。今晚梁浩不许回家，在销售处待命。明天投标由朱处长和梁浩去，其他人在厂里等待消息，没有特殊事情，不要离开工厂，以防紧急情况。"

开标时间是上午10：00。因为朱向红的住处离南方石油化工厂近，所以，她与梁浩约定，她早上直接从家里去，梁浩从厂里去，两人9：30在投标会场见面。

第二天上午朱向红9：20就到达会场，可是直到9：50梁浩才气喘吁吁地跑进会场。朱向红顾不上埋怨他，匆匆检查一下梁浩所带标书无误，连忙与梁浩一起将标书交给招标工作人员。

朱向红这才问梁浩，为什么这么晚才来？梁浩将朱向红拉到一边悄声解释，今天早上7：00，隋厂长突然通知他修改投标价格。他赶紧临时拆封，修改标书，然后封标书，急急忙忙地差点没赶上投标。

朱向红问他投标价格改成多少？梁浩在朱向红耳边悄悄地说了个数，朱向红迥然变色。她问梁浩为什么？梁浩摇头说他不知道。

此时已经10：00了，投标工作人员和评标专家已经就座，参加投标的其他代表也纷纷落座。朱向红无奈，只好与梁浩就近找个座位坐下。

主席台上招标主持人开始讲话："南方石油化工厂苯乙烯压缩机投标现在开始，参加这次招标会的用户领导有……"

朱向红的脑子里飞快地旋转着：为什么隋厂长要提高百分之十五的竞标价？难道原来计算错了？

主持人在继续，"参加评审的有行业专家和用户工程师，为了评标的公平性，纪委派人全程监督我们的评标。"

朱向红怎么也想不明白：所有的项目都是逐项反复核对过的，不可能出错。但是为什么？

主持人在宣布评标纪律，"任何投标人不得向评委打听消息。未经允许，任何评委不得与投标人单独接触。"

朱向红还没有想明白，她看看手表，顶多再过十分钟，各投标公司就必须退场，打电话询问隋厂长已经来不及了。可是按照她的估算，投这么高的价格极有可能失标。她该怎么办呢？

工作人员开始检查制造厂的投标文件了，朱向红还没有拿定主意。难道这次就这么投出去？反正是厂领导改的价格，如果失标她没责任。不过真的没责任吗？一瞬间她似乎看到许多期待的眼神。

工作人员示意各投标代表上前签字确认投标文件是否密封完好，梁浩在朱向红的默许下走向前台。朱向红还在苦苦思考：如果现在提出降低价格，万一报亏了谁负责任呢？隋厂长为什么要涨价呢？

招标主持人询问投标人是否还有降价声明？

德国凯克科公司和其他两家代表起身应答："没有。"

朱向红忽地站起来："有。"随后在笔记本空页上写下一个数字，撕下来交给主持人。

主持人宣布："请各投标人退场，评标专家组和南方石油化工厂代表开始评标。结果将在三日内公布。"

长江压缩机厂会议室里,朱向红汇报了投标过程。
副厂长隋贸良勃然大怒:"你怎么敢随便修改投标价格?"
朱向红反驳道:"不是我随便修改投标价格,而是您随便修改投标价格!"
隋贸良忍住气说:"我是有原因的。"
副厂长吴任虚插言道:"隋厂长是主管副厂长,他当然有权力修改投标价格。你朱向红是副处长,你怎么敢擅自推翻领导的决定?这一改要少挣多少钱?"
朱向红寸步不让:"如果失标,不仅挣不到钱,而且丧失了进入石化企业的大好时机。我不仅是销售处的副处长,我还是项目的商务经理,我必须负责。"
吴任虚一拍桌子:"现在就可以撤了你!"
厂长贺春江和其他几个厂领导以及各个部门的负责人都愣住了,不知道发生了什么事。
"老隋和小史到我办公室去,其他人在这儿休息一会儿。"厂长贺春江说完带头走出会议室。

在厂长办公室里,贺春江对隋贸良说:"说说吧,到底是怎么回事?"
隋贸良解释了事情的原委,德国凯克科公司中国代表处里有一个雇员叫陆曲德,他是长江压缩机厂生产处李天舒的大学同学。吴任虚通过李天舒联系上了陆曲德,向他讨要凯克科公司的竞标价。昨天晚上吴任虚从陆曲德那儿得到了投标价,立刻通知了隋贸良。隋贸良一看对方价格很高,特别高兴。为了慎重起见,隋贸良还专门约见了陆曲德,确认无误后,就命令梁浩修改了投标价。
贺春江问道:"凯克科公司为什么这次报的这么高?"
隋贸良答道:"我问过陆曲德,他说是因为最近国外钢材涨价。"

贺春江又问："核实过吗？"

隋贸良答道："没有，时间来不及了。"

贺春江问道："吴任虚给了陆曲德什么好处？"

隋贸良答道："给了三千，答应竞标成功后再给三千。"

隋贸良对史刚正说："把吴厂长找来。"

史刚正把吴任虚从会议室叫来了。

贺春江问他："老吴，陆曲德提供的消息准吗？"

吴任虚答道："我问过陆曲德，他说古德姆一看总部发来的价格立刻就没有信心了，前天就回国了。我查询过锦江饭店的前台，古德姆前天就退房走了。"

贺春江问他们仁人："下一步怎么办？"

吴任虚首先回答："朱向红目无领导，擅改投标价格，先停职检查，然后根据给工厂造成的损失再做处理。"

"我反对！"史刚正声音大得自己都吃惊，"朱向红没有错，投标价格是根据生产和供应提供的数据、设计提供的概算、依照竞争对手历次投标价作参考，按照我们合理的利润，是大家再三斟酌才确定的。"

吴任虚板着脸说："史处长，你要维护领导的威信，不能事事做群众的尾巴，这样下去销售处就成了独立王国了。"

史刚正据理力争道："这是具体的销售工作，不要提高到政治高度考虑问题，我们首要的任务是拿到压缩机合同。"

厂长贺春江沉着脸说："史处长先回会议室，我们厂领导商量。"

史刚正回到会议室，走到朱向红身边坐下，脸色阴郁。

会议室里弥漫着不安，朱向红觉着大家在回避她的目光，只有少数几双同情的眼睛。朱向红装作在读笔记，掩饰内心的烦躁。她不知道事情会怎样发展。她能感到身旁史刚正散发出的怒气，他可能也被连带受了批评。她得忍着，在别人面前不能软，要哭也得回家哭！

隋贸良领头走进会议室，后面跟着贺春江和吴任虚。大家紧盯着他们的脸色，希望能得到一些答案。

"想不想住大房子？"隋贸良没头没脑的一句话把大家说愣了，"贺厂长刚才批评我只想挣小钱，忘了挣大钱。只要拿下这个项目，我们今后就能挣大钱。贺厂长说了，挣了大钱以后，一半买新设备，一半给大家盖房子，最小的也是九十平方米！"会场一下子活跃起来。

"听说美国 NBA 球赛优胜队还要评出一个最佳队员，我们销售处的最佳队员就是小朱处长。"隋贸良伸过手来，"小朱，我正式向你道歉，你能在关键时刻保持清醒，我不如你。"

朱向红有点晕，她羞涩地握住隋贸良的手，一时语塞，眼泪在眼眶里直打转，周围的人们向她投来友好的目光。

好消息是刘智天打电话通知史刚正的，长江压缩机厂以领先三分的微弱优势中标。

史刚正和朱向红约见了陆曲德，他已经被德国凯克科公司开除了。

陆曲德道出了事情的经过，当吴任虚找他做内应时，他立即报告了古德姆博士。古德姆来了个将计就计，故意让陆曲德告诉吴任虚一个高价，实际上投了一个极低的价格。并且，立刻退房，造成没有信心、干脆回国的假象。实际上他根本没走，他在北京等消息。当他得知朱向红临时修改报价，认为肯定是陆曲德出卖了他，所以，竞标失败后就将陆曲德开除了。

史刚正有点怜悯陆曲德，问他是否愿意来长江厂工作。陆曲德苦笑着说："谢谢你们的好意，我不能去。如果我去你们厂工作，那就证明了古德姆判断正确。我以后怎么在这个圈里混呢？再说，嗯……你们那儿待遇太低了。"

七

朱向红怀孕了，不过反应并不大，只是老想睡觉。朱向红的父亲是个老军人，得知女儿怀孕了，第一件事是打电话给刘智天，问他对生男孩、生女孩的看法。刘智天想都不想就说："男孩、女孩我都喜欢。我父亲盼着向红生女孩。他跟他那帮老伙计说，生了女孩他请客。"

夫妻俩开始琢磨着给未来的孩子起名字，今天一个，明天又换一个，最后刘智天找到一个好名字。

"刘旄，旄就是旗帜顶上的穗儿，小名叫毛毛。"刘智天兴奋地说。

朱向红也觉得这名字不错。

岳父大人听说后，笑了："毛毛，小时候叫着挺好听，可是孩子长大了再叫毛毛恐怕就不好听了。"只要刘智天好好待他的女儿，他就放心了。

终于，史刚正被正式任命为厂长助理，朱向红被任命为销售处长。副处长苗曲平退休了，梁浩被提升为副处长。

压缩机打入石化行业后，销售处的工作更忙了。

销售压缩机不同于销售普通家用电器，销售人员不但要有销售技巧、洞察用户的心理，而且还要有结构设计、材料选择和加工制造方面的知识。一台价值几百万，甚至上千万的压缩机，仅靠销售人员的巧舌如簧是卖不出去的。有些大的压缩机制造厂甚至培养具备设计、制造和使用经验丰富的高级销售工程师。这些人能够根据用户的要求、现场的工况（使用条件），从厚厚的业绩表里选出恰当的例子展示给用户，恰到好处地讲解本公司压缩机的强项，但是又不过分，以免给下一步设计工程师留下方案选择的掣肘。为此，朱向红请设计室和生产处派工程师给销售处的业务人员讲压缩机设计原理、主要部件选材、加工特点和成本计算。她也同大家一起听课，并且参加考核。

晚饭桌上，刘智天问朱向红："你打算把整个销售处改造成和你一个样？"

朱向红一愣："你是什么意思？"

刘智天分析着说："你有着雄心壮志。可是普通员工怎么想的呢？年长的拖家带口，想的是平平安安靠到退休；中年的上有老下有小，想的是往上升、多挣钱；年轻的想的是省力气、有前途。销售工作是你的命，对他们可能只是一碗饭。"

朱向红问："你有什么建议？"

刘智天说："凡事都是兼听则明，你不妨听一听各方面的意见。"

朱向红谈话的第一个对象叫黄书香，黄书香四十多岁，外号"黄鼠狼"，他喜欢交际，饭桌上酒最香。黄书香销售业绩最好，朋友也多，不过对朱向红发起的"提高销售人员技术素质"颇有微词。

朱向红对黄书香很客气："黄师傅，我还没进销售处就知道您的大名。"

"知道我叫'黄鼠狼'吧。"黄书香满不在乎地说。

朱向红给逗乐了："黄师傅，他们叫你'黄鼠狼'你不生气？"

黄书香回答："生气他们就不叫了？其实叫我'黄鼠狼'也是因为我比他们聪明。"

朱向红问："听说你不愿意听设计室给我们讲课？"

黄书香无奈地说："朱处长，我知道你是为了提高大家的销售水平，其实我也想听，可是我听不懂。"

朱向红问："一点也听不懂？"

黄书香回答："那也不是，有些知识还是挺有用的。我才初中毕业，我那点知识都是在销售中学的。老实说，我挺羡慕这些年轻人的，有这么好的条件，将来肯定比我强。"

朱向红第二个谈话的对象是崔锦焕，他是毕业两年的大学生，平时比较上进，工作也还努力。

崔锦焕说："我喜欢销售工作，但是有时候觉得挺渺茫的，不知道今后的前途怎样。"

朱向红问："你想要什么前途？"

崔锦焕回答："学以致用，个人有发展，生活有保障。"

朱向红肯定道："你的要求合理，怎么实现呢？"

崔锦焕回答："不知道。不过有一点我知道，我比不过你。"

王宝贵是销售处老资格的科长，五十多岁了，本事不大，就是听领导的话。

朱向红问："王科长，你看最近处里搞的提高技术素质的活动怎么样？"

王宝贵回答："好！处领导想的远大，方法得当，我们科坚决拥护！"

朱向红问："有没有要改进的地方？"

王宝贵立刻回答："处领导想得很周到了。"

朱向红关心地问："你年龄大了，考试没有影响吗？"

王宝贵犹豫了："我是有点跟不上趟了，心里明白，就是手写不快。"

朱向红说："我觉得让老销售和新销售一起学习可以，但是一起考核可能有点问题。"

王宝贵接着朱向红的话："领导就是比我们强，让老同志和年轻人一起考试的确有点吃不消。"

朱向红虚心地问："你看怎样能发挥老销售在培训工作的积极作用呢？"

王宝贵试探地说："我说不好，不过可以考虑讲讲他们的销售经验。"

经过与不同人员的谈话，朱向红制定了新的学习、考核规则：四十岁以上的学而不考，但是要给年轻的同事上销售经验课；年轻销售人员的考试成绩和平时业绩都作为晋升的参考。

黄书香被选定第一个给大家讲课的人，史刚正听说了，也专门来听讲。

为了准备这堂课，黄书香下了工夫，平时听课没弄懂的问题也拉下脸来东问西问弄懂了。今天还特地穿上西服，打了领带。大家看惯了他平时随便的样子，猛地一改装束，大家有点不习惯。所以黄书香刚走到前台，下面就哄笑起来。

黄书香是见过大场面的，他"嘿嘿"一乐："怎么，不像'黄鼠狼'了？"

大家哄堂大笑，连史刚正也给逗笑了。

黄书香不慌不忙地说："我今天是拜年来了，不过你们是不是鸡咱们出题时候看吧。"

大家又笑了。

黄书香开始讲课："处领导安排我给大家讲销售实战课，其实我也不懂什么叫销售实战，我到书店去买了一本《销售大师》，结果看不懂。我找朱处长，要求不讲了。朱处长死活不答应，说我可以随便扯。所以今天我就随便扯了。

"我看销售就是变着法地卖东西，当然咱们不坑人。不过有时候用户太刁钻，你就得想办法对付他。我年轻的时候特别老实，庄户孩子什么也不懂，胆子小、心眼好，就怕用户说个不字。我现在胆子大了，心眼还是挺好呵。"

大家又哄笑了。

"那时候隋厂长是我的科长，一天他安排我去沪北化肥厂谈判一笔备件生意。事先隋厂长告诉我，可以让价百分之五，这是底线。对方采购是个留着两条大辫子的姑娘，我心一软，百分之五全给她了（下面又哄笑了）。讲好了货到付款，我就回去备货了。等到送货那天，我亲自去送货。谁知收货的是个老头，比我们家老爷子年纪还大。拿着游标卡尺一个尺寸、一个尺寸地量，而且还检验光洁度。最后，还真让他挑出了几处毛病,非得再降价,否则就不要了。让价全给了大姑娘了（下面又哄笑了）,我只好回去请示隋厂长。末了,到底又让了百分之一。

"晚上回家,我跟老爷子说了。老爷子告诉我:做买卖要公平,不能看人下菜。老爷子年轻的时候当过茶庄学徒,买茶叶的客人都不愿意要碎茶叶,可是茶叶里面总是有碎叶,都不要茶庄就得亏。老爷子说:如果客人不挑,他就匀着给他称;如果客人挑剔,他就从上面抓,不过手要插得深,要把罐底的碎叶抓起来。总而言之,谁也不吃亏,这样生意才能长久。"

下面有人给他鼓掌。

"按照处领导的要求,我要出个题目考大家。这堂课的考题是:我当初应该给第一个采购员百分之几的让价?为什么?"

大家开始答题,黄书香收拾起笔记本到外面吸烟。史刚正跟了出来:"讲得好啊,老黄。我以前怎么没有发现,你是个不错的教员。"

黄书香嘴上谦虚:"史助理,这都是哄孩子的,哪能入您的法眼。"不过,他心里热乎乎的。

经过培训的销售人员给用户的印象大不一样了,他们与用户沟通能力有了明显的改善,能够清楚用户工程师的要求,准确地将用户的信息反映给设计和生产部门。因为和用户工程师有了共同语言,大大地促进了销售效果。

广东西普化学公司来函询问,表明有意购买六台螺杆压缩机。虽然每台压缩机的流量不大,但是一次订货六台的客户长江压缩机厂还是第一次遇到。朱向红亲自带队,奔赴广东西普化学公司推介长江压缩机。

西普化学公司是旅居新加坡的华侨乔念源先生独资的化工厂,乔先生和朱向红等人打了个照面,然后就交代公司设备处长余波海接待他们。

朱向红按照一般的程序开始向余波海询问工厂情况,可是奇怪的是余波海很不情愿回答朱向红的问话。朱向红请随行同来的工程师介绍长江压缩机近年来的业绩，虽然用户其他人员比较热情，互相讨论，可是余波海表现出一股明显的冷漠，即使偶尔插言，也是鸡蛋里挑骨头，质疑长江压缩机的质量和可靠性。

刚开始朱向红并不在意，用户出于自身利益的考虑，在采购阶段经常表现出不信任的架势，目的是在商务谈判时能得到一个好价格。可是随着交流的深入，朱向红慢慢察觉到余波海的冷漠含着一种拒绝，一种只有卖方才能体会到的敌意。

当了解到长江压缩机厂的竞争对手是美国虞茨公司时，朱向红好意给余波海打了一个电话，告诉他：美国虞茨公司是食品机械制造公司，不具备化工行业设备制造的资质。

余波海冷淡地说："我们调查过虞茨公司，技术完全可靠。你们管好自己的资质就行了，我们现在还没有信任你们的设备呢！"

梁浩向朱向红汇报：设计院把第一版询价技术资料发给了用户，听说余波海已经把第一版的资料发给了美国虞茨公司，事先做准备工作了。梁浩估计：如果向余波海索要第一版的资料做准备，他十有八九不会给。

梁浩说："根据我们通过当地朋友的了解，余波海是老板乔念源的娘家亲戚。此人根本不懂设备，更谈不上管理，谁也不知道他在哪儿混了个大学文凭。他平时也干不了什么正经工作，全靠手下一班工程师支撑着。他的全部心思都在采购设备和备件上。"

朱向红沉思了一会儿，说："我再试试他。"然后拨通了余波海的电话："余处长，你好！我是长江压缩机厂的朱向红。听说设计院第一版的询价资料已经出来了，能不能让我们先参考一下，以便做些准备工作？"

余波海那头沉默了片刻："我还没有收到，我查查看在谁手里，然后给你回电话。"

这个"然后"就再也没有回音了，朱向红再次打电话过去，余波海干脆说没有收到。

第一版的技术资料是设计院反馈给用户提意见的（梁浩撇撇嘴："就余波海那点脓水，还能给设计院提出什么意见！"），最终版资料才能作为正式询价资料。看来只能等最终版资料了。

等到长江压缩机厂拿到正式询价资料，离投标的日期只有八天了。

梁浩查看了技术资料上设计院的签发日期，气愤地对朱向红说："这个姓余的真不是个好鸟，正式资料在他手上压了至少一个星期。现在完全可以断定他是个家贼。"

整个项目组都觉得这个项目太烂，建议不再作为重点，要求把主要精力放在其他项目上。

梁浩赞同这个意见："再往下做，就是死马当做活马医。"

史刚正提醒朱向红："项目已经变成'鸡肋'了，不要勉强再投入太多的精力。"

朱向红有些舍不得，六台压缩机是个大项目，而且以后的备件供应量也不会小。可是怎么竞争这个项目呢？她目前也没有好办法，不过她有一条原则：决不能主动放弃。

天上从来不会掉馅饼，她决定做点什么。与设计室主任陈东敏讨论完设计方案后，朱向红独自一人拜访了乔念源先生。她在西普化学公司董事长办公室的门外一直等到里面没有其他人了，她才轻轻地敲了几下门。里面传来乔念源苍老的"请进"，朱向红推门进去。

乔念源有点意外，他迟疑地说："如果是关于压缩机招标的事，请朱处长与余波海联系。"

朱向红满脸堆笑："乔先生，打扰了。我是出差路过您这里，顺便看望您，也希望向您请教几个管理上的问题。"

乔念源虽然很忙，但是面子上还要应付一下。他请朱向红在沙发上坐下，吩咐秘书上茶。

朱向红说："我只耽误您十几分钟的时间，问完就走。"看看乔念源先生不反对，她接着说："我刚管理一个销售处，我发现有个别人吃里爬外。他给客户最大的折扣，然后客户返给他个人好处。可是我又没有直接证据,我想请教您在新加坡公司怎么处理?"

乔念源感到有点兴趣了:"这是个全世界的难题,每个公司都有这种人。我个人的观点是不要让一个人有太大的权力,权力的分散有助于防止公司内的腐败。"

朱向红又问:"如果有的人是业务骨干,同时又勾结客户损害公司利益,您看怎么办好呢?"

乔念源说:"这的确是个难题。原则上讲,这种人不能用,至少不能重用。"

…………

朱向红原说只谈十几分钟,结果谈了近一个小时。临走,乔念源先生一直把朱向红送到公司门口。朱向红也不推辞,路过设备处时,还专门与余波海打了个招呼。

乔念源回到办公室,余波海已经在里面等他了。他心里有鬼,不知道朱向红为什么来,忍不住来打探消息。

余波海先是汇报一些不疼不痒的琐事,然后拐弯抹角地套乔念源:"乔总,长江压缩机厂的朱向红来要询价资料吗?"

乔念源还沉浸在与朱向红的谈话中,他觉得朱向红提的问题很重要,她那儿有问题,我这儿难道没有吗?最近有些人反映采购的设备和备件偏贵,看来应该从制度上完善一下了。

听到余波海的问话,乔念源心不在焉地答了一句:"没什么,主要关于怎样防家贼。"然后就埋头办公了。

余波海本来就心虚,看到乔念源态度冷淡,嘴里说防家贼,他心里"咯噔"一下,一股凉气沿着脊梁直冲后脑勺。此后的技术交流中,他对长江压缩机厂的态度有了明显的收敛。

在朱向红的督促下,设计室主任陈东敏亲自主持设计,整个设计室苦熬了四天三夜,终于提前完成了方案的设计工作。

接下来技术交流、投标,朱向红事必亲躬,几乎投入了全部精力。

开标结果出来了，虽然长江压缩机厂的价格便宜，但是能耗比美国虞茨公司高了百分之四十。

余波海似乎松了一口气，他不无得意地对长江压缩机厂的代表说："你们长江压缩机质量不行，能耗这么高，你们干脆关门算了！"

消息一传到陈东敏的耳朵里，他就立刻来找朱向红："能耗高百分之四十，就意味着效率低百分之四十。这根本不可能！如果说效率相差百分之几或许还有可能，百分之四十绝对不可能！"

可是这究竟是怎么一回事呢？

朱向红与陈东敏一起来到广东西普化学公司，直接找乔念源先生。刚开始乔先生不太理睬朱向红等人，他客气地说："胜败乃商家常事，不必太在意，生意不成情谊在，大家今后仍然是朋友。"

朱向红谦虚地说："您是商界老前辈，我们参加投标同时也是学习。不过今天我们不是为了我们自己来的，主要还是为了你们。"

乔念源仍然矜持着说："大家坐下来，有话好商量。"

陈东敏是个书呆子，他没有客气话："我听说美国虞茨公司的能耗比我们的低百分之四十？"

乔念源说："设备处给我的汇报是这个结果。"

陈东敏鼻子里哼了一声："如果你们买美国虞茨公司压缩机的话，我可以和你们打个赌，明年这个时候你们还要再买四台压缩机。"

乔念源不明白："我听不懂，请陈主任明示。"

陈东敏从文件包里拿出几张计算纸："这是我猜摸着写出的美国虞茨公司压缩机的计算书。如果我猜得不错的话，虞茨公司压缩机的能力少算了百分之四十。"

乔念源脸一下子白了，立即打电话叫停与美国虞茨公司的压缩机合同签约。他阴着脸，把所有参加招标的人员都召集起来，也请朱向红和陈东敏参加会议。

看到老板气成这样，余波海吓得大气都不敢多出，对于陈东敏查阅美国虞茨公司的报价资料一句反对的话也不敢说。

半个小时以后，陈东敏指着虞茨公司压缩机计算书的一行字说："这就是错误的原因，压缩机入口流量应该按照现场实际的工况（实际温度和压力）条件计算。可是虞茨公司却是按照标准条件（理论计算条件）计算，这样设计的压缩机流量就会大大地减少，将来无法承担西普工厂的负荷。"

此刻乔念源的眼光能杀人，他瞟了余波海一眼，对供应处长命令道："立即与长江压缩机厂签约。"

晚上，乔念源摆宴恭谢长江压缩机厂项目组人员。

事后朱向红一直纳闷：美国虞茨公司再没有经验，也不会犯这种低级的错误。

梁浩通过朋友联系到美国虞茨公司的一名雇员，从而打听到了事情的原委：虞茨公司锁定了余波海后，特别高兴，认为只要有余波海的帮助，合同就有了六成的把握。当余波海拿到设计院发来的第一版技术资料，他立刻就发给虞茨公司做方案设计准备工作。可是偏偏第一版资料里发生了一个错误，设计院误把压缩机入口实际流量的单位写成"标准流量的单位"，这样设计出来的压缩机流量大为减少。

设计院很快发现了自己的错误，在最终版的资料里加以改正。可是除了余波海外，其他的人都不知道美国虞茨公司已经拿到了第一版的资料，而余波海根本弄不懂第一版和最终版的差别，更别说提醒美国虞茨公司注意流量单位的改变。再加上美国虞茨公司设计压缩机的倒霉蛋是个马大哈，没有认真核对最终版资料与自己原先私下拿到的资料有什么差别，结果就把根据第一版资料设计的压缩机方案投出去了。

年底朱向红与乔念源通过电话互致新年问候时，她发现余波海已经离开西普化学公司了。

一天朱向红刚从厂里开会回来，就被一个抱着孩子的妇女堵在办公室门口了。女人只有三十出头，怀里的孩子好像还不到三岁。把她们娘俩让进屋内，朱向红才知道是业务员孙勇善的老婆和女儿。孙勇善的老婆叫钱玉玲，在服装厂工作，和孙勇善是青梅竹马的夫妻。

钱玉玲掉着眼泪说："孙勇善已经快半年不回家了，找也找不着，也不给我们娘俩生活费。"

朱向红从抽屉里拿出几块巧克力递给孙勇善的女儿，她乖巧地说"谢谢"，两只大眼睛忽闪着看着妈妈。钱玉玲疼爱地帮她拢了拢头发："阿姨给你的，你就吃吧。"

朱向红心里一紧：多乖的孩子，白净的皮肤，长得真像孙勇善。相比之下，钱玉玲是寒酸了点，皮肤挺黑，一双过早粗糙的手上布满了家务活的痕迹。

朱向红把她俩领到小会议室休息，她对钱玉玲说："大姐你放心，我一定给你一个交代。"

孙勇善在王宝贵的科里，朱向红要求王宝贵立刻派人把孙勇善找回来，有重要的事。

当孙勇善气喘吁吁地赶到朱向红办公室时，他一眼就看到放在桌子上的儿童水壶。那是他给女儿的生日礼物，孩子走到哪儿都带着。看着朱向红的脸色，孙勇善猜出来发生了什么事，他努力镇静着："朱处长找我有事？"

朱向红平缓地说："你近来工作不错，王科长一直夸你很努力，处里也把你作为后备干部培养。"朱向红拿起桌上的水壶，看着上面画的小天使，然后盯着孙勇善的眼睛说："你爱人和孩子就在会议室，她说你经常不回家。你实话告诉我，你打算怎么办？"

孙勇善苦恼地低下头："这是我的私事，朱处长能否不管？"

朱向红干干脆脆地说："这是你们家的私事，如果你能妥善处理好，我当然不管。不过你爱人、孩子都找到销售处了，我能不管？"

孙勇善恳求似的说："我不想把事情闹大，现在也不知道怎么办才好。能不能给我点时间考虑？"

朱向红说："完全可以，我希望你仔细想清楚当初你们是怎样结婚的，今后离婚是否一定能更幸福。不过，考虑到你已经是父亲了，你必须尽你的义务。如果你们离婚，听从法院判决。现在你们还是合法夫妻，从这个月起，你的工资我不能发给你了，全部交给钱玉玲，你向她要零花钱去吧。"

"这个不合适……"孙勇善还想抗争什么，朱向红的眼神把他吓了回去。

朱向红和缓地问："你去送她娘俩回家，还是我去送？"

孙勇善说："我去送。"赶紧离开处长办公室。

半个小时以后，望着孙勇善抱着女儿，和妻子默默地走出会议室，朱向红心里像压上了一座山。

年底销售处表彰大会，十名销售先进工作者的家属被请到前台，朱向红给每个人颁发"模范家属奖"。梁浩鼓动着处里的年轻人，要家属们讲一讲这些先进工作者在家里的表现，会议室里一片欢乐的笑声。

朱向红悄悄地坐在角落里，问身边的王宝贵："孙勇善两口子最近怎么样？"

王宝贵回答："虽然还有些摩擦，听说比以前好多了。"

朱向红轻轻叹了口气："人不是物，不能说不要就不要了。虽然维系婚姻的是感情，可是结婚时的感情真的能忘掉吗？"

王宝贵感触地说："我看销售工作就像浓缩的人生舞台，什么人你都能遇着，什么事你都能碰上。销售员就像演员，见什么人就得说什么话，否则你别想做成生意。"

朱向红若有所思："做演员也可以，可是内心要把持住，不要演来演去都忘了自己是谁了……"

忽然外面传来一阵喧哗，刘智天被黄书香等人簇拥着走进来。看着满脸疑惑的刘智天，朱向红不由得一愣。

梁浩朝大家喊道："让朱处长讲讲恋爱经过怎么样？"

"好！""好啊！"会场热闹的像炸开了锅。

朱向红给销售处规定了三条禁令：不许贿赂用户，不许赌博，不许进入低级娱乐场所。朱向红解释道："第一条是因为正经的商人靠货真价实赚钱，不能因为个别用户低下把我们自己给拉下水。第二条是因为十赌九输，赌徒最终是倾家荡产。第三条是为了员工的身心健康，家庭和睦。我知道销售人员出差多，生活不规律，在用户那儿受了委屈就想找个地方发泄一下。"业务员们觉得处长了解他们，认真听她讲道理。

朱向红接着说："我们既然选择了这个职业，我们就必须遵守这个职业的道德。大家到长江压缩机厂工作，除了为国家、为社会贡献我们的才智和汗水，我们还要养家糊口，要供孩子上学，要给老人治病，还要攒钱养老。想想看，我们能放纵自己吗？"这些朴实的话让人听得进去。

朱向红也有自己的苦恼，她不能完全做主选择业务人员，处里干部提升也由厂领导确定。这影响团队建设，也影响销售业绩。这是体制问题，有些企业在探讨股份制，她关注着这方面的信息。

1986年4月2日，朱向红生了个男孩。刘智天把孩子抱在怀里，立刻有了做父亲的感觉。

孩子取名叫刘宇弘，这是刘智天当教师的父亲给孩子起的名字，寓意是：刘智天遇见朱向红，这叫刘遇红，谐音就是刘宇弘。可见老人很满意儿子这桩婚姻。

刘智天的母亲搬来和他们一起住，帮着儿媳妇照顾孙子，老太太与朱向红很合得来。

朱向红利用产假读书。梁浩每次来看她，除了汇报处里的工作，就是带来从图书馆借来的书。

有时刘智天也来翻看朱向红读的书，他发现朱向红读的书很杂，《压缩机手册》《营销学》《销售必读》《大师策略》《心理学》《人的行为》《论语》《韩非子》《增广贤文》……

刘智天疑惑地问："你怎么什么书都看呢？"

朱向红反问道："孔子说：君子不器。你知道这句话的意思吗？"

刘智天挠挠头："好像是说当官的不用学习专业知识。"

朱向红笑着说："我小时候听过一个故事，有个教算术的先生教学生脱括号：'先脱大括号，再脱中括号，最后脱小括号。'有的学生问为什么。先生说：'你睡觉的时候不是先脱外衣，再脱毛衣，最后脱衬衣吗？'明白这故事说的是什么意思吗？"

刘智天也笑了："你在挖苦我。"

朱向红撇撇嘴："你也配当副厂长。好好听着，器就是器皿，凡是器皿就有特定的用途、特定的容量、特定的性质。君子不器就是说：有作为的人要有多方面的才能、广阔的胸怀、随机应变的能力。"

刘智天好脾气地笑了笑："有点明白了。"

南方石油化工厂升格了，改名为南方石油化工公司，管辖四个工厂——化工厂，塑料厂，氯碱厂和机械厂。刘智天也被提升为公司副总工程师，工作也更忙了。

看到朱向红又照顾儿子，又挤出时间读书，刘智天有几次想跟朱向红商量，让她缓一缓，别那么累，他的工资也不低，朱向红没有必要那么努力。可是看到在灯下读书、记笔记的朱向红，刘智天又打消了这个主意。从此他每天下班回来，总是抢着干家务。

宇弘长得很壮，特别喜欢吃。只要朱向红喂他，他就高兴地嘻嘻哈哈地乐，两条结实的小腿噼噼啪啪地拍打婴儿车沿。这让朱向红很欣慰："我小时候不愿意吃饭，妈妈就拿着饭碗追着哄。"

婆婆说："像他爸，智天小时候吃饭就像过年。"

朱向红产假休了一年半，书读了一箱子，她准备上班了。朱向红跟宇弘讲："妈妈要上班了，上班才能挣钱给你买东西吃。你在家里跟奶奶，妈妈晚上回来。"

宇弘很懂事，从来不缠着妈妈不让走。早上乖乖地跟朱向红再见，不过傍晚朱向红快下班的时候，宇弘就开始注意楼梯的响声，一听见妈妈的脚步声，他就会大叫："妈妈回来喽！奶奶快开门！"他从来不会错。

八

1989年11月底，部长刘华志到厂里视察。刘华志曾是长江压缩机厂的第一任厂长，一起来的还有中央组织部的于焦念司长。"这次刘部长不仅视察生产，还有一项使命，部里准备提拔一名副部长，正在考察候选人呢。"史刚正悄悄告诉朱向红，"按照惯例，厂里的中层干部都要参加会议，说话要小心，别毁了贺厂长的前程。"

长江压缩机厂汇报会议在周日举行，除了厂领导和中层干部，部分生产骨干也参加了会议。许多人是刘华志部长过去的部下，纷纷与刘部长握手问候。朱向红找了个角落坐下，注视着会场上互相寒暄的熟人们。

贺春江厂长代表工厂管理层向部领导汇报，他非常小心地修饰了自己，头发染过了，虽然穿着工作服，但是非常合体，显然进行过修改。他没有过多地宣扬成绩，但是恰到好处地提及部管项目顺利完成的情况。虽然谈到目前工厂的困难，但是主要是扩建资金紧张、新职工住房紧张等等。贺厂长不用发言稿，只是偶然查阅一下笔记本，每句话只说一遍，语速不快，给领导留出思考和插话的时间，一切都准备的恰到好处。

"听说贺厂长每次给上级汇报都要对着镜子练习几遍，而且从来不用发言稿。"梁浩悄悄地在朱向红的耳边说。

贺厂长发言后，在部领导的点名下，几个副厂长分别做了简短的补充发言。主要内容是支持贺厂长的发言，并且对贺厂长的领导不乏溢美之词。

坦率地说，朱向红认为贺春江是个好厂长，而且应该提升当副部长。朱向红希望长江压缩机厂下一任厂长是一个开拓型干部，能够带领大家将工厂建设成一个知名企业。什么是知名企业？在朱向红的理解中，先进的压缩机设计和制造、现代化加工设备、卓越的管理层、优秀的职工团队、丰厚的职工收入，这就是知名企业应该具有的特点。可是谁来当下一任厂长呢？主管生产的副厂长吴任虚肯定不合适，他有丰富的生产经验，但是不具备厂长的胸怀，工作敷衍，不能服众；主管计划和财务的副厂长刘玉昆工作认真、严谨，但是缺乏灵活性，不懂得经营工作需要审时度势，难当厂长重任；主管设计和销售的副厂长隋贸良是个多面手，设计工程师出身，跟着贺厂长做销售，是当年长江压缩机厂的王牌销售员，脑子灵活，懂市场、懂经营，不过眼光不高，没有大策略，难以将长江压缩机厂推向知名企业；厂长助理史刚正倒是个人选，有头脑、懂经营、有魄力、敢创新、为人正派，在中层干部中颇有威信。如果史刚正当厂长，朱向红开始想象自己向史刚正提出自己的改革设想，如何将设想变为现实……

"朱处长，领导叫你呢。"身旁的梁浩轻轻地捅了她一下。

朱向红一下子从白日梦中醒来，赶紧站起来。

"我在部里就听说长江厂有一员销售猛将，能打败德国压缩机厂。"刘部长笑眯眯地说，"你来说说看，长江厂目前处于什么情况？应该怎样发展？"

全场目光一下子都聚集在朱向红身上。

朱向红没有想到部领导知道自己，也没有准备发言，一时愣在那儿不知说什么好。

"怎么？只能销售压缩机，没有点经营思想？"刘部长有意刺激朱向红。

"那我就说说。"朱向红的自尊心一下子提了起来，"我们长江压缩机厂最近进入了石化行业，进入后才发现我们是条大海里的小鱼。现在中国石化行业蓬勃发展，世界上知名压缩机制造厂蜂拥而至，争抢大、中型压缩机市场。美国的英格索兰、德国的德玛格、日本的神户制钢，压得中国企业喘不过气来。德国的凯克科公司的压缩机算不上知名品牌，可是在与它的竞争中，长江压缩机厂也是胜少输多。为什么？我们缺两样东西，一硬一软。硬件是先进的设计和制造水平，软的是有效的激励制度。"

会场上很静，厂领导有些不安。朱向红突然感到了压力，她可能毁了贺厂长精心设计的气氛，不过现在后悔太晚了，既然说开了头，干脆全说出来，免得以后更后悔。

"我们不能说买长江压缩机就是爱国，买国外的压缩机就是不爱国。"朱向红观察着领导们，"那些大型石化企业也是国家的财产，如果他们因为买了长江压缩机造成频繁停车，降低产品质量，影响企业利润，那还不如购买国外优质压缩机，为国家产生更大的效益。"

"中国能不能设计先进的压缩机？"朱向红不再注意领导的脸色，"在目前的国力和科技水平，国产压缩机全面提高到世界先进水平是不现实的。但是，用户最关心什么？长周期、稳定、安全运转。什么决定长周期、稳定、安全运转？轴承和轴封。"

为了部里其他领导能理解轴承和轴封，朱向红简单地解释道："轴承的作用是支撑压缩机转子，在大、中型压缩机中，转子的重量可以达到几吨至十几吨，转速几千转/分。在这种情况下，轴承的耐磨和抗震性能成为长周期和稳定运转的基础。轴封的作用是防止工艺气体沿着轴泄漏，因为工艺气体易燃、易爆、有毒，轴封是安全的保证。我们先把这两项解决，我们的压缩机就能与外国压缩机制造厂竞争，虽然他们的压缩机效率高，但是我们的压缩机造价低，这样就可以争取一部分用户，我们解决了轴承和轴封以后，我们再提高压缩机的效率。"

"怎样将轴承和轴封提高到世界先进水平？你有具体措施吗？"刘部长感兴趣地问。

"靠我们自己的设计室解决轴承和轴封不现实，我们可以借助大学里的科研人员或者专业研究机构，我们出钱，他们出力，共同开发新轴承和新轴封，产品共有，利益均分。"

"谈谈你的软件吧。"刘部长接着问。

"什么是优秀人才？就是能优秀地完成工作的人才。"朱向红胆子大起来，"现在我们厂里能优秀地工作的人不到百分之十，大多数人在混。为什么？缺乏有效的激励制度，多干少干收入一样。"

"你这样评价你们厂的工人阶级？"组织部派来的于司长冷冷地问。

"朱向红，你过分地夸大了黑暗面！"副厂长吴任虚突然插言道，"我们厂的职工绝大多数是讲奉献、不计报酬的。难道我们都是为了钱才工作的吗？当年刘部长领着我们住工棚、啃咸菜，自己造车床。没有吊车，工人们自己架起吊葫芦安装车床。这难道都是为了钱？你才来工厂几天？你指手画脚地批评这指责那，你算老几？"

会场气氛突然紧张起来，刘部长一声不吭，面无表情。大家面面相觑，不知道事情会怎样发展。不少人为朱向红捏着一把汗，吴任虚把于司长一句公式化的质问提到大是大非的政治高度，会场一时间安静的让人窒息。

朱向红突然回过味来，像父亲说的那样，她"又走火了"。不过，事已如此，也就没什么可怕的了，朱向红决定看看部领导的水平。

朱向红不卑不亢地说："我们干部和普通职工没有什么差别，都要养家糊口。当干部贡献大，所以待遇高。级别越高，待遇越高。因此，贡献大的职工收入就应该高，干活少的、轻的收入就应该少，捣蛋的还要降低收入，这叫奖勤罚懒。现在我们厂基本上是大锅饭，这种制度能激励职工努力工作吗？"

吴任虚平时眯缝的小眼突然瞪得溜圆："朱向红！你这是胡搅蛮缠！我们信仰的是共产主义，你这是说了些什么？简直是个体户的财神爷理论！"

朱向红脖子一挺："财神怎么了？中国民间的财神有两个，文财神比干，武财神关羽。哪个都是忠义无私之人，只有这样的人才能发财。我们是国营企业的干部，不为国家发财还有理吗？"

吴任虚阴笑了一声："我是老粗，说不过你，于司长是中央的领导，咱们听他怎么说。"

于司长喝了口水，语气极为平静："这位小同志年纪轻，没有受过长期艰苦奋斗的锻炼，不了解生产斗争的严酷性和复杂性。"他转向贺厂长：

"你们厂要加强干部的艰苦奋斗精神的教育，不要只看到物质刺激的积极因素，还要看到工人阶级精神因素的无穷力量。有些干部缺乏这方面的意识，要在基层多锻炼。"

朱向红眼泪都快要掉出来了，根据于司长这番话，会后她有可能被下放到基层锻炼，自己奋斗到今天的结果将归零。她记起史刚正事先的告诫，自己一个小小的企业中层干部怎么能与中央领导比高低？不过后悔已经晚了。

吴任虚还要接着说什么，被贺厂长用手势止住了。他走到刘部长身边低声说些什么，刘部长示意于司长也过来一起听。

大家一声不吭，看着领导们小声地讨论，虽然听不见他们说什么，但是可以感觉到领导们之间意见也不统一，似乎贺厂长正在尽力说服着什么。

忽然史刚正站起来，走到朱向红身边，微笑着请她坐下，并且示意梁浩让开位子，他坦然地坐在朱向红身边。这一举动使朱向红感到很温暖，也让会场上的人惊讶。

领导们结束讨论，贺厂长回原位坐下，刘部长抬头看着史刚正说："我知道你，你叫史刚正，看来你是支持朱向红的意见。"

史刚正站起来说："我们都知道她说的是实话，只不过我没有朱向红那股胆量当众说出来。"

刘部长对贺厂长说："这小子跟你年轻时一样，有种！"大家都被刘部长的调侃逗笑了，会场气氛一下子松弛下来。

刘部长微笑着对朱向红说："说说你的激励方案吧，我看看能不能搬到我们部领导班子里用一用。"大家又是哄堂大笑。

领导态度的转变反而让朱向红有些局促，她理了理头发，翻开笔记本说："激励的原则有两个，一是奖励团体，团体内个人奖金差不宜过大。这样做的好处是培养职工的团队精神，避免不必要的矛盾。二是奖励倾斜生产、设计、销售等一线职工，这样做的好处是鼓励职工去一线工作。

"不同岗位奖励的方式也不同，从事生产的职工以班组为单位，可以考虑计时、计件，超额完成任务或者质量优秀的嘉奖。设计人员以项目组为单位，可以考虑按照图纸工作量计算。销售人员以项目组为单位，可以考虑按照销售量计算。辅助性人员原则上没有奖金。干部可以按照所管单位的效益奖励。

"激励机制的改革不但牵动广大职工的切身利益，而且影响我们厂未来的发展和前途，必须顺民意、得民心。因此，我建议要选举职工代表参与激励机制的改革。这些代表不仅代表民意，而且能协助将激励机制改革推进下去。"

刘部长和其他领导一边听一边做笔记，还不断插话提问。大家一看领导态度变了，也都开始发言。有的支持朱向红的意见，有的加以补充，也有的发表不同的意见，表示怀疑。会议比计划的时间多开了一个多小时才结束。

1990年1月，贺春江被提升为副部长。让朱向红高兴的是史刚正担任长江压缩机厂厂长。

周一快下班的时候，史刚正走进朱向红的办公室。朱向红赶忙起身，眼中含着询问的目光。

望着自己过去的办公室，史刚正问："喜欢这间办公室吗？"

朱向红不知道史刚正葫芦里卖的什么药，随口答道："喜欢。"

史刚正看着朱向红不说话，好像在斟酌词句。

"有话你直说，我受得了。"朱向红预感到有点不妙。

"看来你得离开销售处。"史刚正慢吞吞地说。

"与上次干部会上的发言有关？"朱向红问。

史刚正点点头，没说话。

朱向红振作一下，故作轻松地说："没关系，我还年轻，输得起。"

"我代表厂部宣布，"史刚正一本正经地说，"解除你销售处处长的职务。"

虽然朱向红说她输得起，但是听到解除她的职务还是忍不住鼻子发酸。

史刚正接着说:"从明天起,你担任长江压缩机厂厂长助理。"

九

每天下班后到晚上8:30儿子睡觉,朱向红一直陪着儿子,哪怕做家务,也是不停地给儿子讲故事。为了听故事,宇弘像个小尾巴似的跟着朱向红来回转。

晚饭后是给儿子读故事书的时间,朱向红说,她要让宇弘在上中学前读完所有的中国和世界的名著。朱向红把录音机打开,边读书边录音,宇弘明天将会一边画画一边反复地听妈妈昨晚给他讲的故事。

今晚朱向红给儿子读《西游记》,她用儿子能听懂的语言讲孙悟空捉妖拿怪的故事。宇弘很懂事,知道妈妈忙,所以听妈妈读书的时候,非常安静。这本《西游记》已经读了十几天了,朱向红突然发现儿子一面听一面掉眼泪,朱向红赶忙停下来问:"弘弘,你不舒服吗?"

"不。"宇弘摇摇头。

"那你哭什么?"刘智天也凑了过来。

"唐僧不好。"宇弘抽咽着说。

刘智天想笑,朱向红连忙用眼神止住他。她轻轻地对宇弘说:"你是说唐僧冤枉孙悟空了,对吗?"

宇弘点点头。

朱向红同情地对宇弘说:"你说得对。你能知道唐僧冤枉孙悟空,说明你听懂了。"

"那为什么唐僧当师父?"宇弘瞪着一双泪眼认真地问。

"这个问题是个难回答的问题,明天问奶奶吧。"时间不早了,朱向红准备安排儿子睡觉。

"奶奶今晚想一想,明天给宇弘讲讲。"在客厅橡胶垫上做按摩的老太太接上话,"宇弘这孩子每天有问不完的问题,给他答疑可得小心,你要是不能把问题答圆满了,他就缠着你不断地问,也不知道像谁。"

"反正不像我,"刘智天打趣道,"我是老师说什么我信什么,领导说什么我干什么。"说到这儿,刘智天像是想到什么,脸上掠过一丝忧虑。

在卧室里,朱向红对刘智天说:"宇弘感情太敏感,一个男孩子这么脆弱恐怕经不起打击。"

"是啊。"刘智天心不在焉地答应着。

朱向红问刘智天:"你近来好像有心事。"刘智天没有答话,朱向红也没追问,她知道刘智天还没有想好。

刘智天的顶头上司是公司主管设备的副经理余力才,刘智天能升到这个位置,与余力才的提拔分不开。工农兵大学生的他虽然利用业余时间补齐了大学的理论课程,可是在讨论他的晋升问题时,仍然有人以学历浅为由不同意刘智天担任副厂长。那时余力才是南方石油化工厂的第一副厂长,他极力向厂长杜春阳推荐刘智天,而且还列举刘智天种种优点耐心地说服大家,并且担保说,如果刘智天不胜任,他余力才辞职谢罪。当刘智天的任命下来后,杜春阳对刘智天只说了一句话:"余力才拿自己的前程保的你。"从此,刘智天对余力才总有一种知遇之恩的感激。

余力才不但资历老,而且业务能力极强,在公司设备人员中享有很高的威望,无论多么嘈杂的会场,只要余力才一进门,立刻鸦雀无声。

据说他年轻时在北京大华化工厂当设备员,正赶上进口英国的压缩机第一次开盖大检修。转子吊出来后,需要换轴封。从仓库里提出来的轴封备件是一个组件,要先解体才能安装到轴上。英国工程师对着图纸看了一个多小时,愣是看不懂怎样拆开这个轴封组件。北京的天气冷,工人们在现场冻得要命。余力才想凑前帮忙,那个英国人两手挓挲着谁也不让靠前。余力才在旁边细看了一会儿,一伸手把中间一块提了出来,轴封组件也就解体了。英国工程师看傻了,事后通过翻译问余力才是怎么知道的。余力才半开玩笑地说:"我以前是做轴封的。"结果打那以后,只要牵扯到轴封问题，英国工程师总要派翻译请余力才去讨论讨论。后来同事们才知道，余力才说的做轴封指的是他少年时代自己做滑车溜着玩。

自从成立南方石油化工公司，余力才成了公司主管设备的副经理，刘智天成了他手下的设备副总工程师。各分厂的大型设备统一由公司设备处负责技术交流，供应处统一采购。按照分工，技术交流由刘智天主持，然后召开专题会议向余力才汇报，各处室和分厂统一意见后，余力才签字批准采购。

余力才一贯严格要求自己，从不私下过问设备制造厂的选择。最近，余力才不自然地询问竞标设备制造厂的情况，起初刘智天并不在意，可是一个月前，美国西比克搅拌反应器制造公司没有经过竞标就被批准签约了。虽然这个公司以前给南方石油化工公司提供过类似设备，而且运行良好，但是，至少也要通过竞标压价呀。刘智天也听人风言风语地说，余力才的儿子正在办理出国留学手续，需要经济担保等等。

一边是公司的利益，一边是情重如山的恩师，刘智天真是两难了。

朱向红也有自己的烦恼。根据刘华志部长的指示，长江压缩机厂成为开展激励制度改革试点单位。刘华志部长的原话是："改革得好，全面推广。改革得不好，也给部里提供决策的经验。"这本来是朱向红盼望的事情，但是进了厂领导班子她才知道，大多数厂领导不愿意改。最大的困难就是长江压缩机厂有三十多年的历史，人事关系错综复杂，谁也不愿意去捅马蜂窝。隋贸良好心地告诫朱向红："初生牛犊不怕虎，那是不知道老虎的厉害。贺厂长年轻的时候那是多大的气性！临走时我去送他，他把自己用了二十年的压书板送给我，上面只写了一个字，忍。"

这已经是长江压缩机厂第二次讨论激励制度的厂务会了，史刚正主持会议，他下决心要把改革试点搞好，硬着头皮听大家讲困难。

"许多骨干过去为厂子带徒弟、作贡献，吃苦耐劳什么条件也不讲。现在他们老了，我们要他们和年轻人一起计件拿奖金，他们能同意？"

"同是金工车间的工人，使用的机床新旧不同，加工的速度和质量当然也就不同，这种差别必然造成大家都抢好床子用，差床子谁用？再说，我们是制造压缩机，几百个零件千差万别，怎么分得均匀？古语道：不患寡而患不均。不均就产生矛盾，有矛盾就影响团结，弄不好就影响产品质量。"

"如果误差发生单方向积累，后面的工序比前面的工序废品率要高……"

"喷漆工序脏，技术含量低。如果计件，质量可能受影响。过几个月油漆脱落，客户找上门来，我们怎么分得清是哪个班工人干的活？虽然喷漆好坏并不影响使用，可这是个门面活。"

……

刚开始朱向红认真记录着大家意见，思索着解决办法。忽然，她觉得这厂务会有点像上大学前在拖拉机厂的班组会。那时朱向红在拖拉机厂总装车间二组当副组长，二组的工作是安装拖拉机底盘以上的部分和四个轮子。"文革"中物资奇缺，供应来的两个大驱动轮的内胎常常是修补过的旧胎，经常是轮子安上还没出厂就瘪了，只好卸下来重新换内胎。

换内胎是真累呀，一个小伙子按住金属轮毂，两个小伙子用撬杠使劲撬起外胎的内缘，手伸进去把内胎拖出来。每批拖拉机七八十台，要返修的内胎起码五六十个，这成了二组最累的活。

从朱向红进厂起，她就听到工人们经常抱怨换内胎的活累，两年过去了也还是老样子。

一天她跟车间的一个老工人琢磨着解决这个问题。他们把大轮子安在一个中心有轴的废台子上，用螺栓把轮子固定在台子上，然后拿根撬杠插进外胎和轮毂之间，撬杠靠在中心轴上毫不费力地一转，外胎沿就和轮毂分开了，轻轻松松地就把内胎取出来了。随后，朱向红请维修车间给加工了一个专用卸内胎的工作台，从此返修内胎成为二组女工专干的工作。想到这儿，朱向红不由得"扑哧"一声笑了出来。

大家突然转过头，注视着朱向红，把她看的有点难为情。

"小朱，你笑什么？"隋贸良怕引起误解，赶紧给她解围。

"我想了个主意。"朱向红赶紧切入正题,"既然激励制度不但符合国家和集体的利益,而且也增加个人的收入,绝大多数的人应该会拥护。我们不妨把激励制度的建立下放到基层去,听听工人们的意见。"

"我看可以,"隋贸良表示同意,"先选一两个车间做试点,由工人自己制定激励制度是个好方法。"

毕竟都是厂级领导,困难和牢骚都摆完了,总得想办法完成任务。很快就决定装配车间喷漆工段和金工车间小车床工段作为试点单位。由史刚正亲自给这两个工段长布置任务。

会后,隋贸良叫住朱向红,一起来到史刚正的办公室。私下里隋贸良仍然像是史刚正的领导,一进门他就一屁股坐在沙发上。

"我要调走了,"隋贸良开门见山地说,"贺厂长在部里主抓基本建设,压力很大,要我做个帮手。还有,最近部里要派一名干部到厂里挂职锻炼,据说原来是大学的教师,专门研究企业管理的。"

一时间史刚正有些语塞,这些副厂长都比自己资历老,多亏隋贸良经常帮他压压场,可是他又要调走了。

隋贸良看出史刚正的心思:"贺厂长打电话说,等你建立激励制度有点眉目了我再走。他给吴任虚打电话了,叫他支持你的工作。贺厂长说,激励制度建完了你给他安排个体面的方式退下来,他这一辈子也不容易。唉,本来挺好的一个人,刘部长原打算提拔他到部里工作,可是'文革'中他学了一个投机的坏毛病。"

史刚正眼圈有点红,他想起了隋贸良过去对他的许多好处。

隋贸良又对朱向红说:"你不是个凡人,可惜早生了几年。你的想法很好,但是有些超前,弄不好你可能成为一个殉道者。"

十

第二天,朱向红交给史刚正一份草拟的《试点工段工时奖金和工段长待遇》的提纲。史刚正仔细一看,吓了一跳:"工时奖金数我看可以,不过工段长的待遇违反厂里规定呀。"

朱向红早就料到史刚正的反应,她不慌不忙地说:"只要不犯法就行。激励制度搞不好,你厂长的位子也保不住。"

史刚正找的第一个人是喷漆工段长老辛头。老辛头姓辛不假,可是不老,才四十刚出头。只不过头发早谢,一脸的青春皱纹,人显得老相。加上喷漆工作比较脏,经常弄得身上脏兮兮的。人们从二十几岁就叫他老辛,现在干脆都叫他老辛头。

老辛头真名叫辛昌旺,没有什么家庭背景,父亲是个老实巴交的农民。因为跟公社会计有点沾亲,所以"文革"中得以保送到城里读中专。

老辛头的爱人李卓然可是个人物,她父亲原是北京舰船研究所的研究员。早年留学日本早稻田大学,专攻液压动力学。抗战时期回来救国,后来参加过中国海军的舰船设计,解放前不愿意跟随蒋介石去台湾,被地下党秘密送到山东解放区,创办了烟台工业学校,为新中国建设培养干部,以后随同解放军进城,先是在北京一所大学任教,后来调到舰船研究所工作。"文革"中被诬蔑成日本特务,不堪忍受批斗的侮辱,投水自杀了。那年李卓然只有十五岁,是家里最小的孩子,因为受不了周围人的白眼,虚报年龄要求上山下乡,插队到辛昌旺的家乡,碰巧和另一个知识青年大姐姐住在辛昌旺家。

李卓然是城里长大的孩子,从小横草不拿、竖米不沾,干一天农活累得浑身像散了架。可能是知识分子家庭的女儿就是不一样,辛昌旺一见到李卓然就被吸引住了。他比李卓然大三岁,干农活时处处帮着李卓然。每次锄地他总是赶快锄到地头,回来迎着李卓然那一垄锄过来,好让李卓然能多歇会儿。现在回想起当年事,李卓然对母亲说:"就凭着他能帮我锄地,我当时就想嫁给他。"

一年后,同住的大姐姐托关系回城了。李卓然经常一个人坐在小山上,看着远处的公路发呆,她太寂寞了。

一天晚上,辛昌旺挑着两个麻袋进了院子。他招呼李卓然悄悄地把麻袋搬进房间，然后关上门。李卓然疑惑地打开麻袋一看，高兴的差点跳起来，整整两麻袋书。

后来李卓然才知道，辛昌旺把自己多年攒的私房钱全拿出来，通过一个在县城造纸厂当保管的老乡，把这两麻袋"毒草小说"给买了出来。这两麻袋小说让李卓然躲进与世隔绝的精神世界，熬过那个窒息的年代。

后来公社的亲戚保送辛昌旺去读工农兵大学，他得知读大学要三年，读中专只要两年，坚决要求读中专。临走辛昌旺告诉李卓然，他一毕业立马在城里找份工作，然后把她接出去。读书期间他每周给李卓然写封信，辛昌旺嘴拙手不拙，每封信里都夹着一个用草叶编的小饰物，有时是个鸟，有时是只猫。李卓然最喜欢的是一对用草叶编的小人，现在还镶在他俩的结婚照里。

辛昌旺毕业后分配到长江压缩机厂，本来分配他去铣磨工段，另外一个同学分到喷漆工段，那个同学死活不愿去，赖在人事科闹情绪。辛昌旺找到厂部要求和那个同学换一换，条件是厂里把他的对象招进厂里当工人。原来辛昌旺听人说，喷漆工段的工人大都是从农村来的，其中有一些是照顾厂里的骨干职工，把农村的家属招进来的。

当时贺春江已经从被批斗中解脱了，恢复了厂长职务。知道了李卓然的背景，动了恻隐之心，亲自出面替李卓然办了招工名额，从此夫妻二人就在一个工段工作。喷漆工段没有什么文化人，很快辛昌旺就从副班长、班长，提升到了工段长。

"文革"后落实政策，李卓然的父亲得以平反昭雪，母亲想让女儿回北京。本来李卓然也同意了，夫妻俩开始联系北京的工作单位。可是，老太太来看女儿，住了不到一星期，李卓然就改主意了。她对母亲说："你看不上辛昌旺，说他是癞蛤蟆吃了天鹅肉。可是这只癞蛤蟆救过我半条命！"

史刚正对辛昌旺从来不客气，觉得他窝囊。虽然工作很勤奋，可是每次总是跟厂里计较奖金。辛昌旺也有话："我们喷漆工段的工人都是农村来的，家里穷。我不替他们争，谁替他们争？"

"老辛头，"史刚正从来不叫他辛段长，"厂里实行激励制度的事你听说了吧？"

"主任传达了。"辛昌旺面无表情地说。

史刚正接着说："厂里决定在你们工段搞试点。考虑到喷漆工段的活比较苦，给你们定的工时奖金最高。这是一个初稿，你拿回去研究一下，如果有意见咱们再商量。"

史刚正递给辛昌旺一份方案草稿，然后看了一眼旁边的朱向红，好像下定决心，对辛昌旺说："考虑到建立激励制度是件十分操劳的工作，厂部决定，试点期为半年。第一个月你们工段选举职工代表，制订激励方案初稿。选举职工代表你要控制，不能选举偷懒耍滑的，要选能考虑国家、集体和个人三者利益的。方案厂里批准后，前三个月实行和调整，后两个月巩固和总结经验推广全厂。试点期间工段长的奖金是工段平均奖的两倍，工资双薪。不过工资双薪你要保密，正常工资由财务处发给你，另一份工资是补助，由朱助理单独发给你。如果激励制度建立的好，年底给你长一级工资。"

看着脸上泛起阳光的辛昌旺，史刚正接着说："如果激励制度建立失败，我将被免职。不过，我被免职之前一定先撤了你！"

史刚正最后一句狠话吓得辛昌旺脸上的肌肉一哆嗦，不过，他马上回过神来："年底的一级工资我不要了，你把李卓然调出喷漆工段，我玩命也把激励制度给你建立起来。"

"为什么？"史刚正有点疑惑。

"虽然激励制度对大多数人是好事，但是对于那些平时泡病号的来讲，绝对不是好事。我不怕得罪人，我怕卓然受不了闲言碎语的刺激。"辛昌旺实话实说。

"眼下哪个单位都不想要人，李卓然也没有什么特长……"史刚正想拒绝辛昌旺的要求。

"跟着我吧，"朱向红历来不小瞧辛昌旺，她对史刚正说，"我需要个干事协助我联络研究单位,你叫人事处把李卓然借调过来配合我工作吧。"

辛昌旺感激地看了朱向红一眼,然后神情严肃地对史刚正说:"史厂长,我们大伙儿都知道你是条硬汉子,希望你能管好咱们厂,领着大伙儿过好日子。"

打发走辛昌旺,史刚正不解地问朱向红:"厂里来了不少大学生,你怎么从工人堆里选个半老娘们儿做干事?"

朱向红轻声笑笑:"你不了解李卓然,论文才她比我强,论智慧我不比她强。"

小车床工段长是个毕业才三年的大学生,叫蒲新亮。小伙子膀大腰圆,身高一米八,是厂篮球队的中锋。史刚正很喜欢他,不仅仅是因为他工作勤奋、钻研技术,更主要的是蒲新亮敢作敢为,一身虎气,跟他年轻时一个样。

"小蒲,"史刚正像喊儿子一样亲切,"最近女朋友谈得怎么样?"

"还行。"蒲新亮有点怕史刚正。

"什么叫还行啊?你得主动点。我这儿有一块女表,是上次日本车床制造厂横田先生送的。你拿去给女朋友吧,就算是我给你的贺礼。"史刚正从抽屉里拿出个精美的长盒子,递给蒲新亮。

蒲新亮接过表,看看朱向红,又看看史刚正,小心地问道:"厂长找我来有事吧?"

"没事就不能找你聊聊?"史刚正喜欢这只老虎在自己面前规规矩矩,"不过今天找你来还真有事,而且是个大事。部里要咱们厂试点建立激励制度的事你知道了吧?"

"我听说了。"蒲新亮答道。

"厂里决定先在你们工段试点。"史刚正真把蒲新亮当儿子了,他耐心地解释道,"为什么要试点呢?就是因为这是个新事物,厂领导没数,不敢贸然开展。这就像是打仗,大部队出击之前,先要派出个先锋队。先锋队伤亡重,不过立功机会也多。你们工段就是厂里的先锋队,你要想办法摸索出一套经验来，以便全厂推广。"

观察到蒲新亮有点兴奋，史刚正接着说："我这儿有一份工时奖金草案，你可以先研究一下，有不同意见可以再商量。"

看着蒲新亮接过草案，史刚正继续说："试点时间是六个月，头一个月你要在工段里选举职工代表和你一起制订方案，厂里批准后，你就可以执行，可以随时调整。试点期间你的奖金是工段平均奖的两倍。"

像是想起了什么，史刚正又补充道："你要依靠群众，多听听职工代表的意见，不能耍横。上个月二癞子找过我，说你打他？"

"我就推了他一把。"蒲新亮辩解道。

"那也不行，"史刚正严肃地说，"你是干部，遇事要讲政策。懂吗？"

"懂了。"蒲新亮老实地答应着。

"好！"史刚正很满意，"你是厂里的后备干部，这件工作干得好，我破格提拔你。"

蒲新亮看完草案，犹豫了一下，然后对史刚正讲："保证完成任务。不过，我想要个权力。"

"讲吧。"史刚正鼓励道。

蒲新亮一字一句地说道："试点期间我有权对不服从管理的职工实行停职停薪，任何领导都不得干涉。"

"行！"史刚正痛快地答应。

蒲新亮走后，朱向红好奇地问："你怎么不给他双薪呢？"

史刚正摇摇头："他不需要这个。"

十一

朱向红是在职工食堂认识李卓然的，她有一套理论，人在吃饭的时候最放松，那就是人的本色。李卓然吃饭并不慢，但是静悄悄地没有一点声响。轻轻地在饭盒里挖起一勺饭，以最短的距离送进嘴里，两片嘴唇轻轻一抿，勺子干干净净放回饭盒。当微张的嘴内牙齿咀嚼完食物、轻轻吞咽下去，下一勺饭正好又送到嘴边。没有夸张的动作，也不用勺子扒拉饭盒里的饭。"看李卓然吃饭就像欣赏一幅画。"朱向红这样告诉刘智天，从此害的刘智天经常对着镜子看自己的吃相。

朱向红要李卓然来当干事不仅是同情她，也不仅是想帮助辛昌旺，她的确需要李卓然。李卓然的父亲生前学术名声显赫，学生、朋友遍及整个制造业和研究单位，要想和这些清高的老夫子打交道，光凭钱是不行的。

"卓姐，"朱向红出于尊重，也出于女性间的亲密，一开始就称李卓然"卓姐"，"你用一两周的时间熟悉咱们厂压缩机的设计和制造，重点是轴封和轴承。准备好了你就设法查找咱们国家哪些大学和研究单位里有这方面的高人，你将这些高人的背景和联系方式列张表给我，厂务会批准后，你带我和设计室的陈主任一起拜访他们，如果双方谈得拢，咱们就和他们合作建立研究室，一起搞科研开发。"

朱向红知道，对于李卓然这样的人不能指示太多，把任务交代清楚就行了，怎么干那是李卓然自己的事。

六个星期以后，李卓然就把名单交到朱向红的手上。一共有七个人，每人的简历、学术成就、联系方式都清清楚楚地分类写在表上，另外还有一张附表，介绍每一个人的家庭、爱好和社会关系。

朱向红满意地点点头，用笔工整地在表头上写道：请诸位领导参阅，准备专题会议讨论。然后对李卓然说："卓姐，你复印后发给每一位厂领导和主要技术车间主任，底稿你留着。"

谢闵铉从部里挂职下派到长江压缩机厂锻炼，职务是经营开发调研员，副厂长级待遇。谢闵铉报到那天隋贸良调走了，朱向红接任主管销售和设计的副厂长。史刚正把贺春江原来的住宅精心装修，送给吴任虚居住，作为他为长江压缩机厂工作近四十年的报答，然后安排他退居二线，任生产处技术顾问。生产处长赵东亮接任主管生产的副厂长。朱向红告诉刘智天："史刚正的王朝稳固了。"

辛昌旺领导的喷漆工段的激励体制试点进行的比较顺利，工作比较平稳，没有听说发生什么大的矛盾。而蒲新亮领导的小车床工段好像有些让人担心的消息，比如，有个工人不听从工段的统一安排，擅自改动机加工顺序，目的是想多领奖金；由于为了抢时间，个别班组不做半成品中间检查，造成废品率提高等等。虽然蒲新亮立即采取强硬措施加以纠正，并且对当事人进行了处罚，可是总让人感到小机床工段像一口要沸腾的锅，无法预测蒸汽会从哪儿冒出来。

朱向红分别去两个工段做了调查，原因主要出在辛昌旺和蒲新亮两个人的处事方式上。

辛昌旺只领取工段平均奖，他把他应得的那一半用于照顾那些身体差、家庭困难的职工。辛昌旺对他们讲："厂里建立激励制度的目的是为了让职工长期受益。我算过，大家齐心协力，互相配合，喷漆工段的职工收入能翻三番。咱们如果窝里斗，谁也得不到好处。现在是试点初期，就相当于咱们国家的社会主义初级阶段，制度肯定不公平、不完善，咱们一边忍着点，一边和领导商量慢慢修改。我拿最低的奖金，多出来的给困难的职工，我保证让大家过上好日子。"辛昌旺以班组为单位发奖，这样班组内奖金基本一样多，班组的差别一般不大，结果整个工段职工的收入达到原来的二三倍。职工收入增加，工作积极性立刻提高，结果是良性循环。

蒲新亮按照厂里的规定选举了职工代表，也同职工代表一起制订了激励方案，自己带头苦干，可是他不能体谅困难职工和老职工的实际情况。他也要求个别职工要忍一忍，可是他拿不出具体解决问题的办法。有些事情符合规定，但是不合理；有些事情不符合规定，但是合情合理。职工代表想劝他又怕他的火暴脾气。试点四个月了，工段里还因为奖金问题形成年轻工人和老工人的矛盾对立。

厂务会上听完朱向红的汇报，副厂长们谁也不说话，大家都知道蒲新亮是史刚正的爱将，等着他先表态。

朱向红明白大家的意思，她给史刚正解围："总体来说两个工段的试点都比较顺利，发生些矛盾也是预料之中的事。相对来讲蒲新亮缺乏处理复杂事务的经验，但是，就一个才毕业三年的学生来讲，已经很不错了。蒲新亮是一个好苗子，下一步我们应该给他找一个师傅。"

"两个工段都搞得不错，尤其是喷漆工段的辛段长，工作十几年了，经验丰富，处理复杂事务的能力很强。"这是史刚正第一次称呼辛昌旺为辛段长，"我同意朱厂长的意见，蒲新亮是个好苗子，不过需要个师傅。请大家就试点工作发表意见。"

几个副厂长根据自己了解的情况发表了各自的意见，虽然对两个工段的评价褒贬不一，但是总体上还是认可试点的成功，认为可以开始准备全厂激励制度的建立。

不过给蒲新亮安排师傅却成了个难题，原金工车间主任顾伟民调任生产处处长，新上任的金工车间主任尹德全是原来的副主任，尹德全技术方面很强，可是管理工作比较简单化，加上刚上任，事务性工作多，忙的焦头烂额。如果由他指导蒲新亮完成试点工作，恐怕是以其昏昏，使人昭昭。

主管计划和财务的副厂长刘玉昆是班子里资格最老的领导，他眯缝起眼，拖着长长的四川腔说："小朱厂长呀，你每次提问题的时候我都在想，你是否已经有了答案？你是不是想考一考我们是不是和你一样聪明哩？"大家被他那特有的滑稽腔调逗笑了。

朱向红有点不好意思了，她赶紧说："我是有个方案，没早说是想先听一听大家的意见。"看到大家认真起来，朱向红接着说："我的方案是提升辛昌旺任金工车间副主任，一可以协助尹德全主任抓车间管理工作，二可以帮助蒲新亮继续推进试点工作。"

"调辛昌旺去金工车间？他懂机加工吗？"史刚正有点吃惊。

"辛昌旺是农民出身，他看造压缩机跟种庄稼一样。"朱向红回答道，"进厂十几年里，他像学农活一样学会了各工种的工作，虽然金加工技术一般，但是他对机床的了解不比维修工人差。"

新提拔的生产副厂长赵东亮证实道:"朱厂长说得不错,辛昌旺对机床很有研究,年初维修日本进口那台插床时,维修工段专门请他做参谋。别看他样子有点憨,脑袋瓜子蛮灵的。"

最后,厂务会通过朱向红的提议。

谢闵铉对这两个工段的试点表示出极大的兴趣,他总结道:"从管理学上讲,班组是工厂最积极的经营活动的细胞,而个体是组成细胞的成分。喷漆工段试点工作比较好的原因可以归纳为两点,第一点是细胞组成比较一致,第二点是连接细胞之间的神经比较有效。而小车床工段细胞的健康程度差,神经系统不是协调各个细胞,而是深入到细胞之中试图调节细胞内的组成,结果细胞内产生了抗体,对抗神经系统……"

朱向红不能完全听懂谢闵铉的话,但是觉得长学问。她忍不住问谢闵铉:"谢老师,您对辛昌旺这样的干部怎样评价?"

谢闵铉客气地回答:"大家叫我老谢吧。目前我们国家的经济改革还是起步阶段,工厂管理不正规,比较适合启用像辛昌旺这样的学历虽低但是经验丰富的基层干部。但是从长远来看,还是要依靠像蒲新亮这样的大学生担任各级领导。"

对于谢闵铉的这番话朱向红不同意,因为管理经验是执行有效管理的基础条件,学历与学问没有必然的联系。但是又觉得不便当众反驳,心里想:如果像谢闵铉这样的"学院派"干部制定政策,恐怕下面执行起来就有难度了。

散会后,史刚正叫住朱向红,他犹豫地问:"辛昌旺真的能行?"

朱向红斩钉截铁地回答:"如果我是你,我就提拔他当副厂长。"

厂里专题会议后,朱向红与陈东敏、李卓然一起拜访压缩机行业的学者和专家。其中有一位名叫李钧儒的研究员让朱向红非常感兴趣,李钧儒的简历很不起眼,初中一年级毕业后就没有再受过正规教育,工作简历也是在八路军兵工厂、烟台市图书馆、军工部干部学校……不像其他专家有出国留学或者大学教授头衔等等的显赫出身。尽管陈东敏主任不看好他,但是出于本能的敏感，朱向红坚持拜访李钧儒。

李卓然介绍说：李钧儒的父亲原来是英国在山东刘公岛高尔夫俱乐部的经理，所以李家生活不错，李钧儒小时候能够读书。太平洋战争爆发后，英国人撤出刘公岛，李家迁到威海卫。为了维持生计，李钧儒的父亲开了个杂货铺，母亲给人家洗衣、推磨，艰难度日。全家六个孩子，李钧儒排行老二，当时正在读小学五年级。由于没钱交学费，李钧儒辍学在家帮助父母干活。

李钧儒酷爱读书，没钱读书就借书读，小学六年级的课程就是抱着推磨棍读完的。第二年威海一中招生考试，李钧儒瞒着父母报名参加，本想考试看看自己六年级学的怎样，不曾想竟然考了第二名。新学期开学了，李钧儒看着邻居家的孩子穿着统一的校服上中学，但是家里没钱交学费，他只好认命在家继续帮父母干活。

威海一中的老师们有点奇怪，怎么第二名一直不来报到呢？招生老师按照考生地址找到了李钧儒的家，李钧儒的父母才知道儿子背着自己参加了考试。看到李家的实际困难，老师们想出了一个解决办法：李钧儒不必交学费，也不必买校服，只要每天在别人课外活动的时候替学校刻蜡版、印讲义，冲抵学费上学。从此威海一中多了一名穿着旧衣服、天天刻蜡版、门门功课考第一的学生。

第二年，城里的日子实在过不下去了，全家搬迁回原籍牟平农村。那时牟平一带被八路军占领着，生活比较安定。十二岁的李钧儒除了帮助父母干活，就是想办法借书读。李钧儒有一个远房姑姑比较富裕，李钧儒受父亲的差遣经常去姑姑家借米、借面。每次去总想方设法向富裕的表姐、表哥借阅他们学过的书籍，白天干活，晚上推磨时在煤油灯下读书，他的眼睛就是那时候累坏的。

十四岁那年，李钧儒想到乡中心小学教书给家里多挣点钱，谁承想校长一见到他立刻表示不同意，他对李钧儒的母亲说："老嫂子，不是我不收，你儿子还是个拖鼻涕的孩子，他哪能教书啊？"在李钧儒母亲的再三央求下，校长答应让李钧儒试一试，讲好了只讲一节课，而且不给钱。那时农村的小学老师并不好当，语文、算术、历史、地理样样都得教，正赶上下一节课是地理课。李钧儒并不胆怯，不用看书，随手就在黑板上用粉笔画了张中国地图，一下子把校长镇住了。从此李钧儒每月给家里挣回来二斗小米。

李钧儒十六岁的时候参加了八路军，八路军兵工厂里有一个缴获日本人的图书馆，存有大量的日文技术书籍。当时在兵工厂的李钧儒为了能够看懂这些书籍，向参加了反战同盟的日本人学习日语，后来几乎读完了图书馆里所有的技术书。

李钧儒搞研究有一个特点，他先用泥土捏出模型，然后不断地修改，最后请工人师傅照着模型制造。这个习惯一直延续下来，现在李钧儒的桌子上还有各种颜色的胶泥，他一面思考一面捏胶泥。

在兵工厂他研究出来一种手炮，虽然样子看起来粗糙，但是射程比日本造的掷弹筒远了一百米，杀伤力半径也大了三米。有意思的是这种手炮不仅可以发射八路军兵工厂制造的土炸弹，而且还能发射日本造的掷弹筒弹，吕正操司令亲自给手炮命名"钧雷"。

山东解放后，胶东军区兵工厂解散，组织上征求他对工作安排意见。他提出去烟台图书馆，他的目的是想系统地读书。后来由于他近视度数很高，不便随军南下作战，便被派往烟台工业学校任教员，为新中国建设培养干部。

烟台工业学校的校长叫周步天，他一看李钧儒的档案就直摇头。他对李钧儒说："小李同志，我们这儿的教师都是大学毕业，你才是初中一年级的文化，怎么当老师呢？"

那年李钧儒还不到三十岁，因为没上过大学，也不知道大学毕业是什么水平。他对周步天说："既然不合适在这工作，你把我退回组织部重新安排工作吧。"

当时的工业学校的党委书记是个老红军，他对周步天讲："李钧儒是上级组织分配来工作的，哪能退回去呢？这不符合组织原则。他不能教书，你安排他一个力所能及的工作嘛。"

周步天问李钧儒："你干过什么？"

李钧儒答道："管理图书、制造武器……"

"行了，"没等李钧儒说完，周步天就作出决定，"李同志，你到学校图书馆工作吧。"

从此，李钧儒担任学校的图书管理员。虽然管理图书有大量的时间读书，这是令人惬意的事情，但是李钧儒总想弄明白大学毕业究竟是个什么水平。

很快全国解放了，周步天频繁去北京开会。因为教师短缺，周步天亲自兼任力学课教师。他去开会，课就得停下来，等他回来接着讲。周步天早就想把这门课交出去，可是谁也不接。原因很简单，一是怕教不了力学课，二是怕教不了周步天教的学生。

一天周步天从外面回到办公室，看到等在门口的李钧儒。"有事吗？"他一边开锁一边问。

"听说周校长要去北京开会？"李钧儒问。

"是啊，后天走。有事吗？"周步天有些奇怪。

"您走后力学课谁替您教？"李钧儒追问道。

"没有人教，我回来后接着教。"周步天越发奇怪了。

李钧儒大着胆子说："我替你教吧。"

周步天一愣，他耐心地对李钧儒说："我教的力学课是一门综合课程，包含理论力学、材料力学、弹性力学、塑性力学、流体力学等多门学科，其他老师都不敢接。现在刚解放，到处需要专业干部，你要是教不好岂不是误了国家大事。"

李钧儒胆子更大了，坚持要求周步天让他试一试。

可能是周步天就是周步天，也可能是他整天忙校务，还要频繁地到北京开会，实在需要有人替他教这门课程。周步天思索了一下，对李钧儒讲："明天上午第三节课是我的力学课，你来听一听我是怎样讲的。"

第二天李钧儒坐在教室后排听周步天讲理论力学，临下课时，周步天对全班同学讲："我明天去北京开会，我不在时由李同志临时代课，如果有什么不明白的地方,我回来后重新讲。"

两个星期后,周步天从北京回来。学生班长来找周步天:"周校长,以后让这个李同志继续教下去吧。"

周步天吃了一惊,他听了李钧儒一节课。课后他把李钧儒请到自己的办公室。"李老师,"周步天改了称呼,"对不起了,我没想到李老师有如此高的水平。以后力学课都是你教了。"

从此,不但力学课,学校里开新课、替别的老师代课,无论是高等数学、高等物理、普通化学、有机化学……李钧儒成了工业学校最好的教员。周步天和李钧儒也成了莫逆之交。

1951年周步天奉调北京工作后,在他要求下,李钧儒也随他一起调进舰船研究所,号称研究所的"力学二圣"。

目前他正在研究船用压缩机的轴封,据说在这个领域里没有人超过李钧儒。

"卓姐,你怎么知道的这么清楚?"朱向红感动之余问道。

李卓然黯然回答:"周步天是我父亲。"

"那你怎么姓李?"朱向红不解地问。

"我妈姓李,我爸欠我妈的。"李卓然不愿意再说下去。

大概是李卓然的面子,李钧儒在招待所餐厅请朱向红三人吃午饭,陪同的还有李钧儒的两位助手。

李钧儒六十多岁,一副酒瓶底似的高度近视眼镜架在鼻梁上,头发灰白,背有些驼,身穿沾满斑点的工作服,毋庸置疑的说话口气让人有些生畏。

席间朱向红代表长江压缩机厂向李钧儒表示敬意,然后提出在李钧儒的实验室合作研究压缩机轴封的请求,并且表示资金全部由长江厂出。

没想到李钧儒干干脆脆地拒绝了。理由只有一个,他现在忙着研究船用压缩机的轴封。虽然都是压缩机,但是因为用途不一样,轴封的结构有很多不同。如果贸然开始一个新项目,恐怕不但达不到长江厂的要求,还会影响原来项目的研究进度。

七个候选人中,李钧儒是唯一拒绝合作搞项目的人。

听完朱向红的考察汇报,史刚正用手理了理日渐稀疏的头发:"这七个人中你们看上谁了?"

朱向红看了一眼身边的陈东敏和李卓然,对史刚正说:"中国轴承目前还不具备竞争实力,我们建议暂时购买国外产品。比如,瑞典的SKF、日本的NHK、德国的FAG。关于轴封,我们建议与北京舰船研究所合作,开发适合我们自己压缩机的轴封。"

"可是李钧儒不同意怎么办?"史刚正问。

"我们私下了解过,李钧儒是怕拿了我们的科研费,被我们套上车,他再也不自由了。"朱向红回答道。

"他说的也不错,我们的目的就是要他拿我们的科研费,给我们干活。"史刚正说道,"不行就换别人,不能在一棵树上吊死。"

两个星期之后,朱向红和李卓然再次来到北京舰船研究所。这次看到她们,李钧儒脸上有点不悦。朱向红赶忙解释:"我们厂里决定,既然您没有时间指导我们研发压缩机轴封,我们自己建立一个实验室。李卓然是我们未来实验室的副主任,这次来是想让您收下她做徒弟,学习怎样建立实验室。"

李卓然从挎包里拿出一本旧棋谱,递给李钧儒:"这是我的拜师礼。"

看到这本棋谱,李钧儒脸色突变,嘴唇有些发抖。半天才从衣兜里掏出手绢擦擦眼睛,声音哽咽地说:"卓子,我想你爸爸啊。"

后来李卓然告诉朱向红,李钧儒和周步天有个共同的爱好,下象棋。不过李钧儒喜欢自己跟自己下棋,一个人闷在屋里研究棋谱。周步天喜欢跟胡同口、马路边的"闲云野鹤"下棋,吵吵嚷嚷地谁也认不出他是研究所的高级研究员。

一天周步天从旧货市场上淘到一本古棋谱,李钧儒知道后就想借去看看。周步天对他说，你能连赢我三盘我就送给你。结果无论李钧儒怎样努力，不但不能连赢三盘，而且还输多赢少。后来，周步天还是把这本棋谱借给李钧儒看了，不过跟着一句话：搞科研与下棋一样，不要老是闷在实验室里一个人琢磨，要与别人多交流。自命清高、独来独往是李钧儒的老毛病，周步天就是借棋谱开导李钧儒。

回到厂里，朱向红向史刚正汇报：李钧儒答应合作研究压缩机轴封，资金两家各出一半。李钧儒已经报请研究所同意，破格招收李卓然为在职研究生。以后，李卓然可以一面在研究所里跟着李钧儒研究压缩机轴封，一面作为长江厂的轴封研究联络员向厂里汇报研究进展。

史刚正很高兴，同时告诉朱向红：辛昌旺在金工车间干得不错，不但蒲新亮在他的指导下试点搞得很好，整个车间的管理工作也顺畅了。史刚正忍不住问朱向红："你是怎么发现辛昌旺两口子的？"

朱向红笑着答道："你应该多跟'闲云野鹤'下象棋。"

十二

临下班前，朱向红浏览当天的报纸，《人民日报》头版刊登新华社配发的图片新闻，邓小平同志于1992年1月18日至2月21日巡视武昌、深圳、珠海、上海等地，并且发表重要讲话。

第二版刊登了邓小平的讲话内容："……改革开放胆子要大一些，敢于试验，不能像小脚女人一样。看准了的，就大胆地试，大胆地闯。深圳的重要经验就是敢闯。没有一点闯的精神，没有一点'冒'的精神，没有一股气呀、劲呀，就走不出一条好路，走不出一条新路，就干不出新的事业。不冒点风险，办什么事情都有百分之百的把握，万无一失，谁敢说这样的话？一开始就自以为是，认为百分之百正确，没那么回事，我就从来没有那么认为。每年领导层都要总结经验，对的就坚持，不对的赶快改，新问题出来抓紧解决。恐怕再有三十年的时间，我们才会在各方面形成一整套更加成熟、更加定型的制度。在这个制度下的方针、政策，也将更加定型化。现在建设中国式的社会主义，经验一天比一天丰富。经验很多，从各省的报刊材料看，都有自己的特色。这样好嘛，就是要有创造性……"读邓小平的讲话让朱向红浑身轻松。

由于激励制度的建立，长江压缩机厂的生产效率大幅提高，但是销售成了制约产量的瓶颈，每周例会的工作汇报对朱向红都是折磨。

虽然销售量提不上去也不能全怪销售人员，洋品牌压缩机对国内压缩机市场的冲击太大了，国产压缩机要想赶上国外压缩机的确还需要相当长的时间。可是，朱向红总觉得大家看她的眼神里有责怪之意。

根据销售处的汇报，海南东海石化公司和浙江永昌石化公司都在准备建设一套年产十五万吨苯乙烯装置。东海石化是国企，永昌石化是民企，设计院是天津特努克石化设计院。主要竞争对手还是德国的凯克科公司，原先凯克科公司在东德，现在东、西德国合并了，凯克科公司现在全称是"德意志凯克科压缩机制造有限公司"。

自从1984年竞争南方石化厂十五万吨/年苯乙烯压缩机以来，长江压缩机厂打开了石化行业的大门，销售的工艺气体压缩机的数量逐年增加，但是与国外公司竞争两台大型压缩机的局面还是头一次。

史刚正、朱向红和已经升为销售处长的梁浩开会商讨竞争项目的策略。梁浩汇报说：凯克科公司的销售人员私下与我们的人联系，两家各自一台，不必争个你死我活。

朱向红问："怎样'各自一台'？"

梁浩答："东海石化那台归他们，永昌石化那台归我们。"

朱向红笑道："这又是那个古德姆的鬼花招。制造厂都明白：因为这两台压缩机有相同的规格、尺寸和用途，设计、制模、进料、加工都基本一样，所以同时造两台要比造一台的单台成本低的多。东海石化是国有企业，技术力量比较强，资金也比较雄厚，只要他们认为性能价格比合适，肯定会签合同。而永昌石化则不同，因为是民营企业，技术、资金力量都弱一些，所以他们会观望东海石化的态度。很可能拿到东海石化压缩机订单的制造厂，就能拿到永昌石化的压缩机订单。"

史刚正同意朱向红的分析。可是怎样才能同时拿到两台压缩机呢？

朱向红说："现在最好的办法是'守拙'。我们认真准备技术方案，挑选优秀工程师与用户做技术交流，销售处派出精干的商务人员了解用户的反映，及时调整我们的方向，我相信我们一定能争取到这两台压缩机的合同。"

听了朱向红这一番话，梁浩信心十足地说："厂领导放心，我们保证拿下这两台压缩机的合同。"

梁浩离开后，史刚正问朱向红："你有把握吗？"

朱向红摇摇头说："没有。"

朱向红参与到项目的具体细节，与梁浩反复斟酌销售人员的配备和技术方案的准备。梁浩亲自担任项目商务经理，设计室主任陈东敏担任项目技术经理，朱向红担任项目总指挥。史刚正也抽时间参加项目安排讨论，整个销售处弥漫着重大项目竞争前的紧张气氛。

项目组首先参加东海石化公司的压缩机技术交流。东海石化公司设备副总经理关普军和公司各部门的技术人员，以及特努克石化设计院的工程师们齐齐地坐满了会议室。朱向红不担心技术交流，工程师倪志远是长江厂设计室的主任设计师，1984年南方石化厂的那台苯乙烯压缩机就是他主持设计的，而且在用户现场协助过安装和调试，有深厚的理论基础和丰富的实际经验，而且倪志远还有一个特点，讲解方案不拘泥形式，能够根据用户的特点寻找恰当的切入点，这正是朱向红选他做主讲工程师的原因。

东海石化公司虽然使用过不少压缩机，但是采购螺杆压缩机还是头一次。所以，倪志远就从螺杆压缩机与其他压缩机的区别讲起，然后讲解结构设计特点、选材特点、工艺操作特点等等。

朱向红发现关普军和其他技术人员对长江厂的介绍很感兴趣，提问的态度也很友好。尤其是设备处副处长赵同源十分详细地询问了转子的材料、轴承的寿命、控制系统的配置等等。朱向红明白：只有用户可能选择你的压缩机时，他们才会详细地询问。而且只有他们对你有好感，他们才会友好地对待你。因此，朱向红轻轻地松了一口气，开头顺利。

技术交流快结束时，设计院项目组的设备工程师王树新突然开始向倪志远提出问题：这样大型的苯乙烯压缩机长江厂制造过几台？压缩机轴封成功使用的业绩有多少？除了国内，长江厂的压缩机是否有过海外使用的经验？压缩机的转子设计采用什么软件？这种软件得到过何种国际机构的认证？这些问题都是长江厂的软肋，也是长江厂正在努力解决的课题。倪志远没有选择，只好如实回答。这些问题只起到了一个作用，提醒用户：长江厂毕竟是国内压缩机制造厂，水平比国外制造厂低得多。朱向红感到，要么王树新事先有意识地准备了这些问题，要么有压缩机制造专家指点他提出这些问题。

为了扭转一下王树新所提问题产生的负面影响，朱向红决定发言："长江压缩机厂是我们国家第一个螺杆压缩机制造厂，虽然从50年代建厂，因为外国对我们国家的封锁，也因为我们自己的闭关锁国，发展比较慢。但是，困难的条件培养了我们自力更生的能力，加上我们国家实行改革开放政策和国际环境的好转，长江厂正在迅速发展。我们聘请了五位行业专家做我们的技术顾问，其中包括西安交大的压缩机权威专家。我们与北京舰船研究所联合建立了压缩机轴封研究室，我们现在使用的轴封就是改进后的轴封，这种轴封的寿命已经达到国际上API的要求。长江厂已经完成内部的生产管理改革，现在每一个部件在加工过程中都附有一份加工图纸和一份加工流程表，每道工序完成后都有责任人的签字和中间检查员的签字。"

她看到用户代表们不反感她的讲话，便继续说："我知道东海石化公司也是一个有多年历史的老厂，关总年轻时就从事石化生产事业。我前年去香港参加一个石化设备产品研讨会，一位香港石化产品代理商指着我们国家的塑料样品说：'虽然技术指标已经和日本产品一样好，但是每吨价格还是要便宜二十美金。'我问他为什么？他说：'因为是中国制造。'我知道东海石化公司未来生产的苯乙烯也要卖到海外，同等质量就应该同等价钱，这才符合逻辑。曾经有一个美国人问我长江厂是做什么的？我告诉他是生产螺杆压缩机。他听了很吃惊，他说：他以为中国只能生产孩子玩的洋娃娃。"

朱向红有点激动，她控制着自己的感情，平缓地说："这次长江压缩机厂参加东海石化公司苯乙烯压缩机的竞标，我们没有想过本土企业需要照顾，我们希望诸位领导和压缩机使用专家们能客观地评价我们。我们也会平常心态对待这次竞标，如果失败，我们再等下一次机会。"

关普军副总经理破例带头为朱向红的讲话鼓掌。

浙江永昌石化公司是以生产塑料薄膜之类的廉价产品发展起来的民营企业，积累了一定资金后，永昌石化公司决定贷款建设现代化苯乙烯装置。总经理董长明原来是南京工学院的讲师，被董事长请来管理企业。负责设备采购的是副总经理鲁天浩，他是董事长的内弟，虽然文化水平不高，可是钱把的紧，董事长非常信任他。

长江压缩机厂在永昌石化公司的交流比较顺利，因为两套装置相同，特努克石化设计院的设备代表没有参加。

由于永昌石化公司以前没有大型化工生产装置，所以技术人员没有使用压缩机的经验。朱向红当即决定，技术交流不仅要介绍压缩机的特点，而且要介绍使用和维护。这一决定证明是正确的，因为德国凯克科公司交流时主要偏重于介绍德国的压缩机质量如何高、控制如何先进、业绩如何多等等，没有注意永昌石化公司是农民企业家办的公司，农民要的设备是耐用、便宜、简单、好修。所以，当长江厂交流完毕后，董长明和鲁天浩宴请长江厂的交流代表，感谢他们"辛苦地讲课"。

朱向红带领项目组意气风发地回到厂里，准备下一步的商务投标。

项目组的商务人员从永昌石化公司获得了一个坏消息,设计院的设备代表帮助用户制定了一个完全不利于长江厂的评标标准,项目组立刻开会研究,史刚正也参加了。

这个评标标准规定技术分占百分之五十,业绩分占百分之二十,价格分占百分之二十五,售后服务分占百分之五。如果这样评分,不管长江厂怎样努力、价格如何低、售后服务如何好,结果是必输无疑。单凭业绩一条,德国凯克科公司就可以抵消长江厂的所有优势。

"这肯定是那个王树新搞的鬼。"梁浩气愤地说,"我早就怀疑他和凯克科公司是一伙的。"

"合理的比例是技术分占百分之四十,价格分占百分之五十,售后服务分占百分之十,业绩包含在技术评分里,这是一个通用规则,即便有调整也不会相差太大。"设计室工程师倪志远说道。

大家把目光转向朱向红和史刚正,等着领导拿主意。

朱向红心中怒火直往脑门上顶,技术交流时她就看出王树新心术不正,但是没有想到他如此下作。现在最快、最直接的办法就是派人去用户那儿说明情况,要求改变评分规则。还应该与设计院的领导沟通,揭露王树新的卑劣人品,要求设计院更换设计人员。再说还可以向部里反映,要求他们通过行政手段与设计院的主管单位联系,制止个别人打击国内企业的不良企图。

朱向红压住心中的怒火,冷静地思考:如果现在为了这个标准大动干戈,会影响项目组的正常商务准备工作。如果由此妨碍标书的制作,减少技术和商务评分,则与当初的本意背道而驰。如果从另一个角度看问题,这也说明凯克科公司没有底气,价格没有竞争力。如果将计就计,让对手走入歧途,最后搬起石头砸自己的脚……一个计划慢慢地在朱向红脑子里形成,她忍不住笑起来。

大家一下子都愣了,史刚正了解朱向红,他说道:"大家回去认真准备商务投标,我们领导先再研究一下情况。"

听完朱向红的计划，史刚正问道："你有多大把握？"

"六成吧，"朱向红说，"没有别的办法。告王树新与凯克科公司勾结吧，我们没有证据，弄不好还会与整个设计院代表组对立起来。而且我们正在准备商务投标，需要大量的人力计算成本和制作标书，不能耗在与他们的纠缠上。"

史刚正沉思了一会儿，然后说："你是老销售了，项目中了你是英雄，失败了……"

"失败了我是狗熊。"朱向红笑着接上说。

天津郊外的避暑山庄里，王树新和凯克科公司的女代表李小丽在房间里饮茶。

王树新看着杯中飘着的茶叶，面带忧郁地对李小丽说："我是趁其他设计代表回院的机会，独自与用户制定的评标标准。用户中也有人不同意，只不过他们说不过我。这次招标对我将产生一些不好的影响，我希望你们考虑我的损失。"

李小丽一副诚恳的模样："王工您放心，古德姆博士特别感谢您的帮助，他欣赏您的技术和才干。这次招标后，如果您不想在设计院工作了，古德姆博士欢迎您到我们那儿就职。"

李小丽看看王树新没吭声，接着又说："如果我们中标，我们会从利润里拿出这个数酬谢您。"她在笔记本上写了个数字。

王树新点了点头："好吧，希望你们说话算话。"

李小丽起身走到王树新坐的沙发前，妩媚地一扭身子坐在沙发扶手上，一只手搭在王树新的肩膀上，另一只手把王树新另一个肩膀扳过来。她瞪着一双极为天真的大眼睛，一脸哀怨的表情看着王树新："怎么，连我都不信任了？"

因为东海石化和永昌石化两台苯乙烯压缩机基本相同，又是同一个设计院的工艺，为了避免商务价格泄露影响公平竞争，所以在设计院的协调下，两个项目同一天投标。日期定在星期四上午10：00。

星期二上午，朱向红单独向梁浩下达指示：将计算好的投标价格上调10％。看到梁浩吃惊的表情，朱向红严肃地说："知道此事的人越少越好，你按照我说的做，我现在不能解释。"

星期二下午，朱向红向史刚正汇报："一切都按照计划安排妥当，我今晚出发，明天下午单独会见东海石化的副总经理关普军。"

史刚正从抽屉里取出一个精美的盒子，交给朱向红说："这是外商送的一支派克笔，价值一千多元。我与关普军有过一面之交，带去替我问个好吧。"

朱向红接过笔，笑着说："如果此次不成功，我留着写检查。"

星期三下午，关普军意外地见到等在办公室门口的朱向红。虽然有点犹豫，关普军还是把朱向红让进了办公室。他不冷不热地说："明天就要投标了，朱厂长来找我不妥当吧。"

朱向红开门见山："关总，我向您检举设计院的王树新，他和国外公司勾结，制定打击中国企业的评标标准，出卖用户利益。"

关普军已经对评标标准有所耳闻，设备处副处长赵同源向他反映过王树新不顾其他工程师的反对，强行制定评标标准的经过。不过，关普军决定投完标再说，暂时不动作。

"有证据吗？"关普军问。

"没有直接证据。"朱向红说，"但是明天评标用的标准是间接证据。"

"你们认为什么样的评标标准是合理的呢？"关普军到底是领导，不去追究这些扯不清的琐事，直接解决问题。

"我这里有几份以前我们参加投标单位的评标标准，用户名和日期都标在上面，供您参考。"朱向红从挎包里取出一份资料，那支派克笔盒子也随着资料掉了出来。

朱向红把资料递给关普军，然后有点犹豫地说："这是我们厂长托我带给您的。"然后把笔盒子轻轻向关普军推过去。

关普军打开盒子，把笔取出来。

"你们厂长是谁？"关普军问。

"史刚正。他说他认识您，让我带个好。"朱向红感到有点不自然。

"史刚正都当厂长了，回去说我祝贺他。"关普军脸色和气多了。"这支笔你先保存着，说不定签合同能用得上呢。"

星期四上午 10：00，压缩机制造厂的代表们准时投标。

用户会议室内，标书全都打开了。登记完毕后，副处长赵同源宣布："评标工作暂停，重新研究制定评标标准。"

王树新当场跳了起来："评标标准是事先制定好的，怎么能说改就改？"

赵同源解释说："我们征求了部分专家的意见，参考国际招标评标的惯例，请示我们公司领导批准，决定重新研究制定评标标准。这也是为了充分体现公平原则，而且也是为了采购一台物美价廉的压缩机。"

王树新脸红脖子粗地说："当初制定标准是经过我们技术组讨论的，我代表设计院签了字的。像你们这样的大公司，说话要算数，不能出尔反尔。"

赵同源心平气和地说："这是我们公司的决定，你有意见可以提出来，我负责转达。现在还是执行公司的决定，重新制定评标标准。"

王树新气急败坏地站起来："如果你们坚持这样评标，我退出这个项目。"说罢摔门而去。

关普军听完赵同源的汇报，生气地一拍桌子："立刻通知设计院，要他们立即换人，否则扣他们的设计费。"想了一下，他又说："德国凯克科公司是外企，弄不好牵扯到涉外政策，暂时不要理他们，我们评标时内部掌握。"

凯克科公司就是根据王树新制定的评标标准报了个高价。古德姆认为：只要按照这个标准评标，就是价格再高一点也完全能中标。当李小丽报告用户要重新制定评标标准，他差点晕了过去。

最近公司效益一直不好，德国总部一再督促叫他加快开拓中国市场。古德姆心里憋着一肚子的火：市场是我说开拓就能开拓的？要是那样，我早就自己成立公司卖压缩机了，还用得着给凯克科公司打工？就目前这样的发展趋势，也许不要太久凯克科公司就要在德国本土与中国公司竞争压缩机合同了。要是那样，凭着自己在中国工作的经历，倒是可以给中国公司打工了，比如担任长江压缩机厂驻柏林办事处的代表。

看到桌子上自己全家的照片，他心里感到一丝温暖。老板说了，如果拿到合同，给他增加两个点的提成。本来计划的不错，进展也顺利。王小丽汇报：她已经把设计工程师王树新搞定。王树新也出面替他们说了不少好话，不但拔高了凯克科压缩机的技术水平，而且还贬低了长江压缩机的能力。尤其是这个评标标准，那是他古德姆本人的杰作！如果一切顺利，他孙子读大学的费用都够了。现在突然间上帝跟他开了个大玩笑，形势急转而下，自己投的高价成了凯克科公司的死穴，而且要挽回也没有机会了。这怨谁？看着眼前等着他下达指示的李小丽，古德姆找到了答案。他恶狠狠地命令李小丽："你去找那个混蛋王树新，叫他无论如何也要阻止用户制定新的标准。"

当李小丽战战兢兢地要走出古德姆办公室门口时，古德姆又叫住了她。古德姆瞪着绿眼珠，唾沫星喷到李小丽的脸上："如果我们德国凯克科公司中标，我给你增加百分之三十的薪水。如果我们失败，你就自动辞职吧！"

李小丽已经不小了，中学时代会唱歌、会跳舞，心计聪慧而且极为清高，几次报考戏剧学院没有录取后，她便脚踏实地开始过人间生活。学习两年的德语后，她便投身到她曾经嗤之以鼻的商海中去了。哲学家们曾经说过：存在决定意识。老百姓说：脑袋随着屁股转。凭着聪明的心眼，过去被李小丽看不起的一些行为方式很快就被她使用得炉火纯青。

古德姆告诉她：这是两台压缩机的大项目，只要拿下东海石化这一台，永昌石化那一台就会自动跟过来。古德姆许诺：只要她能协助拿下这两台压缩机，他就给她升一级。那晚古德姆打开一瓶香槟，两人谈得很开心，最后李小丽没有回家。

本来李小丽的目标是赵同源，谁知这个姓赵的不识抬举，软硬不吃。她只好退其次找到王树新。刚开始她也没把握，通常设计院的书呆子们不愿意参与商务竞标，他们关心的只是技术的好坏。如果你能给他们提供一套新编国外标准，也许他们会立刻把你当朋友。即便如此，如果你接着请他们在商务上帮忙，他们就会搬出种种理由让你无法再开口。李小丽从来不做肉包子打狗的生意，她是一个极为现实的女人，房贷、车贷……这些先甜后苦的债务像闻到血腥的鳄鱼，在她身后不紧不慢地爬行，她的任务就是要跑赢它们、摆脱它们。

不过这次李小丽的运气真好，王树新一哭穷，李小丽就知道用力的方向了。一顿饭的工夫，她就把王树新玩弄于股掌之中了。大概贱钱无好货，虽然开头比较顺利，但是王树新很快就把凯克科公司引入万劫不复的价格深渊，除非用户维持原来的评标标准，否则凯克科只能等死。

王树新已经被召回设计院了，万般无奈李小丽只好硬着头皮约见赵同源。她先是倾诉自己漂泊不定打工的辛苦，然后又恭维赵同源有学问，跟她哥哥一样是个儒雅的才子。

"赵处长这么年轻就当大企业的处长了，您只有三十岁吧？"李小丽谄媚地说。

"四十五。"赵同源淡淡地说。

赵同源实在太忙了，他有太多现场工作和办公室事务要处理，要不是他比较看好凯克科压缩机，他也不会在投标以后答应会见李小丽了。觉得李小丽没有什么要紧的事情要谈，于是他有礼貌地说："李小姐，我还有许多事情要处理，要是没有别的事情，我们今天就到此为止吧。"

李小丽这才赶忙转入正题："赵处长，听说你们要重新制定评标标准？"

赵同源不可置否地回答："我们将根据标准评标，如果标准不合适，也有可能调整。"

李小丽纠缠着说："你们原来的标准就挺合适的，我们参加的各个厂家都拥护。"说着有意无意地把手放在赵同源的手上。

赵同源微笑着不说话，拿起笔记本准备告别。

李小丽有点急了，这个项目的提成就可以全部还清她买汽车的贷款，这是天底下头等大事！她环顾空荡荡的会客室，横下心来："赵处长，听说您女儿有音乐天赋，我认识大学教音乐的老师，只要您帮我做成这个项目，我拿出一半的提成给您女儿买架钢琴，而且支付两年的音乐教师辅导费。"

赵同源脸色有些阴，不过他还是诚恳地对李小丽说："我们认为凯克科压缩机在技术上是合格的，你们只要认真对待用户，我们就会公平对待你们。无论你们是否中标，我都希望大家成为君子朋友，你刚才的话就算没说吧。"

李小丽误解了他，她以为赵同源嫌少，她带着哭腔说："赵处长，你就帮帮我吧，这对我很重要！"

赵同源对她有些怜悯，他耐着性子说："李小姐，我们是国营企业，花的是中国人民的血汗钱，请你不要逼我说粗话。"

李小丽决定孤注一掷："赵处长，只要你不修改评标标准，你要我怎样报答你都行。"

赵同源冷冷地一笑："李小姐，你的外表与你刚才说的话相差太远了。"

李小丽什么都不顾了："你们不能投标后再修改评标标准！你们这样做是违规，不公平！"

赵同源正色道："李小姐，评标标准是我们内部的机密文件，你怎么知道的？"

李小丽像是被人踩扁了的蛤蟆，张着嘴半天说不出话来。

正如朱向红所料，浙江永昌石化公司并不看重设计院那份评标标准。董事长的内弟、负责设备采购的副总经理鲁天浩对总经理董长明说："这几家都报价了，进口压缩机简直是天价，我看还是买长江厂的压缩机吧。咱们也参观了南方石化公司的两台压缩机了，国产、进口的运转差不多。而且长江厂就在上海，离咱们近，维修指导也方便。"

董长明不紧不慢地说："我也是这样考虑，不过咱们得选个时机。先看看东海石化公司买谁家的，如果他们买长江厂的，咱们了解一下最终价格，也好有个数；如果他们不买长江厂的，咱们借此机会狠狠压一压长江厂的价。反正不差这几天，咱们再耐心等等。"

永昌石化是民营企业，董事长是农民，因此企业没有星期六，也没有星期天，每周七天上班。

星期六早上董长明刚到办公室，朱向红就带着项目组的人员到了。虽然有些意外，董长明还是赶紧派人请来鲁天浩一起接待长江厂的客人。

会议室里刚落座，朱向红就单刀直入："两位老总，家里揭不开锅了，我来求你们帮忙了。"

鲁天浩跟着打哈哈："大公鸡跟屎壳郎要宝，朱厂长玩笑开大了。你们是大厂，我们饿死了，你们都有饭吃。"

董长明慢声细语地说："有什么话朱厂长直说，我们乡下人实在，咱们好商量。"董长明心里明白：看来东海石化不买长江厂的压缩机了。

朱向红让人抬进两箱冰镇着的大闸蟹，客气地说："上次交流承蒙二位老总热情招待，我这次特地带来点上海的特产，代我向你们家里人问个好。"

鲁天浩有点架不住："朱厂长，这可怎么好，来看看我们就来吧，干吗还要带东西呢？"

董长明是稳得住的人，他一面表示感谢，一面用询问的口气说："不知东海石化那边评标怎么样了？"

朱向红淡淡地说："听说在重新制定评标标准，暂时不评标了。"

董长明接着说:"说实话,我也觉得这个评标标准有问题。我和鲁总商量过了,我们在质量可靠的前提下,主要看价格。"

朱向红像是突然来了兴趣:"既然这样我就先和你们谈吧。"然后对梁浩说:"咱们改变计划,先和董总他们谈吧。"

梁浩面无表情,打开随身携带的文件包,公事公办地取出正规打印的文件,对董长明和鲁天浩说:"我们厂下个月将出厂七台压缩机,这是比较大的一批出货量。因为目前正在谈判的订单还没有落实,可能要造成工厂设备停滞运转。为了提高工厂设备和人员的效率,我们厂部决定与正在谈判的用户协商,如果可以立刻下订单,我们可以给予价格上的优惠。"

"能优惠多少?"鲁天浩紧接着问。

梁浩面有难色地看着朱向红,朱向红说:"董总和鲁总都是实在人,把底牌告诉他们。"

梁浩立刻接着说:"厂部规定:今天下订单的第一家用户价格下调百分之七,第二家用户下调百分之五。两家订单签订后,停止下调价格,恢复到正常价格水平。"

察觉到鲁天浩拿眼睛看自己,董长明对朱向红说:"这事情太大。你们稍坐一会儿,我和鲁总去请示董事长。"

回到办公室里,董长明说:"我总觉得这事有点不对头。长江厂玩的是真的还是假的呀?"

鲁天浩说:"管他真的假的,只要是降价就行。百分之七的降价幅度就是谈判也未必能得到,我看不要错过这个时机,签了吧。"

董长明思索着说:"要不打个电话给东海石化或者设计院,问问情况?"

鲁天浩两手一摊:"今天星期六,他们都休息,你问谁去呀?"

董长明也怕以后再下订单拿不到这个好价格,董事长可能会埋怨他错失良机。况且公司眼下资金十分紧张,百分之七就是几十万,这可不是个小数,听说董事长的儿女都在上海读书,这些钱可以在上海买两套宽宽敞敞的住宅了。想到这儿，他对鲁天浩说："我同意，你请示董事长吧。"

当天晚上10：00，长江压缩机厂以降价百分之八、外加第一次大检修免费派一名技术员指导工作25天的条件，与浙江永昌石化公司签订苯乙烯压缩机合同。

星期一早上一上班，梁浩就带着长江压缩机厂的正式公函来见东海石化公司设备处副处长赵同源。公函上写道：长江压缩机厂已经与浙江永昌石油化学公司签订十五万吨/年苯乙烯压缩机合同。如果贵公司也能在近日与我公司签订十五万吨/年苯乙烯压缩机合同，两台压缩机的单机制造成本会显著降低。为了体现让利于用户的原则，我们在竞标价的基础上再降低百分之十。

赵同源疑惑地说："你们给永昌石化的降价是百分之八，为什么给我们百分之十？"

梁浩真诚地说："因为我们都是国营企业，是中国工业的脊梁。"

一星期后，关普军亲自打电话给朱向红："朱厂长，祝贺你！带着笔过来吧。"

十三

宇弘已经八岁了，长得虎头虎脑，两只肥肥的大耳朵，大家都喜欢逗他。

"宇弘你喜欢爸爸呢，还是喜欢妈妈呢？"梁浩问宇弘。

"喜欢妈妈多一点。"宇弘回答。

"为什么呀？"梁浩接着问。

"妈妈好。"宇弘接着答。

"爸爸不好吗？"梁浩再接着问。

"也好。"宇弘再接着答。

"你问些什么问题呀。"梁浩的爱人许燕嗔怪道,"宇弘,你们家早上谁做饭呀?"

"爸爸。"宇弘答道。

"为什么呀?"许燕朝大家挤挤眼。

"爸爸起得早。"宇弘老实地答道。

大家"哄"地开心笑了。

朱向红给儿子读书的习惯一直坚持下来。现在宇弘已经上三年级了,认识不少汉字,而且能顺着意思读懂一些文章了,这让朱向红很高兴。有时候朱向红故意读到精彩之处就停下来,说是明天接着读,宇弘就自己翻着书看下面的内容。

这几天刘智天经常沉默不语,自己想心事。朱向红决定干涉一下,她怕刘智天憋出病来。

吃晚饭时,朱向红递给刘智天一份当天的报纸:"上面有一条你感兴趣的文章。"

刘智天接过来看了一下,是关于世界杯赛的消息。刘智天是个足球迷,凡是关于足球的文章都看。

"安德烈亚斯·埃斯科巴生于1967年3月13日,是哥伦比亚最著名的后卫之一,效力于麦德林国民竞技队,与大名鼎鼎的守门员伊基塔是队友,他也是哥伦比亚国家队参加'90世界杯的一员战将。在世界杯预选赛南美赛区的比赛中,他为哥伦比亚获得出线权立下了汗马功劳。在世界杯小组赛同美国队一战,中卫埃斯科巴不慎将球捅入自己的大门。

"1994年7月2日埃斯科巴在麦德林市从一家夜总会出来时,受到三男一女的围攻。其中一人连开数枪,埃斯科巴被送进一家医院后身亡,身上中了十二枪。

"国际足联和世界杯组织者震惊万分,足联立即发表书面声明,声明指出:'足联感到十分震惊和失望,我们谴责这种犯罪行为,我们希望尽快将罪犯绳之以法。'世界杯组委会也发表了声明,向埃斯科巴的家人和所有喜爱他精湛球技的球迷表示慰问。

"哥伦比亚总统加维利亚说,失去埃斯科巴使哥伦比亚笼罩在哀悼气氛之中,他的惨死'使我们都非常悲哀'。麦德林市市长拉莫斯宣布,他将悬赏捉拿罪犯。"

刘智天看完后,把报纸放到一边,低下头继续吃饭。

朱向红说:"我这里有份参考材料,是关于海军的,我读你听听:1993年中国海军的核潜艇与美国海军的航母战斗群在黄海上发生了自冷战结束以来最严重的海上对峙,时间长达七十个小时。在对峙中,中国出动了北海舰队主力,还有海军航空兵的歼-7和刚刚购进的苏-27战斗机。美国方面是'小鹰'号航母战斗群,并且出动了驻扎在日本九州的美国航空兵部队……"

看到刘智天心不在焉的样子,朱向红不读了。她关心地说:"你如果有心事还是说出来好一些,可能我帮不了你,但是一个人闷着是要得病的。"

朱向红安排宇弘睡下后,她泡了一壶菊花茶。然后对刘智天说:"讲讲吧。"

刘智天犹豫了一会儿,最后下定决心告诉朱向红:"这大概是我有生以来最难决断的一件事情了。"

他把副经理余力才批准采购美国西比克公司搅拌反应器事情的经过简单地讲了一遍,又讲了余力才儿子出国留学的事情,最后说道:"余经理决定买的那台搅拌反应器最近出事故了,原因是内部复合钢板质量不合格,复合层开裂,导致物料进入复合层,造成反应器母材腐蚀。其实没有哪个公司能够保证自己的产品永远不出问题,出了问题就要积极解决。本来我打算与美国西比克公司谈判解决,可是美国西比克公司的代表牛得很,电话不接,人也不见,说是叫我找余经理谈。"

朱向红问："你打算怎么办？"

刘智天说："我还没有想好。"

朱向红又说："我知道余经理对你的恩情，我也知道你是个重情义的人。虽然这件事情牵扯到余经理，但是根子还在西比克公司那儿。如果我是你，我就坦诚地与余经理交换意见，也许事情不是那么复杂，也许你很容易就能解决问题。你这样犹犹豫豫、藏着盖着，反而把事情弄复杂了，不但影响了生产，也害了余经理。"

余力才在办公室里生闷气，英雄了一辈子结果栽在儿子的身上。回想当初西比克公司的代表汤姆逊是何等的客气，那个叫费阳民的中国雇员点头哈腰的一口一个"余总"叫得多甜。费阳民主动找到余力才要给他儿子做担保，还要支付一年的学费两万美金。

本想用过他们的设备，使用情况的确不错，价格和以前那台差不多，合同签字前他们再三保证质量没问题，而且质保条款也签字了，应该不会出问题，余力才下决心就占公家这一次便宜，以后再也不参与设备采购的事情了，可是谁知道偏偏就这一次翻船了。

塑料厂设备厂长郝学年汇报说搅拌反应器有异常，余力才的脑袋"嗡"的一声就大了。赶到现场一看，余力才就知道是怎么回事了。他立刻打电话找费阳民，费阳民要么支支吾吾指东说西，要么躲着不接电话。

余力才连夜赶到北京，把汤姆逊堵在办公室里。一看主子被堵住了，费阳民不知道从哪儿钻出来了。他一改往日毕恭毕敬的态度，盛气凌人地告诉余力才：美国西比克公司为他儿子花费了五万多美金。他说："就凭你儿子那个成绩能被斯坦福大学录取？还不是我们公司出钱疏通的关系。"

余力才忍住气说："大家朋友一场，何必闹成仇人？我儿子用了你们公司的钱我以后设法还给你们，现在咱们商量解决设备修复问题。"

汤姆逊和费阳民嘀咕了一会儿，费阳民说："你们报个操作事故，我们西比克公司给你们出一个优惠的维修费，你们出钱，我们修理。"

余力才耐着性子讲："合同有规定：设备在质保期内发生质量问题由

卖方自费修理。怎么能要南方石化公司出修理费呢？"

费阳民胡搅蛮缠，说这台设备情况特殊，不能按正常合同执行。余力才终于忍不住了，他把桌子一拍，指着汤姆逊的鼻子说："你们等着，我就是坐牢也要把你们告上法庭！"

…………

忽然刘智天敲门进来，余力才平时待他像自己的儿子，今天却有点不自然了。刘智天看到余力才脸色不好，关切地问："余经理，你身体不舒服？"

余力才摇摇头说："没有，只是心里烦。"

刘智天鼓起勇气说："余经理，我想和你商量一下塑料厂搅拌反应器的事。"

余力才脸色绷得发青："说吧，你是什么意见。"

刘智天横下心，斟酌着词句说："余经理，我知道美国西比克公司帮助您儿子出国留学，我也明白他们为什么这么牛。如果您信任我，我们一起想个对策，把这伙王八蛋给治住。"

余经理眼圈有点红，他示意刘智天坐下，然后从抽屉里拿出一沓纸递给刘智天。刘智天接过来一看，是辞职报告。辞职的理由是年龄大了，身体状况不好。并且推荐刘智天接任公司设备副经理的职务。

刘智天急了："这又是何必呢？"

余力才用手势打断他的话："我已经想过了，只有我辞职，西比克公司才不会再纠缠我，而且他们才有可能免费修理反应器。"余力才思考一会儿又说："塑料厂的设备副厂长郝学年是我一手提拔起来的，他知道我的苦衷。我辞职以后，你和他一起把搅拌反应器的事情处理好，就算咱俩师徒一场的交情了。"

三天以后，刘智天安排余力才去黄山疗养。临走前余力才把办公室的钥匙交给了刘智天，感激地朝刘智天点了点头。

根据刘智天的安排，塑料厂设备副厂长郝学年打电话给费阳民："余经理辞职了,公司新任副总经理刘智天让我通知你们,后天到我们公司谈判搅拌反应器的事故问题。否则,我们准备起诉你们。"

费阳民一听就傻了:"余、余、余经理辞职了?……我马上汇报汤姆逊先生。"

在汤姆逊和费阳民的陪同下,美国西比克公司北京代表处的首席代表乌鲁姆准时到达南方石化公司办公楼。刘智天事先安排的门卫把乌鲁姆三人领到余力才办公室门前,做了个请进的手势。费阳民小心地敲了敲门,刘智天在里面喊了声:"请进。"

一进门费阳民赶紧把乌鲁姆和汤姆逊介绍给刘智天,并且注意观察房间的摆设。刘智天看出了他的心思,冷冷地说:"你就是费阳民吧,这个房间你熟悉?"

"以前来过,以前来过。"费阳民点头哈腰地说。

刘智天示意他们坐在墙边的沙发上,然后平静地说:"今天的会谈很重要,我得请我们公司有关部门参加。"

刘智天拨了两个电话,一会儿郝学年和朱向红分别走进房间。和朱向红一起来的还有长江厂的翻译徐岳梅。

刘智天介绍说:"郝厂长你们都认识了吧,我就不用介绍了。"然后他指着朱向红和徐岳梅说:"这位是我们公司的法律顾问周晓虹女士,另一位是我们外事办的翻译徐岳梅。周律师、徐翻译,你们和美国西比克公司的代表们交换一下名片吧,以后可能主要靠你们之间联系了。"

这阵势把乌鲁姆他们弄紧张了,三个人嘀咕了一会儿。费阳民说:"刘总,您别误会,我们没有说过不修理反应器。其实我们也是受害者,这批材料是从比利时进口的,我们正在与进口商交涉。"

刘智天没有理他,他转向乌鲁姆说:"今天我们要谈两个问题,一个是贿赂和受贿的问题,这个由周律师代表公司和你们谈。另一个是贵公司与我公司签订的搅拌反应器合同执行的有关事宜,这个由郝厂长代表公司和你们谈。"

徐岳梅翻译完刘智天的话后，刘智天接着说："请周律师开始吧。"

朱向红严肃地翻开一本厚厚的、似乎记满了资料的黑色牛皮大开笔记本，查看了其中的一页，然后对乌鲁姆说："根据贵公司某名职员的说法，贵公司向我公司余力才先生的儿子余天启提供过某种经济上的资助。我的问题有三个，第一，这名职员的说法是否属实？第二，如果属实，这种资助与贵公司争取我公司的搅拌反应器的合同有何关系？第三，如果上述两条贵公司都确认，我认为这是一起贿赂和受贿的刑事案件，建议贵公司和我公司的法律部门共同起诉两公司的犯罪嫌疑人，净化商业环境。"朱向红说完一面示意徐岳梅翻译，一面煞有介事地拿起笔来准备记录乌鲁姆的答复。

徐岳梅翻译完毕后，乌鲁姆脸色煞白，他恶狠狠地瞪了费阳民一眼，然后与汤姆逊小声嘀咕了几句，一本正经地回答："我本人和我公司中国代表处的人员从未听说过资助余先生儿子的事情，如果有必要，我可以请我们总部对此事进行调查，一旦查实我公司职员有这种行为，我们立即开除，移交司法部门处理。不过我这里可以担保，刚才周律师所说纯粹是个别竞争对手制造的无稽之谈，请贵公司不要相信。"

听到这里，朱向红好像有些无奈，似乎有些失望，她对刘智天讲："既然这样，我没什么要问的了。"

乌鲁姆用手绢擦擦额头上的汗，似乎松了口气。

刘智天平静地对乌鲁姆说："我才上任不久，虽然知道的不多，但是根据贵我双方签订的搅拌反应器的合同，贵公司应当履行承担的质保义务，现在反应器出了故障，请立即给予免费修理。"

乌鲁姆连忙解释道："我们正在跟材料供应商谈判，贵公司可以宽限一段时间吗？"

刘智天问："多长时间？"

乌鲁姆与汤姆逊交流一下，回答道："大概两个月吧。"

刘智天又问："这两个月内我们怎么办？"

乌鲁姆沉默了。

刘智天和气地说:"我们选择贵公司的反应器就是因为原来的两台运行得不错。现在有了故障也属于正常,我们的产品也有出问题的时候,这就是售后服务嘛。"看到乌鲁姆放松下来,刘智天接着说:"我有个提议,你们现在履行合同,修理这台反应器,我保证今后采购类似产品时优先选择你们的产品。否则……"他看看朱向红不再说话了。

乌鲁姆立刻明白刘智天的意思,他心里清楚刘智天的"否则"是什么意思。要是真的与南方石化公司打起官司来,那影响可就大了,说不定辛辛苦苦争来的中国市场的份额就会被竞争者们瓜分了。如果那样,自己的饭碗都保不住了。想到这里乌鲁姆露出一脸的诚恳:"我们公司历来把用户的利益放在第一位,现在发生了令人不愉快的事情,我代表美国西比克公司向贵公司表示歉意。至于刘副总经理的提议我要汇报给总部,我争取明天给贵公司答复。"

刘智天征求郝学年的意见,郝学年心里没有底,他说:"我听从刘经理的安排。"

刘智天严肃地对乌鲁姆说:"公司管理层等着我的汇报,我们明天继续会谈,希望有个合理的结果。"

临出门时,费阳民突然问:"余经理现在……"

刘智天严厉地打断他的话:"余力才已经离开公司了,以后我负责!"

吓得费阳民再也不敢问了。

送走乌鲁姆三人以后,郝学年担心地问刘智天:"如果他们不答应修理反应器怎么办?"

朱向红自信地替刘智天回答:"我们还有 B 方案。"

郝学年没有再细问下去,他心里有愧。余力才把他从车间技术员的位置上提拔到副主任、设备科长、副厂长,他是多么想报答余力才啊。当他听说余力才的儿子想出国留学,他便有意无意地在费阳民面前提起这事,费阳民立刻心领神会,于是便有了这一出让郝学年愧对恩师的闹剧。

现在他唯一想做的事情就是赶快把设备修好,把影响减少到最小。看到刘智天把老婆都牵扯进来替余力才和他打补丁,他的确很感动,要是换了别人还不盼着余力才下台自己取而代之?想到这里,他对刘智天讲:"刘总,我对这件事情有责任。万一西比克公司不履约,我想承担全部责任。否则,我无法面对余总。"

"责任的事咱们先不谈,我们努力把这个合同处理好,我估计西比克公司能答应咱们的要求。"刘智天安慰郝学年。

当房间里只剩下他和朱向红时,刘智天才彻底出了口气:"那个费阳民是只狐狸,幸亏你重新布置了办公室,不然他就瞧出破绽了。"

刘智天忽然想起了什么:"B方案是什么?"

朱向红淡淡地说:"没有B方案。"

第二天美国西比克公司答应了刘智天的要求,双方签订了会谈备忘录,搅拌反应器开始修理了。

刘智天苦苦劝阻不住,余力才还是提出了辞职申请,他告诉刘智天:"我的老脸都丢尽了!前天我看见一个卧倒路边的醉汉,我觉得他都比我有尊严。"

一个月以后,刘智天被任命为南方石化公司设备副总经理。

十四

随着生产规模的扩大,1995年1月长江压缩机厂升格为长江压缩机公司,史刚正任公司总经理,朱向红任副总经理兼销售分公司经理。

谢闵铉已经调回部里担任政策研究室副主任。一天他给史刚正打来电话:德国凯克科压缩机公司希望与长江压缩机公司合作。

史刚正在公司经理办公会上通报了谢闵铉说的合作事,他说:"德国凯克科压缩机公司以技术入股,占百分之三十五,我们以工业气体压缩机的制造分部入股,占百分之六十五,成立长江凯克科压缩机公司,主要生产工业气体压缩机。在中国，市场租用长江公司的销售渠道，国际市场渠道租用凯克科公司的销售渠道。合资后，长江压缩机公司仍然独立生产和销售空气压缩机。"

虽然长江压缩机公司近年来取得了不少订单，发展也很快，但是与国外公司竞争还是要靠价格取胜，而且一直无法进入国际市场。因此，德国凯克科压缩机公司希望与长江压缩机公司合作的消息立刻在办公会议上引起强烈的反响。

陈东敏已经担任副总工程师、兼任设计所所长，他第一个表示支持："通过合作，我们可以获得德国的先进设计技术，提高压缩机的效率，降低压缩机的重量，减少制造成本。"

担任生产副总经理的赵东亮也表示支持："我们可以学习到德国的制造技术和先进的生产管理。"

刘玉昆担任副总经理、兼任总会计师，他虽然不反对，但是对德国凯克科压缩机公司的合作动机表示怀疑，他还是拖着慢悠悠的四川腔说："德国人公司会那么容易把技术告诉我们？凭啥子吗？"

"也许德国凯克科的技术快过时了，需要赶快卖掉。"

"我赞成合资，但是时间不要太长，一旦学会了他们的技术，就要甩开他们自己干。"

"德国人要百分之三十五的股份是不是太高了？他们的技术值那么多吗？"

....

朱向红没有发言，默默地听着别人的意见。

会议结束后，史刚正把朱向红留下来。

史刚正说："说说你的看法。"

朱向红说："我们希望通过合作学习先进的技术和管理，扩大长江压缩机在中国的市场份额并走向世界。德国凯克科公司希望通过合作扩大他们在中国的市场份额。两个公司有共同利益吗？"

史刚正说："你说的有道理，但是我们可以暂时让出一点利益，待我们得到了我们需要的技术和管理，我们再单独干。"

朱向红说："这可能也是凯克科公司要与我们合作的原因。如果两个公司都怀着获取对方的利益的动机，你觉得能合作好吗？"

史刚正说："现在国家鼓励合作、合资，难道国家也错了？"

朱向红说："凡事都要具体分析，我们现在不是无足轻重的小厂子，而是中国压缩机制造业的骨干企业。我们急需发展自己的技术，提高自己的管理，这是我们与外国企业的差距。外国人会帮助我们赶上他们吗？"

史刚正宽慰地笑着说："我佩服你的判断力，大多数情况下你是对的。不过，你与凯克科公司争斗多年，积下一些怨恨，这会影响你的判断力。不管怎样，我想和凯克科公司接触一下，了解对方的意图，然后再作判断。"

看着朱向红默不做声，史刚正接着说："我想准备一个谈判班子，你能参加吗？"

朱向红突然觉得很累，她点点头，然后离开史刚正的办公室。

朱向红病了，高烧不退，当晚便住进了医院。经过医生检查，没有发现明显的病因，于是医生决定暂时吃几片退烧药，关照刘智天要让朱向红多喝水，明天再做检查。

刘智天不断按摩朱向红手上和脚上的重要穴位，并且不时地用手触摸朱向红的额头，检查体温变化。到了下半夜，朱向红高烧开始退了，她昏昏沉沉地睡着了。

忙碌了大半宿，刘智天疲倦地和衣睡在朱向红床边的椅子上，他梦见小时候在山上捉蚂蚱，忽然天一下子黑了，小伙伴们都不见了，回家的路也看不见了……

天快亮时，朱向红醒了。看到睡在椅子上的刘智天，朱向红有些感激。这个比自己大八岁的男人，平时憨呼呼地老是让着自己，自己一病，他却急得像个孩子一样围着她团团转。想到这儿，朱向红有些愧疚。"病好了之后一定对他好点。"朱向红暗自许诺。

朱向红觉得有点渴，她想从床头柜上取水杯喝水，床一动，刘智天立刻就睁开眼睛。

看到朱向红醒了，刘智天立刻伸手摸她的额头，"还是有点烧。"刘智天一边给朱向红兑温水，一边小声地嘟囔道："我给你请假了，我没有告诉他们哪个医院，免得他们打扰你。"

喝完水后，刘智天扶着朱向红躺下，她又迷迷糊糊地睡过去了。

朱向红在医院里住了三天，医生得出的结论是过于劳累，疲劳导致抵抗力下降，又感风寒引发高烧。

回家后，刘智天一改往日百依百顺的脾气，坚决不许朱向红上班。他横眉竖目地瞪着眼说："长江公司没有你就不造压缩机啦？"看着被自己"镇住"的朱向红，刘智天软了下来："家里有电话，你可以打电话问情况嘛。"

朱向红第一个电话是打给史刚正的，了解到德国凯克科公司下周要到公司洽谈合资事宜，她抱歉地说："本想参加这次会谈，怪我病的不是时候。这事我总觉得不妥，希望你不要走得太快。"

史刚正知道朱向红的担心是有道理的，也明白朱向红在工作中对他一贯支持，但是他另有想法。在办公会上他只通报了谢闵铉电话内容的一半，还有一半他没有讲。谢闵铉在电话中告诉他，凯克科压缩机公司最近随同德国政府经济代表团访问了中国，访华期间凯克科公司总裁胡梅尔先生向刘华志部长提出合作要求。考虑到企业经营的独立性，刘部长不便向长江公司下达指示，便委托谢闵铉以政策研究室的名义给长江公司传个话。谢闵铉说："刘部长再三叮嘱，长江公司可以根据自己的情况决定是否合作。不过刘部长还说，史刚正企业改革搞得很好，部里正在准备推广。这次与外国企业的合作，也是一次尝试，为部里积累经验。"谢闵铉以特别的语调告诉史刚正："部领导班子要调整，可能近期要破格选拔一批年轻干部加强部里的工作。据我所知，你史总在部里的知名度很高。如果这次合作能成功的话，对你史总是一笔巨大的政治财富。"

  史刚正有点看不起谢闵铉这种投机性言论，多年的工作经验告诉他，要想获得丰硕的成果，必须扎扎实实地工作，而且还得拼命工作。可是刘部长传来的话他必须认真对待，不仅是因为刘部长对他的青睐让他铭记知遇之恩，还有他二十多年工作在长江公司，浸润在刘部长的传奇中，对刘部长产生了半人半神的崇拜。

  史刚正知道搞合资企业的难度，但是全国有不少成功的例子。再说，这几年他领导长江公司一直在实现别人认为不可能的事情。有人说，合资好比是两个人结婚，外人看着风风光光、和和美美，里面两人却磕磕碰碰、矛盾不断。史刚正对自己的婚姻极为满意，妻子郑玉雪是中学老师，从来都是夫唱妇随，对他体贴入微。了解史刚正的人都说他有福，史刚正自己却说他御内有方。想到这里，史刚正有些轻松了，凭借多年来培养的能力，他能够驾驭合资这桩"涉外婚姻"。

  凭着"医嘱"这条圣旨，刘智天要求朱向红在家休息一周。他时不时地打电话来"查岗"："向红，身体还虚吗？"

  "不虚了。"朱向红应付他。

  "喝了几杯水了？"刘智天关切地问。

  "一百杯！"朱向红不耐烦了。

  朱向红的确有些虚，老觉着头有些晕。平时吝时如金的她也不再阅读平时随时携带的书籍，而是懒懒散散地翻阅近日的报纸。

  这几天美国媒体连篇累牍地报道"昔日橄榄球明星辛普森杀妻案"的审判，这个案子之所以如此轰动，与辛普森的出身和奋斗经历有关。朱向红阅读今天报纸转载的报道："奥伦撒尔·詹姆斯·辛普森出身贫寒，小时候双腿畸形，依靠个人奋斗，从一个普通的黑孩子成为驰骋橄榄球场的明星。他还担任过电视体育评论员、演过影视剧，是美国黑人崇拜的偶像。

"1994年6月12日晚10：35，洛杉矶一位居民施瓦布在街上遛狗时发现了一条受伤的狗，它是辛普森的白人前妻、三十五岁的尼科尔的狗，名字叫阿基塔。阿基塔引导人们发现被谋杀的尼科尔和她的白人男友、二十五岁的戈德曼的尸体，尼科尔喉管被割断，戈德曼身上刀伤达二十二处之多。警察在辛普森家中发现一只带血的皮手套，化验表明血型与受害者的血型相同，辛普森被捕。

"经过四百七十四天的审理，1995年10月3日，由多数黑人组成的陪审团在分析了一百一十三位证人的一千一百零五份证词后，审判辛普森无罪。当天上午，美国包括总统在内的一亿五千万人都停下了工作注视着电视实况转播。当法庭宣布无罪时，被监禁九个月的辛普森笑容满面地与他的律师们拥抱，而尼科尔和戈德曼的亲属则失声痛哭。法庭外，支持辛普森的人大声欢呼，而多数的人却惊诧不已，以至克林顿总统亲自出面要大家尊重陪审团的判决。"

辛普森案件让朱向红感慨：社会规则是人制定的，所以一个穷苦的黑孩子可以奋斗成为社会名流；同样，法律也是人制定的，所以只要拥有顶级的律师，就能把杀人大罪化解。她由此想到史刚正执意要进行的合资，在这场利益的博弈中，长江公司真的能如愿以偿吗？

在家中休息了四天，朱向红决定"脱岗"。刘智天前脚走，她后脚就离开了家。到达公司后，她才知道史刚正已经去北京向部领导汇报与德国凯克科公司谈判情况了。根据她对史刚正的了解，她明白：史刚正在有意回避她，估计谈判结果不理想。她本想找人了解一下谈判的情况，但是立刻改了主意，她不能让别人察觉到她和史刚正之间的缝隙，这对于她和史刚正都不利。她决定耐心等待史刚正回来，由史刚正亲自告诉她谈判的结果和部领导的态度。

史刚正从北京回来了。不过没有像朱向红期望的那样——两个人先私下交换意见和看法,史刚正召开经理办公会讨论与德国凯克科公司合资的事宜。

史刚正翻看着笔记本,简要地传达部领导的指示:"我向部领导汇报了我们与德国凯克科公司谈判的结果,部领导原则上不干涉我们长江公司与德国凯克科公司合资的方案,只要不损害我们长江公司的根本利益,只要能促进企业的快速发展,任何形式的合作都可以试一试。"

看到大家都在认真听、认真记,史刚正鼓励地说:"大家畅所欲言,充分发表看法,为下一轮与德国凯克科公司的谈判制定方向和目标。"

朱向红努力忘掉心中的不快,振作起来听取大家的发言。从别人的发言中,朱向红明白了第一轮谈判的结果。

合资过程分为两个阶段。第一阶段,凯克科公司提供小型工业气体压缩机的设计技术,提供国际市场的销售渠道,协助长江公司将小型工业气体压缩机销往海外。对于石化行业易燃、易爆、有毒工艺气体使用的大、中型压缩机,凯克科公司提供压缩机主机,长江公司在凯克科公司的指导下配备附属设备,由凯克科公司和长江公司的销售部门共同销售。长江公司则以厂房和加工设备入股。此阶段股份比例是:长江公司占百分之八十五,凯克科公司占百分之十五。

第二阶段,凯克科公司在第一阶段的入股基础上,提供石化行业大、中型工艺气体压缩机技术,在长江公司生产工艺气体压缩机,销售区域限于中国,如果销往海外则要向凯克科公司支付专有技术转让费。此阶段股份比例是:长江公司占百分之七十五,凯克科公司占百分之二十五。

参加办公会的大多数人都表示同意合资,尤其是赵东亮等负责生产管理的副总经理表示出极高的热情。朱向红感到他们的兴趣点不仅是德国的压缩机技术,他们认为只要变成合资公司,就可以采用国外的管理方式,一切过去棘手的矛盾都可以用规章制度解决,似乎成立了合资企业,长江公司就可以在管理上达到国外先进水平。

唯一表达不同意见的是主管计划和财务的副总经理刘玉昆,这个老资格的四川人用他那特有的长腔说:"啥子技术就要占这么大的股份?我不懂压缩机技术，我就是觉得不妥。"

朱向红没有参加第一轮谈判，所以一直耐心地听。她本能地感到这个方案有问题，但是她一直克制自己，希望有人出来发表反对意见，她可以跟着说出自己的看法。她最不想做的就是由她挑头反对史刚正。

看看意见发表的差不多了，史刚正做总结发言："大家都已经充分地发表了意见，既然没有不同意见，我看可以确定下一轮的谈判日期和目标了。"

"我想谈一点不同看法，"朱向红决定做她应该做的事情。本来集中在史刚正身上的目光一下子转移到朱向红身上，朱向红缓和地说："在目前的合资方案中，我们长江公司有一个重大风险。如果几年后合资破裂，我们将失去现有的石化行业工艺气压缩机的市场份额。根据我与德国凯克科公司的交往，这种风险比较高。"

朱向红观察一下大家的反应，史刚正脸色冷淡，其他人似乎不以为然。朱向红决定扔掉矜持，她一挺腰板干干脆脆地说："我们长江公司具有比较先进的设备、成熟的设计队伍、熟练的工人、正在完善的销售渠道和正在增加的市场份额，这些就是我们的资本，这也是国外公司希望与我们合作的原因。因此，我们合作的前提应该是加强这些资本，而不是削弱这些资本。如果一定要通过合资来提高我们的技术，德国凯克科公司不是一个可靠的伙伴，我反对与他们合资。"

一时间会议室里的空气凝重起来，大家都在注意史刚正的反应。

史刚正有点恼火，但是他压住心头的烦躁，极力平静地说："凡事都有风险，没有风险就没有利润。与德国凯克科公司合资的事情我再三考虑过了，我认为他们通过市场上的竞争，认识到我们的实力。因为他们也不是大公司，在国际市场上也很困难，所以希望与我们合作，利用他们的技术，结合我们的人力资源，打开市场。我们可以利用这个机会，学习德国的先进加工技术和企业管理，提高我们的能力，并且利用这个机会进入国际市场。一旦我们强大了，我们不但可以扩大在中国的市场份额，而且还有国际市场份额。如果那时凯克科公司对我们掣肘的话，我们完全可以甩开他们自己干！"

史刚正转向朱向红，眼中有一种朱向红立刻就能领悟的期待："朱副总，你看……"

朱向红回想起史刚正过去的支持和提拔，她很想痛快地说"同意"，但是她不能，她朝史刚正抱歉地笑了笑："我的观点不变。"

史刚正脸色沉了下来，他决定利用权利推进："我们是民主集中制，我们表决一下吧。"

除了朱向红和刘玉昆，其他人都立刻表示同意。

刘玉昆犹豫着说："我不懂技术，我不知道该不该与德国公司合资。既然大家都同意，我也同意吧。"他举手同意了。

史刚正板着脸说："有不同意见也属于正常现象，将表决结果记录在案。"他转向陈东敏副总工程师说："你立刻与德国凯克科公司联系，准备签订合资意向书。散会。"说罢带头走出会议室。

大家也纷纷离开了，朱向红突然感到空前的孤独。刘玉昆走在最后，经过朱向红身边时，他歉疚地说："我不懂技术……"

"至少你可以弃权。"朱向红咬着牙说。

刘玉昆从朱向红的眼中看到两股冰冷的怒火。

刘智天一进门就察觉出事了。宇弘朝他跑过来，他照例把儿子抱起来。儿子在他耳边悄悄地说："妈妈不高兴了。"他亲亲儿子的胖脸蛋，把儿子放下来，轻轻走进卧室。

朱向红坐在床边看着窗外发呆，床脚边一堆面巾纸说明她哭过了。刘智天心疼地揽住朱向红的肩膀，让她靠在自己的身上，一言不发地坐着。

过了一会儿，朱向红轻轻推开刘智天："去做饭吧，儿子饿了。"

晚饭后，刘智天泡了一壶菊花茶，端上一碟朱向红喜欢吃的橄榄，耐心地等着。朱向红感激地看着刘智天，把今天会议上发生的事情详细地告诉了他。最后朱向红说："不说出我的观点，我憋得难受。说出我的观点，我又委屈得难受。"

刘智天小心翼翼地问："下一步打算怎么办？"

朱向红沮丧地说："我不知道。"

刘智天安慰她："你先不作决定，观察事态的发展吧，说不定会发生意想不到的结果。"

长江公司与德国凯克科公司签订了《合资意向书》，史刚正感到很满意，下一步工作就是全面启动合资工作的进程。他已经向部里提出申请，要求借调谢冈铉，帮助他开展建立合资公司的具体工作。这二次与德国凯克科公司的谈判多亏了谢冈铉，谢冈铉的知识和谈判能力为长江公司争取到不少利益，史刚正对谢冈铉非常有好感了。一旦有了好感，谢冈铉的话听起来都顺耳。尤其是签订《合资意向书》后两人的交谈，更是让史刚正有相见恨晚的感觉。

谢冈铉推心置腹地对史刚正说："目前中央各部委的老干部面临退休，'文革'十年造成人才断层，不是这十年没有人才，而是许多有才能的人在政治风暴中跌了跟头。改革开放以来，经济领域成长出一批有才能、有魄力、有远见的干部，你史总就是其中一个。升到你这个位置的人已经凤毛麟角了，哪个不是业绩卓著？要想再往上升就只能是两种人，一种是中央里有人提拔你；另一种就是有特殊业绩。大型机械制造业是国家的骨干企业，不仅关乎民生，而且影响国防和经济基础。目前在大型机械行业还没有成功的中外合作例子，如果你史总能闯出一条路来，功莫大焉。"

这番话对史刚正影响非同小可，简直是醍醐灌顶！史刚正从来都认为一切成功都是正直加勤奋获得的，从来没有想过制订自己的仕途计划，走升迁捷径。谢冈铉说得对呀，人生如白驹过隙，自己已经四十多岁了，这几年如果没有特殊业绩，他史刚正就此画上句号了。因此，通过办合资企业，大幅度地提升长江压缩机公司的实力，将压缩机打入国际市场，是他史刚正当前的首要任务，一切都要给这个首要任务让路！

史刚正踌躇满志地走到窗前，看着眼前半旧的厂房，心想：如果合资企业成功了，长江压缩机占据整个中国的螺杆压缩机市场，进入国际市场。我要翻新这些厂房，把长江公司建成中国最现代化的企业。要在迎门建一座现代标志性的行政楼，一半办公使用，一半用于接待客户和公司招待所。一楼大厅两侧走廊应该悬挂历届领导的照片，照片下面要描述这位领导的业绩……

史刚正的思路被敲门声打断了，进来的是朱向红。

史刚正突然感到与朱向红有了距离，这个女人不再是过去那个单纯、热情、奋发向上的朱向红，像一个固执、任性、自以为是的贵妇人。她怎么就不能像谢闵铉那样理性、支持、团结与和谐呢？

史刚正示意朱向红坐下，询问的眼光明显地透出一丝冷淡。

朱向红已经不在乎史刚正的态度了，她本打算再作一次努力，可是一进门感到的寒气让她放弃了原来的想法。她从随身的手袋里取出一张折叠的稿纸："这是我的辞职报告。"说罢随手放在史刚正的面前。

史刚正慢慢拿起那张纸，浏览了一下就放在桌上。

史刚正控制着情绪，平静地说："你不同意合资，我并不强迫你。你不必辞职，可以继续工作嘛。"

朱向红也平静地回答："宋朝学者邢昺说过：'若道不同而相为谋，则事不成也。'我做事从不敷衍，如果我留下，我将成为你的绊脚石，那会葬送我们之间的友谊。"

史刚正忍不住了："你这样走，我们还有友谊吗？"

朱向红不想与史刚正争吵："我希望你批准我停薪留职，我去读几年书，以后公司需要我时，我再回来。"

史刚正怒了："公司现在就需要你！"

朱向红无力地摇了摇头："史总，我感激这些年你对我的帮助。"说完走出史刚正的办公室。

朱向红的辞职震动了公司的整个销售系统，梁浩围着朱向红结结巴巴地不知说什么好。曾经被朱向红批评和处分过的原来销售处的几个老销售也跑来送行，不舍之情溢于言表，这让朱向红大感意外。

带着几箱子书籍和个人物品回到家里，朱向红感到从未有过的迷茫。今后怎么办？靠着刘智天一个人工资过活是没有问题的，可是自己才刚四十岁啊！但是四十岁从头开始又太晚了吧。真像当初想的那样去读几年书？但是读完书又能干什么呢？

宇弘放学回来了，做母亲的本能使她把儿子揽在怀里，亲亲儿子的胖脸蛋，摸摸儿子的肥耳朵，朱向红感到踏实多了。她是母亲、是妻子，有家庭，她一定有未来。朱向红决定今晚她做饭。

刘智天一进门就听到厨房里的笑声，朱向红在教宇弘做饭。刘智天松了一口气，朱向红开始了新的生活。

十五

朱向红辞职后去的第一个城市是北京，她想拜访两个人，一个是李钧儒，她要请教技术学习的方向；另一个是美国德坞赛压缩机公司驻北京的首席代表西纳斯女士，她要请教国际间压缩机公司合作或合资的知识。

自从李卓然跟着李钧儒研究轴封，朱向红就比较少见到她了。虽然她时常回到上海汇报工作，但是因为陈东敏负责技术开发工作，李卓然自然就隶属于陈东敏领导。来北京之前朱向红与李卓然通了电话，请她协助安排与李钧儒的会面。

让朱向红大为惊讶的是李钧儒亲自到火车站迎接她，李卓然解释道："李老非要亲自来接你，说要出面给你在北京安排工作。"

朱向红感激地看着李钧儒，李钧儒父亲般地拍拍她的肩膀，两人没有说一句话。

接朱向红的车直接开到李卓然母亲的家，李卓然解释道："这是我妈妈的意思，你在北京就住我们家。"

李母已经七十多岁了，虽然慈祥却透着一股书香门第的清气。让朱向红感到意外的是辛昌旺戴着围裙从厨房里钻了出来。李卓然赶紧解释："昌旺到北京出差，听说你要来，就没有立刻回去。"

辛昌旺已经是分厂的副厂长了，他还是那股憨态，不过年轻时不显年轻，老了也不显老。

李家的家宴很简单，李母、李钧儒、李卓然、辛昌旺和朱向红，五个人五盘菜，外加一盆汤。可是器皿却非常精致，尤其是盛米饭的瓷碗，如玉般的润滑、细腻，碗外面的画更是若隐若现，让人把玩不忍放手。

李卓然看出朱向红的心思："器皿是李老拿来的，一共四套，让你在北京期间轮换着用。"

朱向红眼圈红了，辛昌旺赶紧打岔道："李老的器皿太精致了，我洗碗时手直发抖，生怕给您砸了。"

李钧儒不以为然地挥手道："我买的瓷器好看不贵，打碎了不要紧。如果打碎了再粘起来，再想法把它做旧，那就成了古董啦。"

大家哄堂大笑。

第二天李卓然陪同朱向红来到李钧儒的办公室，其实就是实验室旁边的一间小储藏室，连窗户都没有。原先所里给他在办公楼安排了一间宽敞的办公室，李钧儒拒绝了，因为离实验室太远，而且他嫌人来人往应酬太多。

"卓子把情况都告诉我了。"李钧儒从抽屉里取出几页纸："我认为你没有必要去研究具体的技术，你应该系统地学习压缩机的造型、应用和系统设计。你是天生的商人，这个我一眼就能看出来。既然辞职了，就利用这段时间培养自己，迟早你还是要回去卖压缩机的。"

李钧儒把几页纸递给朱向红："头两页是我给你列的书目，所里图书馆里都有，卓子会帮你找的。"

李钧儒犹豫一下，然后说："后面一页是我的几个朋友和学生的联络方式，他们现在都是公司的领导。如果你需要工作，你去找他们。最后两页是我给你写的推荐信。"

朱向红仔细浏览这几张纸，李钧儒给她推荐的书是关于压缩机系统工程和应用的，推荐的公司里有两个还是国内比较出名的，推荐信的评价非常高"……朱向红女士是我所见过的最优秀的工厂管理人员和销售人员，她不仅聪慧和勤勉、为人正直和诚实，而且有过人的胆略和勇气。任何公司和单位若能请得朱向红女士加盟，必将获得一笔巨大的经营财富。……"

"您对我评价太高了。"朱向红感激地说。

"不高，我老头子知道自己在说什么。"李钧儒诚恳地说："卓子来我这儿已经四年了，他介绍你的故事都可以出书了。"

李钧儒对李卓然说："你先去工作吧，我和小朱单独谈谈。"

李卓然出去后，李钧儒对朱向红说："经过四年的反复实验，我们已经为长江压缩机设计出一套轴封，现在正在验证它的可靠性，原计划明年投用。目前长江公司正在和德国公司合资，如果现在把这套轴封送到长江公司试用，我担心落入德国公司的手中，如果不交出去，我又觉得对不住长江公司。"

沉思了一会儿，朱向红说："我并非反对与国外公司合作，关键要看合作的目的、条件和对象。我感觉长江公司与德国凯克科公司的合资太仓促，好像在赶任务。我想利用这段时间全面收集凯克科公司的资料，彻底研究这个公司，为合资公司的中方工作提供参考。为了保险起见，在我得出结论之前，我建议暂不提供新轴封技术。"

李钧儒点点头："就这么决定。"

美国德坞赛压缩机公司驻北京的首席代表西纳斯是个香港人，中文名字叫艾莫瑶，因为丈夫姓吕，所以在香港叫做吕艾莫瑶。西纳斯在美国石油城休斯敦读的大学，加入德坞赛公司后，被派遣到中国开展销售业务。

朱向红与西纳斯的认识纯属偶然。那时朱向红是长江压缩机厂销售处长,带领团队竞争山西三鑫石化公司的循环气压缩机,对手就是美国德坞赛压缩机公司。由于价格差距较大,用户拟采用长江压缩机。当山西三鑫公司副总工程师鲁景林约见朱向红,准备向她宣布中标结果时,朱向红却劝他购买美国德坞赛公司的压缩机。

朱向红说:"三鑫公司需要一台可靠性高、能够连续运转三年不停车的压缩机,长江压缩机目前技术达不到。虽然进口压缩机贵,但是一旦压缩机停产,每天的损失就几十万。我建议你们用长江的价格压一下德坞赛公司,然后和他们签约。"

鲁景林采纳了朱向红的建议,与美国德坞赛压缩机公司签约,并且将朱向红的推荐转达给首席代表西纳斯。西纳斯非常惊讶,她从事贸易十几年了,第一次遇到对手推荐自己中标,从此两人有了工作之外的交往。

当时团队里有人不理解,朱向红解释道:"我住的小区里有一个经营水果、蔬菜的小铺,铺主是一对老夫妻。一天小铺里进了一批色泽鲜艳的桃子,我问老先生:'这桃子甜吗?'他回答:'不甜。'我没有买桃子,不过我觉得他们很诚实,就买了些别的水果和蔬菜。事后我明白了,他们虽然没有卖出去桃子,但是他们赢得了人心,把其他水果和蔬菜卖出去了。"

"目前这台压缩机是三鑫公司的关键设备,超出我们的水平。但是三鑫公司还有其他一些要求不太高的压缩机,符合我们的水平。如果我们能够使他们信任我们,我们后面的压缩机会卖得更好,完全能够弥补这台压缩机失标的损失。"

梁浩饶有兴趣地追问:"那对老夫妻的桃子卖给谁呢?"

朱向红回答:"凡物都有主,老年人、高血脂、糖尿病患者都喜欢买不太甜的水果。"

朱向红此举在三鑫公司产生了很好的效果,长江压缩机此后连中四单,成为三鑫公司的主要压缩机供应商。

朱向红来北京前已经与西纳斯通过电话,当西纳斯再次接到她的电话,立刻派车把朱向红接到代表处。

朱向红刚一落座,西纳斯就说:"我听说你辞职了,到我这儿工作吧,待遇保证你满意。"

朱向红感激地笑着说:"我只是停薪留职,想利用这段时间好好学习一下。"

西纳斯不解地问:"据我所知:国营企业人事关系复杂,对你这种敢作敢为的人并不适合。而且收入不高,难道你就不想多挣钱,过好日子吗?"

"锦衣玉食,高宅怒马?"朱向红回答,"当然想,不想那是撒谎。"

"那你为什么不肯到我这儿工作呢?"西纳斯锲而不舍地追问道。

朱向红随和地说:"我还没想好,我想先学习一段时间。"

虽然西纳斯有点失望,还是再强调:"如果你打算离开长江公司,一定先告诉我。"

两个人聊了些孩子、丈夫之类的"女人话"后,朱向红转入正题:"长江公司正在与德国凯克科公司谈判合资,我想通过你们的渠道,帮助我了解凯克科公司的情况。"

西纳斯略作迟疑,便立刻答应下来。

朱向红白天读书和查阅资料,晚上住在李家,与李卓然相处得像姐妹一样。

朱向红问李卓然:"伯母对辛昌旺的态度转变了吗?"

李卓然回答:"好多了,不过还是嫌他憨。"

朱向红说:"辛昌旺可不憨,那是外表,长江公司数他最精明。"

李卓然问朱向红:"你怎么胆子那么大,总干些让人心惊肉跳的事,你从来不害怕?"

朱向红回答说:"做事的时候不害怕,做完了有时候后怕。"

李卓然又问:"你像谁?你爸爸还是你妈妈?"

朱向红回答:"我妈说像我姥爷。"

朱向红的姥爷是晚清官吏朱云浦的庶出第三子，叫朱距垣。朱距垣的母亲既不是大家闺秀，也不是小家碧玉，而是从小抵债在朱家长大的丫环。因为是庶出，朱距垣从小不但不受宠爱，反而经常被亲戚奚落。

每年清明祭祖，嫡系子孙跟着父亲和正房夫人先行参拜，然后才轮到偏房夫人和庶出的孩子。朱距垣十五岁那年与母亲参加朱家清明祭祖，轮到母亲和他们兄妹祭拜时，母亲刚在垫子跪下便失声喊叫出来。在那个时代，祭拜时喧哗是亵渎祖宗，母亲被父亲斥责一顿，并且处罚一年不给衣服、脂粉钱。

回家后，朱距垣撩起母亲的衣裤察看，两根半寸长的钉子扎进母亲的膝盖里。第二天，朱距垣向母亲要了五十两银子，他向母亲发誓：他不要读什么圣贤书，他要去经商。他要挣钱给母亲盖一座前有戏台、后有祠堂的大宅子，祠堂里谁也不供，只供奉他朱距垣的母亲。

人有志，则百事成。十年之后，朱距垣用积攒的钱开了第一家茶庄，再此后的十年，李距垣的茶庄、米行、布行、货栈遍布江浙一带。

朱距垣就在朱家老宅旁边，盖了一座比老宅大一倍的豪宅，就像当年许诺母亲那样，豪宅前院有一座带阁楼的大戏台，豪宅后院有一间粘金贴银的高大祠堂。

母亲搬进豪宅那天，朱距垣请了个戏班子给母亲唱了三天戏，摆下流水席，遍请众乡亲，就是不请朱家嫡系亲戚。

朱距垣娶了当时苏州才子谢文茂的女儿，后来生下朱向红的母亲。

朱向红的母亲在读初中时，抗战爆发，她连招呼都不打，跟着高年级的同学就去了延安。从此搞宣传、救伤员、骑马打枪抓俘虏，样样不让男子汉。全国解放后，才和朱向红的父亲结婚，生下朱向红。

朱向红从小脾气倔，不怕吓唬不怕打，经常让父母头痛。每每此时，朱向红的父亲总是问："这孩子像谁呢？"母亲总是叹口气："像她姥爷。"

朱向红拜访西纳斯两周后，收到她派人送来的《德国凯克科公司经营现状报告》。朱向红阅读后，立刻给史刚正写了一封信：

史总：

您好！

我通过有关渠道得到一份《德国凯克科公司经营现状报告》。根据这份报告，自德国统一后，原属民主德国的凯克科公司因为技术落后受到原联邦德国公司的歧视和压制。去年，凯克科公司因为使用劣质钢材，导致压缩机壳体破裂事故，在德国市场销售十分困难。

详细报告附上，供您参考。

此致

敬礼！

朱向红

朱向红通过特快专递将信发了出去，心里一阵轻松，西纳斯的报告证明她的直觉是对的。

不过朱向红不知道的是，史刚正已经带领代表团到达德国，他的使命是考察并签订合资合同。

史刚正看到朱向红信的时候，已经是半个月以后了。他立刻把谢闵铉找来，谢闵铉仔细阅读完朱向红的信和报告，然后说："这封信所说的情况和我们在德国看到的不一样，有点耸人听闻。也许是竞争对手害怕我们与凯克科公司合资故意释放的烟幕弹，我通过另外的渠道调查一下。"

又过了半个月，谢闵铉告诉史刚正："凯克科公司的压缩机在德国发生过一起壳体裂纹，那是个偶然事故，已经解决了。不必大惊小怪。"

史刚正放心了，很快忘掉了朱向红的来信。

十六

朱向红辞职已经一年多了，她像穿梭一样往返于上海和北京两地。她可以潜心读书了，过去一些一直想读而没有时间读的书，她可以泡杯茶慢慢地读，还可以写写心得，甚至在书上替作者修改。她体会到无官一身轻的感觉，不过有时候轻的不知所属了。她避免与原来的同事联系，担心产生不必要的误会，而且她也受不了埋藏在心底里、时刻要迸发出来对商场上叱咤风云的渴望。她只有藏在书里、幻想在梦里。她热爱长江公司，那儿有她曾经的辉煌；她希望史刚正顺利，她困难的时候这个男人挺身而出。但是本能顽强地告诉她：这次合资不可能成功。

宇弘已经十岁了，刘智天教会他下棋、游泳、打球，凡是男孩子会玩的他都会。朱向红辞职后与儿子相处的时间充足了，母子俩经常像朋友一样讨论"社会问题"。

"如果女同学打电话找我，你怎么办？"宇弘问。

"喊你接电话呀。"朱向红不明白宇弘的意思。

"你不会盘问我她是谁吧？"宇弘接着问。

"你的同学呗，还能是谁？"朱向红有点明白了。

"你还不错。孙刚说：他妈妈就老是问他打电话的女孩是谁。"宇弘解释道。

"怕他谈恋爱？"朱向红同情地问。

"嗯。妈妈，什么是谈恋爱？"宇弘问。

朱向红认真想了一会儿，斟酌着词句："当人长大了以后，就要离开爸爸妈妈，自己成立一个新的家庭，就像爷爷和奶奶是一个家庭，爸爸妈妈又是一个家庭。成立家庭就要男人和女人互相商量，这个商量的过程就是谈恋爱。"

宇弘松了一口气说："这我就放心了。我喜欢我们班的夏媛媛，可是我不想和她成立家庭，我们不是谈恋爱。"

现在轮到朱向红紧张了："你喜欢夏媛媛什么呀？"

宇弘回答说："她很好看。"

朱向红一本正经地说："交朋友可以找好看的，谈恋爱可不行。谈恋爱要找好看而且聪明的，这样你的孩子会既好看又聪明。"

宇弘醒悟似的："噢。"

和儿子相处是一种安慰，可以填充朱向红内心的空虚；有时也是一种麻醉，让她忘记心中不时泛起的焦急。

1997年2月18日，朱向红拿着李钧儒给她写的信赶赴西安交通大学，参加在那儿举行的"压缩机状态检测研讨会"，事先李卓然给长江公司驻西安办事处主任刘浩亭打了电话。

19日下午，朱向红刚下火车，刘浩亭早已在站台上等候了。

刘浩亭是原来销售处的项目经理，是朱向红提名他担任西安办事处主任的。晚上刘浩亭在办事处请朱向红晚餐，朱向红向他询问公司近来的情况。刘浩亭说，通过德国凯克科公司的销售渠道，长江公司已经销往欧洲四十多台小型空气压缩机，这是长江公司首次进入国际市场，无论是生产还是销售，都感到欢欣鼓舞。德国凯克科公司的压缩机安装了长江公司附属设备，机组成本大为降低，在与其他国外公司竞标中连连得中，据说合资公司利润丰厚……

朱向红不知道自己是怎样吃完这顿饭的，也记不清吃的是什么，只记得刘浩亭分手时告诉她：谢闵铉到德国进修博士研究生了。

晚上她躺在床上，脑子里像过电影一样翻来覆去地回忆当时辞职的情景。她不该那样冲动，为什么就不能忍着执行别人的决定呢？她凭直觉就敢辞去十几年奋斗得到的职务，太草率了。根据刘浩亭说的情况，看来自己错了。她听妈妈讲过，她姥爷就是因为太骄傲，听不进别人的意见，最后破产的。难道她也是这个命运？她迷迷糊糊地睡了，梦里又回到长江公司，车间里到处都是德国压缩机，行政楼里全部是德国人……

1997年2月20日，早间新闻宣布：邓小平去世了。

朱向红的泪水止不住地流下来，香港再有几个月就要回归了，邓小平说他要回归后到香港走一走，他没能实现自己的愿望。如果连她最崇敬的人都有实现不了的愿望，朱向红也就不再奢望了。她决定立刻找一份合适的工作，重新开始，自己养活自己，养活儿子。

她打电话给刘智天，告诉他自己的决定。刘智天丝毫不惊讶，他似乎早知道会是这个结果。他安慰朱向红，凭她的才干，哪儿都能找到饭吃。

刘智天的安慰真不是言过其实，朱向红几个求职电话后，她就后悔操之过急了。几个国内外企业的负责人立刻打回电话欢迎加入，西纳斯则表示明天飞到西安与她面谈，并且说：工作和待遇随便她提。朱向红决定西安会议后去北京，一方面感谢李钧儒这两年来的教导和帮助，另一方面参加几个企业的面试。

此后的日子变得轻松起来，朱向红展望未来的工作，决定换个方式生活。她在电话里告诉刘智天："加入新企业后，我要埋头拉车，绝不看路。挣钱吃饭，养家糊口。"

"嘿嘿，"刘智天不可置否地笑笑，"先在北京谈谈，别定下来。回上海再看看，我希望你在上海工作。回上海时通知我，我去车站接你。"

李钧儒对朱向红重新找工作非常支持，不过他希望朱向红还是进入中国企业工作："虽然目前收入外企高、待遇好，但是从性格来看，你适合在中国企业工作，因为你还需要精神满足。"

李卓然私下对朱向红说："别听李老的，都什么年代了。哪个公司待遇好，你就进哪个公司。"

李母说了句意味深长的话："人一辈子都找不到自己满意的东西。原来以为是自己想要的，等拿到手又不稀罕了。向红啊，你随心吧。"

他们都是朱向红困难时候的朋友，他们说什么朱向红都十分重视。不过，朱向红内心里真不知道自己要什么。

当朱向红到达上海火车站时，她一眼看见站在刘智天身后的梁浩。自从朱向红辞职后，梁浩提升为销售公司经理。让朱向红惊讶的是梁浩身边站着长江压缩机公司资深副总经理刘玉昆。朱向红的第一反应是：长江公司出事了，而且是出大事了。

朱向红赶忙走向刘玉昆："刘总，出什么事情了？"

刘玉昆没有正面回答："你能先跟我们回公司吗？"

朱向红用征询的眼神看着刘智天，刘智天理解地说："刘总他们昨天就跟我联系了，你快去吧。这里是些吃的，你先垫一垫肚子。"说着把一袋面包和一瓶水递给朱向红。

在公司接她的车里，朱向红本想问刘玉昆到底出了什么事。刘玉昆用眼神示意朱向红：司机在场，不便多说。朱向红默默地吃着面包，挨到公司。

刘玉昆和梁浩径直把朱向红领到她原来的办公室，里面摆设一点没变。看到梁浩关好门，刘玉昆对朱向红说："公司发生重大变故，我请示贺部长同意后，请你回公司协助我工作。"

看到朱向红一脸茫然的样子，刘玉昆示意梁浩把一切告诉朱向红。

梁浩简要地告诉朱向红：现在长江公司面临着两大困境，一个是德国凯克科公司破产了，长江公司通过凯克科公司销售到国外的四十多台空气压缩机货款无法收回，给公司造成巨大亏损。另一个是合资公司进口的德国凯克科公司压缩机主机涉嫌逃税，而且金额巨大，史刚正作为法人被刑事拘留了，虽然目前已经取保候审，但是已经不适合再领导公司运营。贺部长亲自主持长江公司管理层会议，因为其他主要副总在上述两项重大经营活动中都负有一定的责任，所以任命刘玉昆担任公司总经理。刘玉昆对他担任总经理只提出一项要求：请朱向红回来担任第一副总经理，协助他工作。

最后，梁浩说："你走后，史总一直不让动这间办公室，他可能是还想有朝一日请你回来。"

朱向红说："事情来得太突然，我想回家考虑一晚，明天答复你们。"

刘玉昆苦笑着说："所有的管理层干部都在会议室里等着我们三人的谈话结果，贺部长在北京等我的电话。你还是现在接受吧。"

朱向红无奈地说："让我和刘智天单独通个电话吧。"

刘玉昆和梁浩离开后，朱向红拨通了刘智天的电话，简短地介绍了情况，最后问刘智天："你说我应该接受这项任命吗？"

刘智天笑了："就冲你最后这句话'我应该接受这项任命吗？'我就知道你同意了。如果你不同意，你会问：'我应该回来吗？'"

朱向红没有笑："在回上海之前，如果公司请我回来，我会很感激，也许我会答应。但是现在是这样复杂的局面，如果我处理不好，我怎么脱身呢？我害怕了。"

刘智天说："谁不害怕？害怕是意识到危险在心里的反应，这并不意味着你干不了。根据我的经验，越是困难的局面，越是容易出成绩。"

朱向红说："我现在找工作靠的是我以前的工作业绩。如果我失败了，我今后怎么办？"

刘智天说："如果你这样考虑，我劝你不要接受这个烂摊子。"

朱向红不高兴了："谁说这是个烂摊子？征求你的意见是尊重你，你就不能鼓励我一下？不跟你说了！"

刘智天听到听筒那头传来"咔嗒"的挂机声后，冲着话筒喊道："暴君！"

又过了半个小时，朱向红打电话请刘玉昆过来。因为只有两个人了，刘玉昆便把深层次的信息告诉了朱向红："我只是临时总经理，我和贺部长统一了意见，一年，顶多两年以后，由你担任总经理。"

朱向红递给他几张纸："我制定一个短期恢复计划，请你看一下。"

刘玉昆接过来认真看了一遍，为难地说："公司人事安排历来由经理办公会讨论，报请部里批准，我恐怕做不了主。"

朱向红寸步不让："如果不能答应我这个计划，我不能接受公司的安排。"

刘玉昆下决心似的说："反正我也要退休了，谁也不怕了。我和贺部长通电话，你等我的答复。"

时间不长，刘玉昆就回来了，脸色有点兴奋："意外呀，贺部长完全赞同你的意见。他说你不必拘泥过去的老规矩，只要不犯法，不违纪，咱俩说了算！我们一起去和大家见个面？"

朱向红沉思着说："这个恢复计划可能要牵扯到一些人，咱俩分头找他们谈话，然后再宣布计划。这样吧，你先去会议室宣布我同意回到公司，然后让大家各自回办公室工作。就说我们正在研究工作计划，可能需要找他们谈话。"

晚上很晚朱向红才回到家，看着儿子睡梦中的胖脸蛋儿，她忍不住掉下泪来，以后恐怕没有时间给儿子读书了。

一直到朱向红洗完澡、吃完饭、靠在床头上想心事时，刘智天才轻声地问："结果怎么样？"

朱向红亲昵地拍了他一掌："我就喜欢你这样，能沉住气。"然后揉了揉太阳穴："刘玉昆任总经理，我任常务副总经理。我把管理层分成两个组，一个是清算组，刘玉昆是组长，我是副组长，有陈东敏、赵东亮和各处室的主要负责人。工作重点是解散合资公司、追回应收账款和处理德国压缩机进口逃税……"

刘智天打断朱向红的话："陈东敏是副总工程师、兼设计所长，赵东亮是主管生产的副总经理，还有各处室的主要负责人。这些人全部去处理遗留问题，谁帮你搞生产？"

朱向红瞪着眼睛说："合资公司搞成这个样子不全是史刚正一个人的错！这些人都有责任！这些人以后能不能用，要看他们现实的表现。"

"不跟你说了。"朱向红就要躺下睡觉。

"算我笨，不了解情况。行了吧？你说说第二组吧。"刘智天赶紧哄着朱向红，他可不敢在睡觉前得罪老婆。

"好好听着！"朱向红不依不饶地说："第二组是恢复生产组，我是组长，辛昌旺是副组长，各生产厂和分公司的主要领导是组员，负责恢复生产，扭转亏损局面。恢复期间我只领生活费，小组其他成员发半薪，基层干部和工人领全薪，但要暂时停发奖金。"

刘智天怀疑地说："工人们能同意吗？"

朱向红回答说："只是暂时的措施，公司盈利了再补发给大家。我不担心工人，我担心干部们不支持我，所以我提名辛昌旺任副组长。"

刘智天问："辛昌旺是何方神圣，有这么大的能耐？"

朱向红自信地说："当组长我比他强，当副组长他比我强。待到恢复期过后，我打算提名他当副总经理。"

刘智天小心翼翼地问道："史刚正怎么样了？"

朱向红叹了口气："老了十岁，见面一句话也不说。我准备找个安静的地方让他疗养一段时间。"

史刚正被公司安排到黄山疗养，一是因为离上海近，二是朱向红知道史刚正喜欢爬山。朱向红特意安排史刚正的爱人郑玉雪一起同行，她给了郑玉雪一部手机："这是公司才买的，遇到不好办的事情立刻与我联系。"

郑玉雪非常感动："现在公司这么困难，能买几部手机？还是留着生产上用吧。"

朱向红说："公司能发展到今天的规模，与史总分不开的。你拿着手机也不仅是为了照顾史总，我可能有不明白的问题还得请教他。"说完又塞给她一个信封："史总喜欢喝黄山毛峰，这点钱算是你替我给他买点新鲜的。"

郑玉雪眼圈红了："刚正在位的时候天天有人找他，迎来送往的连个电视剧都看不安宁。自从出事以后，除了查案子的人外，就没有人再登门了。看见他现在这个样子，我真羡慕普通工人家庭。"

朱向红安慰道："虽然长江公司目前受了损失，但是我们人还在，设备还在。你陪着史总安心疗养，等我忙完这一阵子，我就去看你们。"

大概距离能疗伤，到了黄山后，史刚正心情好多了。唯一让他挥之不去的是一年多来合资公司里发生的事,一幕幕像放电影似的不断在脑海里过。

当初谢闵铉起劲地鼓动他与德国凯克科公司合资,他也曾经犹豫过,可是经不住谢闵铉描绘出的那幅美好前景。现在想想真是天真,凯克科公司能把压缩机技术告诉长江公司吗?那不成了德国活雷锋了?部领导的确说过可以与国外公司合作、合资,但是部领导的确也说过要保护长江公司的根本利益。唉,有些话怎么理解都可以。

朱向红给他写过信,报告德国凯克科公司可能有问题。现在看来当时谢闵铉做的调查不真实,是他真的没有调查出什么还是故意隐瞒什么?目前谢闵铉在德国汉堡经济研究院进修和工作,据说全家移民加拿大了。难道这里面有什么猫腻?

合资公司刚成立陈东敏就提出带领设计团队赴德联合设计,说是要在德国专家的指导下改进长江压缩机的技术,要不是他多了个心眼,要求陈东敏必须确保长江压缩机的技术不得外露,长江公司那点技术早就不是秘密了。刘玉昆曾提醒他,陈东敏的儿子在德国读书快毕业了,一直在德国寻找工作。难道这个文质彬彬的书呆子也在考虑个人利益?

赵东亮一直是干部深入生产一线的表率,合资公司成立后,竟然学着外国经理摆谱,坐在办公室里批计划、会议室里听汇报、电话里下指示,这种管理就是国际先进管理?

德国凯克科公司可以代替长江公司向国外销售空气压缩机,怎么就不采取收款保障措施呢?四十多台压缩机啊,如果自己冷静一点,就不会造成巨额亏损了。

还有德国压缩机进口报关,他怎么就同意将压缩机主机当作部件进口呢?要是朱向红在可能就不会这样糟了……

史刚正想起朱向红,那天她到家里看望自己,他虽然一句话也没有说,其实他还是希望见到朱向红。朱向红给他留下一份工作计划,他看了觉得够狠的,大概也就是朱向红能扭转当前的局面。

以后他怎么办呢?总经理恐怕是不能再当了,即便是部领导同意,他也不打算接受。给朱向红当助手？他有点不习惯……

忽然郑玉雪"哇"的一声从身后抱住他，把他吓了一跳。"你可不能想不开。"郑玉雪使劲把他向后拖。

史刚正这才发现，他无意中走到一处断崖边上。他捧着郑玉雪的脸庞，看着她满脸泪痕的惊恐神色，忍不住笑了起来："我不会去死，我还要看着女儿结婚呢。"

郑玉雪将信将疑地松开手："刚正，这么多天了，我第一次看见你笑。"

史刚正伸出手来："把手机给我，我要和朱向红通话。"

十七

朱向红白天主要精力抓生产、销售、资金回笼、新设备采购、基本建设等等公司赖以生存的基础工作，晚上听取陈东敏、赵东亮等人关于清算合资公司资产、向德国凯克科公司索要四十四台空气压缩机的货款、向海关解释进口德国压缩机偷税等的处理结果。

虽然没有正式任命，公司管理层都明白，现在朱向红说了算。根据刘智天的建议，朱向红每周去一个分厂或分公司，深入基层了解和解决具体问题。"基层干部和员工的支持是高层管理者的命根子。"刘智天总结经验般地告诉朱向红。

朱向红独自一人来到设计所，十几年前自己就是从这里走向销售岗位的，回想起来恍若昨天。

门卫认识朱向红，刚要打电话通知领导，被朱向红制止住了。她一个人悄悄地沿着楼梯上到二楼，来到机械室。机械室的门开着，从外面可以看到隔板后面正在工作的工程师。朱向红用眼睛数座位上的人数，大概有五六个空位子。她听说设计所有些不安定，部分年轻工程师准备离开，今天她就是专门看看事情发展到什么地步。

里面的人多数朱向红都不认识，她走进去，径直走向一位有点驼背的老工程师。他是朱向红进厂后的第一任师傅，叫恺秉直。恺秉直工作认真，脾气很倔，人送外号"老K"，连陈东敏都敬他三分。

"师傅。"朱向红在恺秉直身后轻轻地叫道。

恺秉直一回头，发现是朱向红，有些惊讶，又有点不知所措："小……哦，朱总，你怎么来了？"

"师傅！"朱向红嗔怪地看着恺秉直。

恺秉直用手拍拍额头，笑着说："忘了。"

周围的人听到声音，纷纷抬起头，发现是朱向红来了，大家围了过来。朱向红一边与熟悉的人打招呼，一边冲着不认识的年轻人点头示意，从他们敬畏的眼神中，朱向红判断他们知道她是谁。朱向红向身边一位文静的姑娘伸出手来："我叫朱向红，你叫什么名字？"

姑娘赶紧与朱向红握手："我叫朱晓红，来了两年了。"

朱向红一下子乐了："没想到我捡了个妹妹。"

周围的人"哄"的一声笑开了，大家不再拘谨。恺秉直指着另一位戴眼镜的矮胖小伙子："那是她的男朋友，叫胡愈。"

"他是我们的大才子，外号叫葫芦。"旁边的一位高个小伙子说。

大家又是一阵哄笑。

恺秉直笑着说："胡愈悟性很高，肯定能成为优秀的压缩机设计师。"

朱向红问高个小伙子："你叫什么名字？"

高个小伙子答："我叫顾岳明，来了四年了，我和葫芦是同学。"

胡愈认真地问朱向红："朱总，你在公司最好的时候离开，在最困难的时候回来，为什么？"

朱向红回答："责任。"

顾岳明问："朱总，面对困境你是怎么想的？"

朱向红回答："人摆脱困境的唯一办法是把困境变成机遇。"

顾岳明又问："我们室走了几个人，你怎么看他们？"

朱向红回答："我提倡忠于公司，尤其是在公司困难的时候。但是对于执意要离开的人,我不提倡强留。从人生的角度来看,成功者往往是那些坚持到底的人。"

顾岳明说:"我们年轻,经济底子薄,需要挣钱买房。如果别的公司待遇好,我们不应该去吗?"

朱向红回答:"挣钱是事业成功的副产品,成为骨干是事业成功的基础。如果你总是在公司困难的时候离开,哪个公司能选你做骨干?"

胡愈问:"你怎么能让我们相信公司可以恢复呢?"

朱向红回答:"我回来工作就是最好的证明。"

胡愈说:"我们几个留下来就是相信公司肯定能恢复,听了你的话,我们觉得不但能恢复,而且会办得更好!"

其他室的人听说朱向红来了,也都拥到机械室。有些人是与朱向红前后期进厂的人,他们很高兴能在这个时候与她聊聊公司的命运。

"向红,史刚正他们把公司折腾成这样,你回来收拾这个烂摊子,这太不公平。应该追究他们的责任!"与朱向红同期进厂的侯跃敏愤愤不平地说。

"对,你当初就看出来了,他们不听你的,他们应该负责任!"刘泽普是侯跃敏的徒弟,紧接着给师傅帮腔。

朱向红认真地说:"史总他们当初也是为了把公司发展得更好、更快,我其实并没有看出合资公司有问题,只是意见不统一,担心引起混乱才辞职的。"朱向红接过恺秉直递过来的水杯,喝了几口接着说:"公司的发展总是有高潮、有低谷,目前的困难就像是凤凰涅槃,再生的新公司必将有更强的生命力。我给恺工当徒弟的时候经常犯错,错误是我最好的老师,人都是经过犯错误才进步的。"

"但是你还是离开了设计所。"恺秉直的另一个徒弟、朱向红的师兄王廷忠说。

"那时因为师傅老是用尺子打我,我受不了才跑的。"朱向红调侃地回答道。大家又是哄堂大笑。

其他人又说起工资待遇问题、房子问题、医药费报销问题等等。大家也知道朱向红不可能立刻解决这些问题，但是她能下来倾听大家的意见，对大家这本身就是安慰。

朱向红与大家讨论了一些可以解决的问题，比如工资级别的不合理设置、医药费报销的不合理规定等。对于不能解决或者暂时还不能解决的问题，比如住房问题、子女就业的问题等，她只能记下来，待公司发展了再解决。对话后来变成了规划公司未来的讨论，这使朱向红受益匪浅，她心中暗暗感激刘智天。

感到问题谈得差不多了，朱向红对大家说："我找师傅有点事，以后再和大家聊。"说罢便拉着恺秉直到外面去了。

朱向红和恺秉直来到设计所的小花园里，朱向红一边散步一边向恺秉直了解设计所的情况。

恺秉直告诉她，前一段时间陈东敏准备全面推行德国设计标准，采用德国凯克科公司的设计技术，结果合资公司出事了，设计所有点混乱。不过，原来的基础都在，恢复起来不难。现在困难的是陈东敏是纯技术型干部，团结人、关心人、使用人方面做得不够。原来的副所长李广田是他一手带起来的徒弟，风格与他一个样。最好能再选个综合能力强的人和他们做搭档，互相弥补一下。

朱向红说："我想提名倪志远担任所长，你看行吗？"

恺秉直说："倪志远担任室主任已经好几年了，技术好，威信也高，人缘也不错，我看行。不过陈东敏怎么办？"

朱向红说："陈东敏公司另有安排。师傅，提名倪志远担任所长的事您先保密，我还要征求其他领导的意见。"

恺秉直说："你放心，我懂你们的规矩。"

师徒俩说笑着扯些生活上的小事，然后分手了。

陈东敏带着一颗疲惫的心参加清算组的会议，他对被指派去清理合资公司的旧账，追讨压缩机销售款，心中十分不满，这简直是浪费人才！不过他知道自己有责任，当时史刚正带队去欧洲考察，陈东敏在家主持工作。

除了长江公司的人以外，长江公司聘请的国际商务律师林海洋也参加会议。今晚会议的议题是向德国凯克科公司追索出口的压缩机货款，林海洋翻阅着笔记本说："整个压缩机出口贸易手续齐全，买卖路线明确，只要能够证明是长江公司委托德国凯克科公司代销压缩机，即便凯克科公司处于破产清算阶段，货款也可以通过交涉追索。"

朱向红转向陈东敏："当时您在家主持工作，有没有签署什么法律文件？"

陈东敏低头想了一会儿："我记得好像没有，当时我们都太大意了。"

朱向红又转向林海洋："凭着出口手续和对方接货单据可以追索货款吗？"

林海洋摇摇头："恐怕不行，必须设法找到有关法律文件。"

朱向红又问道："我估计这么大的事一定留有痕迹，如果我们设法找到一些会议纪要之类合资公司的文件，您看能算作法律文件吗？"

林海洋略作思索，然后答道："可以找来研究一下，如果这些文件能证明德国凯克科公司的代表提出这个建议，并且承诺返回货款，我认为应该算作有法律效力的文件。"

朱向红对办公室主任苗舒声下达指示，立刻彻底清查合资公司文件，不要放过任何线索。

连续几天的劳累，朱向红感到很疲倦。她告诫自己：要悠着点，千万别累趴下。不然谁来救长江公司、救史刚正？想到史刚正，朱向红有点心酸，都什么时候了，他还想着别人。她接到史刚正从黄山打来的电话，叫她放过陈东敏、赵东亮等人，事情已经出了，由他一个人承担。

朱向红有自己的主意，只有追回这笔货款，才能救长江公司，才能救史刚正。因为追回这笔货款，不但可以弥补制造成本，而且还可以补齐进口凯克科压缩机的税款，就可以替史刚正减罪。

陈东敏是长江压缩机公司的设计所元老，靠着上海人特有的聪明和勤奋，陈东敏从一个普通的设计工程师一步一步地升到设计室主任、设计所所长、公司副总工程师。他有着中国人固有的儒家思想，"万般皆下品，唯有读书高"。除了读书他没有任何别的爱好。在设计所他是公认的"活标准"，他几乎通晓各种压缩机的设计标准和规范，并且能引经据典地解释各种标准的差异和原因。因此，在设计所陈东敏有着"神"一般的威望。

陈东敏很少发脾气，他属于不怒而威的人。当他还是个组长时，他与组里其他工程师经常讨论设计问题。无论对方资格老、幼，他总是能平等地对待，即不谦卑也不傲慢，颇有风度。

陈东敏还是个好丈夫、好父亲，同事们有事去他家，经常会遇到他戴着围裙做家务，或者陪着儿子下棋。他读着棋谱教儿子下国际象棋，自己作陪练，待到儿子可以代表学校比赛了，可是他却根本不会下。

不过陈东敏瞧不起朱向红，他认为销售和经营都是那些低文化水平的人就可以承担的工作，在他眼里朱向红取得的成绩都是些小聪明加运气，而他所从事的设计工作才是长江压缩机公司发展的根本。不过他对当干部不感兴趣，要不是当干部挣钱多，他才不会接受这些无聊的行政职务。所以对原来是自己下属的朱向红升职超过自己，他毫不嫉妒。他最大的愿望是有机会到国外设计院工作，不仅可以发挥他的设计才能，而且还能挣更多的钱，他要帮助在德国读书的儿子。

当史刚正传达德国凯克科公司提出合资的消息时，陈东敏觉得是个机会。虽然凯克科公司不是国际上有名的压缩机公司，但是毕竟是德国公司，也许自己能在这样的公司崭露头角，就像在长江公司一样，被德国人奉为压缩机设计的东方之神。他立刻表态支持合资，他要以联合设计的名义去德国，要让德国人看看我陈东敏的能力，然后寻找机会留下来，也可以从经济上更好地扶持儿子。

合资公司成立以后，德方经理就是原来的合资谈判代表冒瑙，一个见了任何人都称之为"我亲爱的朋友"的老狐狸。冒瑙的助手是个新加坡女人，叫沈西花。这两个人利用中国人的淳朴和对新技术的渴望，把中方管理班子成员忽悠得毫无警惕,以至于直到德国凯克科公司破产,才突然意识到出口的压缩机销售款需要立刻追回。

陈东敏羡慕谢闵铉的运气,他竟然神不知鬼不觉地在德国找到工作,而且全家移民加拿大了。如果合资公司不出事,也许自己也去德国了。比比谢闵铉,想想自己在莱茵河畔打工的儿子,他觉得自己倒霉透了。

就在得知德国凯克科公司破产的当天晚上,谢闵铉从德国给陈东敏打来电话:沈西花有要紧的事情找他。谢闵铉还暗示他:可以利用手中的东西与德国凯克科公司作交换。

陈东敏知道沈西花想要什么。当冒瑙提出借用德国凯克科公司的销售网络替长江公司销售空气压缩机时,虽然陈东敏打电话请示了史刚正,但是他还是本能地起草一个说明,明确规定空气压缩机不属于合资公司的产品,海外销售后一个月内返回销售款,并且让冒瑙签字。当时在场的除了陈东敏、冒瑙和沈西花以外,还有翻译徐岳梅。后来徐岳梅辞职去南京工作,陈东敏并不认为日后能用上这份说明,便把它锁在抽屉里几乎忘记了。

沈西花自喻是"西方之花",皮肤白皙,体态丰满,虽然已经四十岁了,却经常被人误认为不到三十岁,沈西花对此颇为得意。

陈东敏有点可怜沈西花,一个四十岁女人故作少女般的妩媚,整日扭着屁股跟在冒瑙后面转,看着冒瑙的脸色行事。冒瑙高兴时陪他喝酒,手挽手地散步,冒瑙不高兴时,沈西花像个下人一样大气都不敢出。

陈东敏应约在咖啡馆与沈西花见面,没有化妆的沈西花一下子老了许多,陈东敏差点没认出来。

"陈总,"沈西花甜甜地招呼陈东敏,"快请坐,咖啡加牛奶吗?"

"我不喝咖啡,有什么事就直说吧。"陈东敏觉得沈西花不配与他平起平坐。

沈西花扭扭捏捏地说:"冒瑙先生让我代问您好!"

陈东敏笑了笑没说话。

沈西花极为谦卑地说:"冒瑙先生一直都认为陈总是个了不起的压缩

机专家，本来计划介绍陈总去德国凯克科公司的设计所工作，可是现在公司有麻烦了，冒瑙先生觉得很遗憾。"

陈东敏问："恐怕不是有麻烦了，是破产了吧？"

沈西花回答："是破产了。但是会被另外的公司收购，换个名字仍然生产压缩机。"

陈东敏有点感兴趣了："那你找我有什么事？"

沈西花说："冒瑙先生想拿回代销压缩机时他签字的文件。"

陈东敏沉下脸来："难道德国凯克科公司不打算给我们货款了？"

沈西花说："人家是德国公司，哪能不给你们货款呢。冒瑙先生当时有些草率，他没有权力签这样的文件，他的上级要求他收回文件。"

看到陈东敏沉默着不说话，沈西花狡黠地说："冒瑙先生讲，你帮他这个忙，他也会回报你的。"

陈东敏不动声色地说："我回去找找看吧，我忘记放哪儿了。"说罢离开了咖啡馆。

经过三个不眠之夜的反复考虑，陈东敏终于拨通了沈西花的电话。还是在那个咖啡馆，这次陈东敏和沈西花进行了平等的谈判。

陈东敏提出：给他在德国压缩机研究所找一份工作，合同期五年以上；一个月之内给他办理入德国的工作签证；五万马克的安家费。在他到达德国的当天，他将冒瑙签字的文件还给他。

沈西花并不讨价还价，立刻表态：明天同一时间在咖啡馆见面。

第二天，沈西花一改往日的恭敬，她严肃地对陈东敏说："冒瑙先生答应你的所有条件，一个月内给你办理工作签证。你到达德国后，冒瑙先生亲自在机场迎接你，你给他文件，他给你工作合同和安家费。冒瑙先生要我转告你，千万不要失信于他。"

一周后，朱向红回来主持工作。刚开始陈东敏并没有把她放在心上，在他眼里，朱向红只不过能说会道而已，主持偌大的公司她还嫩了点。他每天应付着日常工作，只盼着冒瑙给他办好工作签证，早日离开这个闹哄哄的是非之地。然而事情并不是按照陈东敏预料的那样发展，朱向红把他分配到清算组，专门负责向德国凯克科公司追索出口的压缩机货款。朱向红用倪志远取代他任设计所所长，用辛昌旺取代赵东亮负责公司的生产。更可气的是，赵东亮被人夺了权非但不生气，反而因为朱向红全力救史刚正对她感激涕零，简直是愚蠢的江湖义气。

清算组会议上林海洋律师的话让他内疚，感到有点对不起史刚正。朱向红问他是否签过文件让他害怕，好像朱向红知道有这份文件。他用手绢擦擦额头上的汗，看来今夜又要失眠了。

周六晚上刘智天做了一桌子的菜，因为事先知道朱向红今晚回来，他精心做了准备，一瓶特地买的红葡萄酒摆在冰箱里准备开启。宇弘已经十一岁了，个子快赶上刘智天了，大概是遗传，特别喜欢帮着做菜，尤其是冷拼盘。今天也不例外，他用猪耳朵和番茄汁做了一盘凉菜，取名叫"八戒相亲"。

爷俩终于把朱向红给盼回来了，一家人好久没有在一起吃饭了，温馨的气氛让朱向红感动，她一改往日晚饭少吃的习惯，吃了许多菜，喝了不少酒。

晚饭后，夫妻俩在书房里相对而坐，刘智天照例泡上一壶菊花茶，宇弘也缠着他俩不肯离开。朱向红感慨地说："有时候真想放下这一切，回到家里享受这种平静生活，忘掉公司的烦恼。"

刘智天笑着说："如果天天如此，你也会腻歪的。还是这样好，我们都珍惜。"

朱向红与宇弘谈论学校的事情，听儿子讲班里哪个男同学犯了什么错误，哪个女同学打扮的特别漂亮，哪个老师表扬他了，朱向红认认真真地像是在听专题汇报。宇弘终于说够了，回自己的房间去了。

"谈谈你们公司吧，工作还顺利吧？"刘智天关心地问。

"基本上正常，就是有一个难题。"朱向红回答。

"说说看，刘总也许能给你出个主意。"刘智天故作轻松地说。

朱向红捣了他一拳，然后说："我与调走的翻译徐岳梅联系上了，她说陈东敏与冒瑙签过一个文件，能证明利用德国凯克科公司的渠道销售长江公司的空气压缩机，约定货款要返回长江公司。这个文件应该在陈东敏手里，如果我们有了这个文件，律师就不难帮我们追回货款了。"

"那就向陈东敏要这个文件。"刘智天说。

"问题是陈东敏否认他有这个文件。"朱向红解释道。

刘智天想了一会儿说："那只有一种可能，陈东敏另有所图。"

朱向红说："我也这样认为。我与刘玉昆商量过，他建议报告部里采取强制措施，我不同意。"

"为什么？"刘智天有些不解。

朱向红沉重地说："陈东敏不仅是长江公司的压缩机设计专家，也是中国杰出的压缩机设计专家，长江公司未来的发展离不开他。我想他是一念之差，十有八九是为了他儿子。我打算给他一个机会。"

朱向红把陈东敏请到小会议室，她和刘玉昆与陈东敏谈话。

朱向红对陈东敏说："刘总已经与贺部长通电话研究过了，如果我们不能通过民事的方式要回货款，国家将通过法律手段替我们要回来。所以，今天咱们三个开一个小会，主要是研究一下压缩机货款从德国追回之后的工作安排。"

看到陈东敏脸上有点不自然，朱向红诚恳地说："陈总是长江公司的压缩机设计功臣，没有你就没有长江压缩机的今天。我历来敬重你，不仅是你的知识和技术，而且还有你的人品。虽然大家说你有时不近人情，我从来都认为你是光明磊落、正人君子。"

陈东敏脸上有些发烧："朱总言过了，我没有你说得那么好。"

朱向红仔细观察着陈东敏的表情，继续说："刘总请示部领导同意，待货款追回来之后，你担任长江压缩机厂的总工程师，专门负责压缩机的设计和新技术开发，享受总经理待遇。另外考虑到你和夫人身边需要人照顾，你儿子回来后可以到长江公司设计所工作，优先考虑住房安排。"

陈东敏的眼睛湿润，咽喉有点哽咽："我，我……"

朱向红认真地说："我们大家都认为你是中国压缩机最优秀的设计专家，希望陈总能不负众望，为中国设计出优秀的压缩机。"

看到陈东敏情绪上发生积极的变化，朱向红说："最近压缩机制造厂的部分员工不稳定，今天上午厂里召开形势座谈会，我们三个公司主要领导参加一下，给他们鼓鼓劲。"

步行去制造厂只需要十几分钟，在这短短的十几分钟里陈东敏内心发生了重大的变化，他无法说服自己放弃祖国、放弃长江公司、放弃他为之奋斗几乎一生的中国压缩机事业。他不敢直视朱向红的眼睛，那对明亮的眸子可以看穿他心里的秘密。他不敢去想锁在抽屉里的文件，那也许不是通向幸福的通行证，而是开启地狱的钥匙。

制造厂的座谈会安排在职工食堂，各车间选出的代表和倒班休息的工人坐了一屋子，辛昌旺和工厂的几个主要领导正在与工人代表对话。看到朱向红三人走进来，原本激烈的场面突然静了下来。

刘玉昆大模大样地走到工人前面坐下来，像一尊佛似的面带微笑，拖着他惯有的四川腔："有啥子话就说出来嘛，我们仨就是来听取大家的意见咧。"

朱向红拉着陈东敏在刘玉昆旁边坐下，面带微笑准备回答工人的提问。

一个年轻的工人代表说："现在传言很多，我们想知道：我们公司现在究竟怎么样了？"

刘玉昆回答："你能说'我们公司'，说明你是'自己人'。"

刘玉昆的回答引起了一片笑声。

刘玉昆接着说："长江公司目前遇到了两个困难，一个是我们卖到国外的压缩机货款还没有收回来，另一个是我们欠着海关一笔进口压缩机的税款。这两个困难实际上是一件事，只要我们追回货款，我们就可以交上税款，我们就有了流动资金，就可以买材料，就能够正常生产。"

一个黑瘦老工人站起来说："我们辛辛苦苦干了几十年，好不容易创下来这份家业，现在有困难我们能克服。可是如果追不回来货款，我们怎么办?"

朱向红也站了起来："我认识您,您叫郭田民,是锻工车间的师傅,人称郭汽锤。您能把一个茄子放在铁砧上,用汽锤像拍皮球那样上下拍。有人跟你打赌,把手表放在铁砧上,你用涂了胶水的汽锤把放在手表上面的纸粘起来了,你现在戴的表就是那一块吧?"

大家惊讶朱向红竟然认识郭田民,而朱向红说的这些事年轻的工人都不知道。朱向红指着陈东敏对郭田民说："您是老前辈了,我没有资格和你对话,陈总是咱们公司的资格最老的压缩机设计师,又是咱们公司的总工程师,他现在负责向德国公司追讨货款,现在请他回答您的问题。"

陈东敏站了起来,从牙缝里挤出一句话："我一定能把货款追回来!"

两个月后,朱向红亲自去黄山看望史刚正。在史刚正面前,朱向红总觉得他是上级。她告诉史刚正:德国的货款追回来了,关税补交了,海关已经撤销了对长江公司法人的追诉,公司的运营已经基本恢复到合资前的水平。

史刚正已经通过电话了解到这些信息,从朱向红口里再次听到让他感到轻松。他已经和两个月前判若两人,不再沉默寡言,每天读书是他的主要生活内容。

他对朱向红说："我感谢你帮我处理了这些难题,也后悔当初没有听你的话。这两个月除了读书,我还写了一份长江公司未来发展规划。"

史刚正从桌上拿起一个夹子,里面有厚厚的一沓稿纸。他把夹子递给朱向红,接着说："我想了很多过去的往事,我今天犯的错误实际上是我往日所作所为的积累。里面还有一份检查供你今后参考。"

朱向红关切地问他："今后你有什么打算?"

史刚正说："我想知道组织上是怎么安排的。"

朱向红说："贺部长有过指示:两种安排,一种是回长江公司,咱俩继续搭档,一正一副随你挑。另一种是去学习一段时间,然后部里安排你的工作。"

史刚正说:"其实我舍不得长江公司,不过我的个性太强,不适合再回长江公司工作。我选择学习后再安排工作。"

十八

1997年6月30日晚上,朱向红和刘智天坐在电视机前观看中英两国政府关于香港回归中国的交接仪式。宇弘照例坐在他们俩的中间,他虽然懂得这是件大事,却体会不到父母心中的感慨。

当国旗在香港升起,解放军开进香港,朱向红流下了眼泪。一个国家的荣誉和民族尊严是何等重要啊。十几年与国外公司在商场上的争斗,使她刻骨铭心地体会到一个国家贫穷就会被歧视。她永远忘不了古德姆那温文尔雅的脸上透出的轻蔑眼神,她忘不了竞标会上外国公司代表趾高气扬的态度,她忘不了失标后中国业主表示出的自卑与自怜,她更忘不了中国企业中标后外国厂商的惊愕和怀疑。就在那一刻她发誓:一定要把中国制造的压缩机卖遍全世界!

1997年底,刘玉昆退休了,临走他给朱向红制订了财务管理制度和材料采购核销制度。他告诉朱向红,虽然公司的发展靠的是生产和销售,但是严格的财务管理可以避免公司盲目扩展,严格控制采购成本不仅能够提升利润空间,还可以防止产生吞噬公司的蛀虫。朱向红历来与刘玉昆私交不错,一年来的工作使她对这位"大叔"产生了超出上、下级的感情,她庆幸自己周围总有这些志同道合的朋友和同事,同时又为与他们分别感到不舍。她亲自安排好刘玉昆退休后的住宅、用车和医疗等生活方面的事情。

朱向红正式担任长江压缩机公司的总经理,公司上下没有任何负面反响,都觉得这是理所当然的事情。

李卓然已经担任新技术开发室主任,协助陈东敏把新研制的轴封应用到压缩机上，李钧儒在李卓然的陪同下，二次来到上海审查压缩机的轴封方案。陈东敏向经理办公会汇报："按照这样的发展速度，我们十年内有可能成为国际上中等先进的压缩机企业。"

看到这个场面，朱向红不由得想起史刚正，正是史刚正在刘华志部长视察长江厂的干部会议上支持她的开发新技术方案，也正是史刚正决定投入资金和人力开发自主技术，现在有多少人还记得他的功劳呢？朱向红提议：新开发的轴封命名为"刚正轴封"。

公司和分厂、分公司的领导班子中有不少原来史刚正的老部下，他们心中一直笼罩着"合资公司"的阴影，这个命名意味着对他们的肯定。陈东敏心中不由得长长地出了一口气：看来自己当初不走是对的。

朱向红仍然启用赵东亮担任负责生产的副总经理，一年多的相互配合工作，让这位生产上的"大哥大"从不得不服转变为心服口服，他给史刚正的电话中说："朱向红心中无私，你想和她作对都没有借口。"

辛昌旺担任常务副总经理，协助朱向红负责公司的经营。朱向红把辛昌旺找来，布置了一项任务——调查供应分公司采购成本是否还能下降。

朱向红给辛昌旺下达指示："刘总退休时要我注意采购成本，我想他的意思是：这里面有问题。我以前也听说过一些传闻，但是我不了解材料采购，无法判断。你去了解供应分公司的内部管理和采购程序是否合理。如果需要，你要制订改进方案。"

供应分公司没有正经理，只有一个副经理叫何木海，他父亲何曲直是第一任厂长刘华志的老战友，因为积劳成疾过早去世，那年何木海才十一岁。何木海高中毕业后便进了长江压缩机厂，刘华志见他身体弱，便安排他在供应处工作。因为是老领导的儿子，大家也都额外照顾。刘华志离开长江厂到部里任职时，把何木海交给贺春江。贺春江曾经是何曲直的部下，每看到何木海就想起老领导，所以，在贺春江的呵护下何木海从普通的采购员，一步一步地升到供应处长。

何木海处长当得很开心，他认为供应就是买东西，只要买回来不耽误生产就是功劳。吃、拿、卡、要，他样样占全。供应商排着队请他吃饭，逢年过节家里的礼品多的放不下。据说他让自己的小舅子开了一个小卖部，专门销售他收的礼品。上行下效，供应处成为长江压缩机厂管理最混乱的一个处。

贺春江在离开长江厂时曾经交代史刚正要善待何木海，但是史刚正看不惯何木海那股"功臣子弟"的架势，长江厂转为公司时，只给何木海一个供应分公司副经理的职务，还扬言留着正经理的位置纳贤。何木海是软的欺硬的怕，见了史刚正比老鼠见了猫还老实，供应分公司的工作也一度开始有点起色。

自从合资公司解散，史刚正离职、朱向红任总经理，何木海的心情开始好起来，他认为朱向红是个女人，而且公司处于恢复阶段，根本顾不上他这一亩三分地。他得意洋洋地告诉几个铁哥们儿："解放了！老子要升正经理了！"

对于辛昌旺到供应分公司检查工作，何木海根本没放在心上，他就不明白，像辛昌旺这么一个憨蛋也能当副总经理？还常务的！他把几个处领导召集到会议室，皮笑肉不笑地介绍说："辛总到咱们分公司检查工作，大家要配合，现在向辛总汇报具体的工作。"

几个处长立刻明白了何木海的用意，他们分别把当前正在进行的采购项目统统详细地汇报给辛昌旺。材料处汇报各种原材料的采购，设备处汇报机床和专用工具的采购，电仪处汇报压缩机配套的各类电器、仪表和阀门的采购，整整汇报了一上午。何木海睨眼看着辛昌旺，心想：你能听出个子丑寅卯来？

辛昌旺不紧不慢地记下每一个采购项目，对几位处长说："辛苦大家给我汇报这么多采购项目，采购工作我是外行，外行不能领导内行，我需要学习。"然后对何木海说："今天就到这儿吧。"

何木海客气地送走辛昌旺，随后就去参加一个供应商的饭局，把辛昌旺来检查的事忘掉了。

辛昌旺可没有忘记他的使命，他对照记录，挨个找各个处长谈话，询问每个采购项目的详细情况：几个供应商竞争、技术上谁把关、历史采购价格、采购评分标准、采购批准程序等等。

一个星期以后，一份详细的调查报告放在朱向红的桌子上。

根据辛昌旺的调查，供应分公司采购混乱、无章可循，原材料不比较价格，采购设备不进行竞标，完全由何木海一个人说了算。

朱向红将报告提交到经理办公会讨论，从大家的反应来看，好像在大多数人意料之中。

朱向红问大家："你们有谁以前知道这事？"

赵东亮说："纪检部门早就接到过举报，碍于贺部长的面子，史总没有动何木海。我听史总说过，他原来打算派一个经理管理供应分公司。"

朱向红征求陈东敏的意见，陈东敏说："我看还是沿用史总原来的打算，派一个经理管理供应分公司。"其他人也附和陈东敏的意见。

朱向红说："如果供应分公司采购这么混乱，成本高是必然的，我同意派人担任供应分公司的经理，彻底扭转目前的采购混乱局面，降低采购成本。我提议免去何木海的供应分公司副经理职务，暂时调到其他部门工作，待查清问题后再做处理。"

大家表示同意朱向红的提议，赵东亮高声地说："早就该撤了他，其实这种人根本就不该提拔。"

陈东敏善意地提醒朱向红跟贺部长打个招呼。朱向红向他笑笑："这种事一是要快，二是要透明，打招呼反而惹麻烦。"

最后会议决定何木海暂时调到生产分厂的后勤部门工作，辛昌旺代理供应分公司经理，重新考察和选拔各个处的干部。将过去收到的有关检举材料报上级纪检部门和检察院。

临散会时，朱向红感到其他领导对她多了一些敬意。

何木海做梦都没有想到他能被撤职，他不去生产分厂报到，立刻去北京找老部长刘华志。

虽然刘华志已经退休、贺春江接替他担任部长，但是贺春江总是经常登门请教和通报一些工作上的问题。刘华志已经接到贺春江亲自送来的长江公司的报告，他对一把鼻涕一把泪的何木海说："你还是回去干好你的工作，如果你在工厂干够了，现在有不少人下海自谋生路也不错。你如果有任何经济问题，你赶快向长江公司领导坦白，我可以帮你说几句好话，争取从轻处理。别的我帮不上你了。"

何木海失魂落魄地回到上海，他真不甘心就这样灰溜溜地被赶下台。他想到刘华志的话："……如果你有任何经济问题，你赶快向长江公司领导坦白，我可以帮你说几句好话，争取从轻处理。……"难道他们知道了什么？何木海不敢往下想，但是他绝不能就这么输了。

何木海给几个自认为是给过巨大恩惠的供应商老板打电话，对方秘书一听是他，立刻回答说："老板不在，去向不明。"他给对方打手机，对方不是不接，就是说在外地出差。他给几个铁哥们儿打电话，立刻感觉到对方的谨慎、犹豫。

何木海能想象出那些曾经给过他好处的供应商不会理他了，那些铁杆弟兄也不会围着他转了，被他排挤过的几个干部又该扬眉吐气了，逢年过节再也没有人来送礼了。

何木海像输红了眼的赌徒，他拿起半瓶白酒，仰着脖子灌下去，然后从厨房里拿了一把菜刀，放在公文包里，乘坐出租车来到公司行政办公楼。

门卫认识何木海，也见惯了他醉酒脸红的架势，虽然觉得他今天脸色不大对头，也不敢多问。何木海看见了门卫的神色，他历来认为全公司的人都敬畏他，他是老前辈的儿子，自然就是公司的功臣。何木海从公文包里掏出菜刀，借着酒劲冲进朱向红的办公室。

朱向红正在看文件，看见何木海红着眼睛、举着菜刀冲进来，立刻按动桌子下面的警报按钮，然后冷静地看着何木海。

何木海把菜刀往桌子上一拍："朱向红！咱们往日无冤，近日无仇，你凭什么这么整我！"

朱向红一只手抢过菜刀，同时另一只手抓起桌上的水杯，将一杯刚泡不久的热茶全泼在何木海的脸上,何木海"哇"的一声用两手捂住脸,疼得浑身直打哆嗦。

门"嘭"的一声被撞开,冲进两个保安,上去就把何木海扭住了,随后赶来的保卫处长立刻报警,不一会儿公安局的警车把吓得尿了裤子的何木海带走了。

会议室里,朱向红平静地向警察描述了事情的经过。保卫处长请示是否要在办公室门外派两个人值班,朱向红笑着说:"你看我用得着人保护吗?"便回去办公了。

何木海拿刀威胁朱向红的事很快传遍全公司,而且演义成若干版本。有的说,何木海贪污案被告发了,他带刀潜入办公室行刺朱向红,被朱向红连人带刀一起拿下。当保安冲进来的时候,何木海被打得跪在地上求饶。有的说,朱向红是武功世家,祖辈是武当山有名的武侠,朱向红从小练武,七八个男人根本不能近身。当何木海拿刀闯进办公室时,朱向红一脚把刀踢飞到空中,然后右手接住飞速落下的菜刀,回手用刀面拍在何木海的脸颊上。所以,当保安冲进来的时候,何木海捂着脸"嗷嗷"直叫。

当天晚上,李卓然问辛昌旺:"听说何木海拿刀要杀朱向红?"

辛昌旺淡淡地说:"我想他不敢,他只是想吓唬你那个红妹子。"

李卓然问道:"听说何木海被抓起来了?"

辛昌旺回答:"何木海后悔喽,一看到警察就尿裤子了,一个劲地解释他喝醉了,求朱向红饶过他这一回。"

李卓然又问:"朱向红不怕何木海出来报复她?"

辛昌旺佩服地说:"这就是朱向红高明的地方。她不跟你玩这套真假游戏,她动真格的。再说了,如果你不把何木海制服了,那才是后患无穷。就凭着目前群众的检举,检察院很快就能起诉何木海,何木海这辈子能不能活着出来恐怕都难说了。"

李卓然关心地问:"如果有人拿刀威胁你,你怎么办?"

辛昌旺笑着说："我不是朱向红，不过，你见过我怎样管理人的。谁敢对我耍横？"

何木海被抓给辛昌旺扫清了道路，供应分公司的处长、科长纷纷向辛昌旺靠拢，辛昌旺不动声色地观察和物色人选。

有一个人引起辛昌旺的注意，此人是设备处的一名副科长，叫李育晖。从档案里看，李育晖很不起眼，除了有名牌大学的学历外，没有任何受奖、表彰等记录，虽然资历比几位现任处长还要老，可是职务低得让人觉得有些奇怪。普通职工嘴里的李育晖是一个勤奋好学、努力工作的人，几位处长谈到李育晖总是闪烁其词、躲躲闪闪。这让辛昌旺更加想进一步了解李育晖，他通知设备处长穆佳国陪他去公司参加设备更新计划会，点名带上李育晖。

会后辛昌旺没有立刻回分公司，而是带着穆佳国和李育晖一起在公司职工食堂吃午饭。这是他跟朱向红学的，观察人最好在人放松的情况下，人吃饭时最放松。

辛昌旺自己出钱，买了饭菜，三个人端到一个僻静的桌子上。辛昌旺说："设备采购计划已经下达了，你们有什么想法？"

穆佳国立即表态："坚决执行计划，保证完成任务。"

辛昌旺点点头，他忽然问李育晖："你能具体补充穆处长的意见吗？"

李育晖正在大口吃饭，听到辛昌旺问他，便端起碗里的汤，送下嘴里的饭，擦擦嘴，不慌不忙地说："设备采购讲究的是质量优、功能多、价格低，单靠我们分公司是办不到的。技术上依靠使用单位，价格上采取公开竞标。"说完又闷头吃饭。

当天晚上，辛昌旺把李育晖找到办公室，两人一直谈了大半夜。

辛昌旺成立了"采购规程编制小组"，自己任组长，李育晖任副组长。将编制的采购规程草稿发给职工讨论，然后反复修改，经过职工认可之后，正式下发执行。按照辛昌旺的话，这叫"按照毛主席的教导，从群众中来，到群众中去。大家制定的规矩，大家执行，谁违反了大家罚谁"。

两个星期以后，公司人事部门专门来到供应分公司进行现任干部民主考评，并且公开征求后备干部人选。

何木海的贪污案牵连到一部分处、科长，辛昌旺提请公司办公会讨论通过，重新组建了供应分公司干部队伍。李育晖担任副经理，处、科长撤换了一半。

辛昌旺对李育晖说："老弟，我是临时经理，你要好好干，权当我不在，把分公司的工作承担起来，也许明、后年我来给你庆功转正。"

半年后，何木海因贪污罪，被判处有期徒刑二十年。朱向红通过公司的律师撤回了对何木海企图行凶的指控，这样何木海少判了五年。何木海在狱中给朱向红写了一封信，信中说：感谢朱向红撤回对他个人的起诉，也感谢公司对他的挽救，如果再过几年，他的贪污罪就够枪毙了。希望公司能够照顾一下他的老婆和儿子。

何木海的妻子叫王晓萍，原来在公司后勤工作，几年前病休在家，儿子何民忠中专毕业后一直没有找到合适的工作。朱向红了解到这些情况后，安排人联系与长江公司有关系的企业，给他儿子安排了工作。据说何民忠本来对朱向红恨之入骨，可是接到父亲的信后，得知自己的工作是朱向红求人给安排的，不胜感激。朱向红悄悄地安排人事部门，把王晓萍的病休工资提了一级。后来有人向朱向红反映大家对此有看法，朱向红解释说："就算对老前辈的一点敬意吧。"

在一次家庭聚会上，李卓然对朱向红说："向红，你真是侠骨柔情。"

十九

1998年迎来了中国石油化工企业蓬勃发展的高潮，长江压缩机公司也迎来了丰收的季节，由于采用了自己研发的轴封，成本下降，压缩机运行质量明显提高。在与国外压缩机的竞争中，中标率大为提高。因为长江公司压缩机的价格优势，过去对国产压缩机有质疑的公司也开始关注长江公司的产品，更可喜的是不少大公司成立了"设备国产化办公室"，专门研究用国产设备代替进口设备。朱向红告诉刘智天:"我开始有一种制造中国压缩机的自豪感。"

周日朱向红和刘智天带着宇弘到电影院看《泰坦尼克号》,一家三口看完电影去吃麦当劳。

朱向红问刘智天:"这个电影情节不复杂,为什么能这么吸引人?"

宇弘抢着回答:"因为它好看。"

刘智天说:"一是好看,二是各个电影院都在放映,在这种气氛衬托下,人们也会产生从众心理。"

朱向红沉思道:"如果我们的压缩机……"

宇弘立刻打断她:"又说压缩机,不听不听。"

朱向红立即抱歉地笑着说:"不说不说,今天就是玩。"一家人开始讨论哪个人物演得好,哪个演员长得漂亮。

周一下午,朱向红召开由陈东敏、赵东亮、辛昌旺、设计所长倪志远和销售分公司经理梁浩参加的经营会议。朱向红提议:为了扩大销售量,要把压缩机设计和制造得更漂亮,让用户看着就说好。为了设法打开国际市场,可以与国外压缩机制造厂合作,我们在中国帮助推销他们的压缩机,他们帮助我们在他们的市场上推销我们的压缩机。

针对朱向红的提议,几个人纷纷发表各自的意见。

陈东敏说:"要全方位地把压缩机做漂亮,技术交流的资料要标准、投影仪的演示要做成三维图像,原理部分可以做成动画。压缩机外表面的铸造要光滑,喷漆质量要提高,仪表控制柜外壳要做得精致。总之,要改变过去只追求内在质量,而忽略外观质量的做法。"

倪志远说:"资料没有问题,新来几个学生的电脑绘图能力很强,做三维立体画面没有问题。提高压缩机壳体外表面的铸造精度可能要增加成本,控制柜做的更精致也要增加成本。"

赵东亮说:"提高喷漆质量需要使用更高标准的油漆,提高压缩机外表面的铸造精度需要选用质量更高的砂子，辅助材料费用也可能要增加。我的意见是先测算一下成本增加，然后再做决定。"

梁浩说："我赞成提高压缩机外观质量。否则请潜在用户参观我们正在运转的压缩机，油漆剥落、机柜不平整，我们竞争力就下降了。赵总测算出来成本增加后，我们测算一下价格增加和销售量增加的可能性，然后提请公司决定。"

梁浩犹豫着说："关于将长江压缩机推进国际市场，我完全赞同，只是与国外压缩机厂合作，我认为还是谨慎点为好。这些洋人都是鬼拜年，不为香火为供品，为了利益翻脸不认人。我看还是自己干吧，不要与外国人掺和。"

陈东敏和赵东亮附和梁浩的意见，不同意与外国压缩机公司合作，以免再生事端。

朱向红看着一直不发言的辛昌旺，笑着问："老辛的意见呢？"

辛昌旺歉意地朝朱向红笑笑，然后不紧不慢地说："要说做买卖，天下商人都一样。你们知道外国人是怎么看咱们吗？我在喷漆车间工作那会儿，有个英国油漆厂来卖油漆。因为没有用过这种油漆，供应处把我找了去陪他们与英国人谈判。我也不懂，只是觉得油漆样品挺漂亮，价格也不算贵，来的那个谈判代表年纪不大，可能为了充身份，还留着两撇小胡子。我对供应处的人讲：'咱们让他便宜些少卖给咱们点，试试好不好用。'供应处的人告诉我：'买得多价格才能便宜。'于是我就告诉那个英国人我们每天的用量，每年干多少天。他一听挺高兴，给了一个便宜价。我就咬住这个价格只要五桶，他一听五桶就不干了。我说：'你卖给我五桶，我若用着好，我再买你的。'磨到最后他卖给我们五桶，临走时说：'中国人是世界上最会做买卖的人，比犹太人还厉害。'"

梁浩追问道："那油漆好用吗？"

辛昌旺说："不好用，以后再也没买。"

辛昌旺接着说："我的意思是，不怕和外国人合作，重要的是只要你不想占便宜，一般就不会吃亏。"

朱向红说："过去许多能源都浪费了，比如，炼钢厂的高炉煤气都送火炬烧掉了。我看了一篇材料，日本已经在回收高炉煤气发电、切割钢材。在这些情况下，气体都很脏，离心式和往复式压缩机都不能用，只能用螺杆压缩机。我们是国内最大、最好的螺杆压缩机制造公司，随着工业节能的开展，我们压缩机的领域会逐渐扩大。国外做螺杆压缩机的厂家不多，尤其是欧美国家，过去对回收工业能源不够重视，以后的形势可能会发生变化。与国外压缩机厂合作，可以选一个做试点。要选择与我们的压缩机互补的制造厂，这样才不会造成产品冲突。我们在中国协助他们销售，他们在国外协助我们销售，互给销售佣金，利用国外的公司打开我们通向国际的通道。"

梁浩说："外国人精明得很，即使帮助我们销售了压缩机，也会千方百计地掩盖渠道。"

朱向红说："我们先开展业务，如果能把长江压缩机卖到国外去，首先就是成功。"

陈东敏和赵东亮勉强地同意了朱向红的意见。朱向红感叹地想：真是一年被蛇咬，十年怕井绳。

梁浩向朱向红提交了与国外公司的合作方案，他选了日本畈钢公司。日本畈钢公司的产品是罗茨风机，客户遍及欧美和中东，这个公司在中国只有一个代表，对长江公司的合作提议很感兴趣。

朱向红问梁浩："为什么选日本公司做试点？"

梁浩回答："我本人其实不喜欢日本人，不过我钦佩他们的敬业精神，另外与日本的时差只有一个小时，便于联络。"

朱向红点点头："我同意，与日本人谈判要讲究实力。如果需要，你可以请倪所长派工程师协助，要充分宣传我们的技术和制造能力以及在国内市场的业绩。"

梁浩请示道："下一步怎么开展呢？"

朱向红回答："这件事我和其他领导研究过了，由辛昌旺负责与国外压缩机制造商谈判，你协助他。"

梁浩迟疑地说："辛总管生产有一套，不过他既不会外语，又不懂销售，他负责能行吗？"

朱向红笑了："小梁，你不了解辛总。他悟性极高，你和他工作一段时间就知道了。"

日本畈钢公司的代表叫田中信石，五十多岁，头发全谢了，显得额头格外大。田中信石是设计工程师出身，当过制造部主任，干过现场安装，在中国做了十几年的销售，几乎是个全才。由于在中国已经十几年了，一般的中国话他能听得懂，而且也能说。虽然有设计所和生产处派来工程师协助，梁浩仍然感到与田中的谈判很费力。从表面上看，田中像是个技术专家，但是他讨价还价的能力极强。梁浩心想：幸亏我做主谈，要是换别人，除了朱向红，谁也不是田中的对手。

除了第一天互相寒暄几句外，辛昌旺几乎没有说过话，他只是坐在那儿听。为了给主谈的梁浩和其他工程师让位置，辛昌旺主动地将座位移到会议桌边上。两天下来，不但田中就连梁浩也几乎忘记了辛昌旺的存在。

谈判终于在销售方式、佣金结算、技术保密、售后服务、对抗第三方联盟等等方面基本达成协议，梁浩这才想起应该请示辛昌旺的意见。当他回头寻找辛昌旺时，才发现辛昌旺坐在角落的一把椅子上认真地在笔记本上写着什么，他突然感到有点冷落领导了，他赶忙起身走到辛昌旺身边，恭敬地双手递上协议草稿："辛总，请您过目一下协议草稿。"

辛昌旺抬起头，接过草稿，带着那特有的憨笑说："让田中先生休息一下吧，咱们在隔壁小会议室里商量一下。"

在小会议室里，辛昌旺首先表扬了大家的努力工作，特别赞扬了梁浩等几个主谈的认真和辛苦。他说："参加这次谈判我学到不少新东西，也了解到销售工作的辛苦。我是挂名的组长，实际工作都是梁经理和你们大家做的，跟着你们沾光了。"

一席话说的大家心里热乎乎的，梁浩也感到辛总不仅平易近人，而且总是把人往好处想，不禁为自己内心里瞧不起他感到惭愧。

辛昌旺接着说："我觉着草案里有一条不踏实，虽然双方互给销售佣金，可是我们销售日本畈钢公司的风机不是图他们的佣金，而是希望他们也能帮着咱们在国际上销售压缩机。如果他们不出力，结果成了我们起劲地帮着他们卖风机，只赚点佣金，那可就不合算了。"

辛昌旺这么一说，梁浩也觉着是个问题，他皱着眉头说："这的确是个难题，可是没有什么好办法，只能靠互相信任。"

辛昌旺看看其他人，大家面面相觑，都有些为难。辛昌旺说："我这样想：商人就是要图利，只要你用利益引导他们，事情就好办。我有个主意，说出来大家商量。"看着大家注意地看着他，辛昌旺走到黑板前，拿起粉笔在黑板上边写边讲："双方互相销售设备，必定有个差额，咱们确定以设备功率数的10%为限，只要差额小于10%，就按照约定的2%互相支付佣金。如果差额高于10%，咱们得定一个标准，超额部分按照更高的标准支付佣金。这样，如果一方不努力为另一方销售设备，那么他们就得支付高昂的佣金……"

辛昌旺还没有讲完，其他人就开始讨论上了，都觉得是个好主意。梁浩想起了朱向红的话："你不了解辛总。他悟性极高，你和他工作一段时间就知道了。"他立刻表态，这个主意不错，可以与田中再谈一下，修改协议草稿。

梁浩跟田中一提，他就答应了，原来田中也在担心长江公司不努力销售他们的风机。

看到田中这么痛快，梁浩很高兴，他问田中："田中先生，既然你也担心我们不努力销售你们的风机，为什么不提出来呢？"

田中老实地回答："我没有好办法，说了又怕伤感情。"

梁浩笑着问："你知道这是谁想出的办法吗？"

田中笑着回答："肯定是您啦。"

梁浩摇摇头，指着辛昌旺对田中说："你还记得他是谁吗？"

田中赶紧在名片夹里翻看，最后找出了辛昌旺的名片："是贵公司的副总经理，辛昌旺先生。"

梁浩笑了："看来你和我都犯了同样的错误，疏忽辛总了。是他想出的主意，激励我们努力销售对方的设备。"

田中立刻站起来，走到辛昌旺跟前毕恭毕敬地鞠了一躬，辛昌旺赶紧还礼，俩头差点碰到一起，惹得众人"哈哈"大笑。

提高压缩机美观度的概算也出来了，经过办公会讨论，最终决定值得投入这笔费用。一切都按照朱向红的预想进行，似乎进一步提高压缩机的外观质量、提高销售额、将压缩机卖到国外去，很快都会成为现实。然而此时发生的一件看来似乎不大的事，却打乱了所有的部署。

事情发生在星期天，朱向红和刘智天一起在超市买食品，碰巧遇到原来的师傅恺秉直。看到朱向红，恺秉直无不遗憾地告诉朱向红：胡愈和他的女朋友辞职了。

朱向红一愣："这是什么时候的事情？"

恺秉直回答："上个月。"

朱向红接着问："还有别人辞职吗？"

恺秉直回答："顾岳明也走了，听说还有几个准备写辞职报告。"

朱向红突然觉得心脏像被猫抓了一样，紧缩着疼。她一把抓住身边的刘智天，强打着精神与恺秉直分手。刘智天看着朱向红的脸色，关切地问："怎么啦？哪里不舒服？"

朱向红顾不上跟他解释，立刻从包里掏出手机，拨通了人事处长谷月明的电话："你立刻查一下，最近两年有哪些技术骨干辞职，都是什么原因，立刻报告给我，越快越好。"

星期一早上人事处长就把一张统计表放在朱向红的办公桌上，一共五十二名，多数都是被外企和民企给挖走的。

看着这份名单，朱向红觉得后腰两侧疼的难以忍受，她用手捂住后腰，额头上黄豆粒大的汗珠噼里啪啦地落在名单上。这都是长江压缩机公司的财富呀，怎么就这么轻易地流失了呢？

朱向红靠在沙发上静静地坐了十几分钟，然后缓步走到办公桌前。她用电话通知辛昌旺：她要处理一件急事，今天的生产经营会议由他主持。

她理解这些辞职的人，他们需要钱，外企和民企能够提供更好的待遇。如果换了她朱向红，如果长江公司没有及时提升她、没有给她好的待遇、没有遇到贺春江、隋贸良和史刚正这些知遇的领导，她能不走吗？答案是，她也要走。她也是凡人，也要养家糊口。

她突然感到贺春江、隋贸良和史刚正在她生命中是那样重要，是他们造就了她。

她又感到自责，没有及时提高这些辞职人的待遇，没有留住他们，这是她的错！

朱向红找到了答案，她立刻伏在办公桌上起草一份提案，要全面、大幅度地提高技术骨干的待遇。而且要快，一定要赶在更多的人离开之前通过和执行。

朱向红的提案在经理办公会上引起轩然大波，大多数领导都持反对态度。

赵东亮说："我们奋斗几十年了，从来不计较工资待遇，这群毛孩子毕业才几天，就不知天高地厚了。叫他们走，没有他们咱们企业照样发展，照样制造新型压缩机。"

总经济师张志娟说："工程师享受正科级待遇，高级工程师享受分厂厂长级待遇，这也太高了吧？"

"适当提高一点是可以的，可以把奖金的系数适当提高一点。"

"工人们会不会有意见？一旦引起人心浮动，会影响生产。"

…………

就连平时一贯支持朱向红的辛昌旺也采取沉默对抗的态度，会议一直开到午饭时间还没有结果，最后，朱向红只好宣布先吃午饭，下午上班接着开。

下午继续开会，朱向红决定一定要通过这个提案，她知道，如果让外企和民企把优秀人才挖光了，长江压缩机公司的美好规划将成为泡影。她决定先突破辛昌旺："老辛，你从工人的角度谈谈，为什么反对我的提案？"

辛昌旺知道朱向红的用意，他回避朱向红的提问，从容地回答道："我知道你是为了长江公司的发展，可是部里领导能支持吗？"

还不等朱向红回话，陈东敏发言了："向红，"朱向红听到这个称呼一愣，当年她刚进厂时，陈东敏曾经这样称呼过她。"午餐时我们几个老家伙碰了一下，我们都认为你是对的。我本人就是技术干部，我知道培养一个技术骨干要花费的心血，不仅是国家的花费，他本人也要花十几年的时间刻苦学习。可是我们反对你这样做，因为领导最怕的是引起不安定，我们估计工人们不会有太大的意见，可是基层干部就难说了。你是我们长江压缩机公司成立以来最有才能、最公道的总经理，我们把希望都寄托在你的身上，我们不想看到你出事。"

陈东敏的这番话大大出乎朱向红的意料之外，她一时不知如何回答是好，整个会议室一时沉默下来。朱向红看着大家，然后轻声问："这是你们大家的意见？"

所有的人都点点头，眼中流露出关爱和期望。

朱向红忍住心头的感激，对大家说："一旦做了领导，我们就都不属于自己，我们就是企业的灵魂，我们必须为企业的发展考虑。如果不能止住技术骨干的辞职，我们规划的蓝图都不能实现。现在和过去不一样了，过去大学生是分配制，各个单位的待遇都差不多。现在不同了，国家鼓励人才流动。我们不但要留住我们自己培养的人才，还要吸引外企和民企的优秀人才。我还是请求大家同意我的提案，不光是为了长江公司，也是为了中国的民族工业。"

最后，经理办公会议通过了朱向红的提案。

第二天长江压缩机公司就下发了一个《技术骨干待遇的规定》文件，该文件不但在技术干部中引起反响，而且在基层干部和工人中反响也很大。公司人事处要求各个分公司和分厂立刻执行，并且将各方面的反映汇报公司。

一个月后，人事处长谷月明在经理办公会上汇报："从下面搜集的意见可以归纳为三个方面：一是技术干部比较满意，许多人表示今后努力钻研技术，不去争取行政职务，认为公司这项规定是对的，有利于充分发挥技术干部的长处，也有利于促进技术干部与行政干部的配合。二是有一部分基层干部对这项规定表示不满，认为自己苦干了十几年才当上科长，可是一个大学生毕业七八年就和他们一样的待遇，觉得他们亏了。三是还有一部分工人有意见，说有些工程师不称职，也享受科级甚至分厂厂长待遇，这是歧视工人阶级。"

大家都默不做声，这是早就预料到的反应。朱向红首先发言："正如大家所料，一部分基层干部和工人有意见，这是我们为了留住优秀技术骨干必须付出的代价。多少年来人们可以接受领导高待遇，不能接受技术骨干高待遇，我们一定要改变这种观念，这关系到我们长江压缩机公司的发展。"

朱向红想鼓动大家和她一样看待这个问题，但是她失败了。不过她顾不上这些顾虑了，她必须设法加速长江压缩机的发展，以此来彻底改变长江公司员工的待遇。她意识到一些基层干部看她的眼神有了变化，有些风言风语也传到她的耳中，她必须用时间和效果来说服这些不理解她的人们。

梁浩汇报：与日本畈钢公司合作有了效果，田中先生来电，他们正在中东竞争一个大型石化项目，其中需要螺杆压缩机。要求长江压缩机公司派一名机械工程师和一名仪表电气工程师参加他们的销售团队，向用户推销长江压缩机。

朱向红立即批示"同意"。可是工程师的选择成了问题，倪志远和梁浩对着设计所的花名册研究了半天,却找不出技术好、英语也好的工程师。最后朱向红决定:选择两名英语好的年轻工程师,配备一名业务出色的中年工程师。

临行前,朱向红亲自找他们谈话:"你们虽然参加日本畈钢公司的销售团队,但是你们销售的是长江压缩机。请你们记住:商场不是奥林匹克运动会,只有金牌,没有银牌,也没有铜牌。只有第一名能活,其他都得死。如果我们的长江压缩机销售不出去,我们公司就得死。我们交不起学费,学费就是死亡。"

朱向红对梁浩和倪志远说:"他们三人出国不容易,尽量满足他们的生活需要。"然后又对三位工程师说:"穷家富路,你们对生活上的要求尽管提,我只要求你们完成销售任务。"

待所有人走后,朱向红留住梁浩,她问他:"你看他们三人行吗?"

梁浩回答:"恐怕不行,最好派一名商务代表同行。一方面从商务方面指导与用户的技术交流;另一方面可以培养出既懂商务又懂技术的高级人才。"

朱向红立刻采纳梁浩的意见,让他从销售分公司选择一名英语好的销售经理参加这次海外销售团队。

待到梁浩离开她的办公室,朱向红把人事处长谷月明找来,研究培养高级销售人员计划。

二十

1999年春节,刘智天和朱向红带着宇弘探望刘智天的父母,因为他俩忙,刘智天的父母特别珍惜他们回来探家。刘智天是北方人,按照北方待客的习惯,刘智天的母亲几乎天天给他们包饺子,这让宇弘很高兴。

北方人包饺子调馅是关键,刘智天的母亲调馅技术很高,猪肉、白菜、韭菜、虾仁作馅,饺子煮熟了一包水,中心一个虾肉菜丸,蘸着调有味精、香油的醋蒜泥,非常好吃。

调好了馅，老太太总是先包几个饺子煮了尝尝馅的咸淡，可是煮好了以后又总是让宇弘尝。看着孙子贪馋的样子，老太太特别开心。待到宇弘吃完了，老太太问："宇弘，怎么样？"

宇弘回答："没吃饱。"

大家哄堂大笑："让你尝尝咸淡，谁问你吃饱没吃饱？"

宇弘已经十三岁了，他继承了朱向红的诚实和倔强，也继承了刘智天的朴实和宽容，他身边总能聚集一群小伙伴。只是他爱好转移非常快，今天喜欢下棋，可能明天又喜欢上打篮球。在孩子的教育方面，夫妻俩与其他父母一样，一直在寻找宇弘的特点，希望因材施教。但是最后，刘智天评价说："宇弘最大的特点是没特点。"

其实宇弘有特点，只是夫妻俩没有看出来。宇弘对哲学类问题颇感兴趣，饭桌上经常与刘智天讨论一些让朱向红惊讶的话题。

一天晚饭时，宇弘沉思不语。刘智天问他怎么了，他也不吭气。最后，他抬起头来，一双早熟的眼睛看着刘智天和朱向红。

"人是什么？"宇弘冷不丁地问。

"人嘛……"刘智天不知道儿子问题的要点，"人就是一种高级动物。"

"什么是好人？什么是坏人？"宇弘继续问。

"好人就是干好事的人，坏人就是干坏事的人。"刘智天开始瞎扯。

"什么是好事？什么是坏事？"宇弘紧追不放。

朱向红赶紧插进来："从科学的角度讲：人也属于动物。不过，人类比其他动物更高级一些。人类有思维、有语言、有创造力和有劳动能力。"

"那是根据人类的标准。"宇弘不屑地说，"如果按照猎豹的标准……"宇弘不说了。

朱向红和刘智天已经习惯了宇弘的谈话方式，俩人也不追问。

宇弘凝视着从天花板吊下来的球形灯，像是自言自语，却是问他的父母："有神吗？"

"好像没有吧。"朱向红不知道儿子心里想什么，"你有什么困惑吗？"

宇弘说："我认为神是人类创造出来的。我认为人是介于动物和神之间的生物体，神是人创造出来的偶像，是人们公认的完美化身。所以，有些人自我修养好一些，就接近神，有些人差一些就接近动物，这就是人们常说的好人和坏人。"

"说得不错。"刘智天想赶快结束这个无聊的话题。

宇弘问："爸爸，你知道孙冶方吗？"

刘智天想了一下："好像听说过，是个经济学家。"

宇弘解释道："在新中国成立初期，大家公认：在社会主义社会，价值规律将随着资本主义商品经济的消灭而失去作用。孙冶方却坚持认为：只要生产按照生产资料和消费资料进行，商品流通就会发生，价值规律就仍要起作用。"

刘智天感到好奇："这有什么差别吗？"

宇弘不屑地看了刘智天一眼："这就是说，价值规律不但在社会主义时期发生作用，就是到了共产主义也起作用。"

刘智天有点意外："为什么？"

宇弘不耐烦了："因为即使到了共产主义，仍然存在社会化大生产！"

这下刘智天真吃惊了："照这么说，到了共产主义还不能消灭私有制？"

宇弘认真地说："我正在研究这个问题。"

"孙冶方被关了七年监狱。"朱向红开玩笑地说，"幸亏你晚生了若干年，不然我们得给你送饭。"

…………

"爸爸，你知道诺查丹玛斯吗？"宇弘问。

"不知道。"刘智天回答，"给我们讲讲吧。"

朱向红插嘴道："好像他写了一部《诸世纪》的诗歌。"

宇弘对妈妈历来是尊重的："妈妈比爸爸懂得多。这是一部诗歌体预言。"

刘智天感到好奇："预言什么？"

宇弘回答:"世界的未来。"

刘智天更好奇了:"准吗?"

宇弘回答:"迄今为止,除了1999年人类大毁灭的预言外,他的绝大多数预言都应验了。"

刘智天大吃一惊:"现在就是1999年!"

宇弘瞪了刘智天一眼:"我正在研究这条预言的可能性。"

刘智天扭头问朱向红:"你知道吗?这也太骇人听闻了。"

朱向红笑笑说:"诺查丹玛斯是法国人,他第一次晋见国王亨利二世时,就预言亨利二世于'今后十年之内'身亡。"

宇弘补充道:"《诸世纪》中写道:'年轻的狮子会打倒老人。在花园里一对一决胜负的比武中,他刺中了黄金护具里的眼睛,两处伤合成一处,狂死必将来临。'后来的事实发展果如其言,国王命令外号'狮子'的侍卫与他比剑,被侍卫误伤眼睛,不治身亡,正是十年后的最后一天。"

刘智天问朱向红:"真的会发生人类大毁灭?"

朱向红的手机响了,她朝宇弘努嘴:"问预言家。"

电话是隋贸良打来的,朱向红赶紧问好:"隋厂长,你好吗?"朱向红不改老称呼,还是把他当上级。

"向红,你最近没有麻烦事情吧?"隋贸良说话好像有点担心:"最近部里接到长江公司基层干部发来的一些批评你的信,口径基本一致,都是批评你结党营私、拉帮结派,打击工人阶级。"

朱向红犹豫了片刻,勉强地回答:"我们根据现实情况,提高了技术骨干的待遇,可能有一部分员工想不通。"

隋贸良在电话那头说:"我估计你也不是他们说的那种人,不过于司长要求你来北京汇报情况,并且坚持派调查组去长江公司调查。贺部长要我先给你打个招呼,部里的正式通知下星期发给你们。"

朱向红问:"于司长是谁?"

隋贸良笑了:"难怪你总惹祸,连他你都忘了?上次部里考察贺厂长的时候他来过长江厂。现在他是咱们部的人事司长。"说完就挂了。

朱向红一下子没了心情，调查组来公司必然引起干部队伍的思想混乱，影响公司当前的质量提升、销售扩大的计划。她立刻将隋贸良的电话转达给管理层其他领导。

看到朱向红的变化，刘智天知道又遇到麻烦了。

部里的正式通知到了后，管理层开会传达，并且研究如何配合调查组工作。在这次会议上，其他领导的意见出奇的一致，坚持要辛昌旺陪同朱向红去北京汇报，赵东亮自告奋勇地提出暂时代理朱向红主持工作。

朱向红不知道的是，就在接到隋贸良电话的当天，管理层其他领导背着朱向红召开了特殊会议。几个人研究决定，无论如何也要保住朱向红。必要时，由辛昌旺出面承担责任。

当朱向红和辛昌旺乘坐的飞机落地时，长江压缩机公司北京办事处主任罗天源早已在机场等候多时了。

第二天早饭后，当朱向红来到宾馆大厅时，辛昌旺、罗天源和办事处的司机已经在等候了。朱向红告诉辛昌旺，部领导给她来电话通知：今天临时有紧急会议，要他们明天早上去开会。今天朱向红准备去书店逛逛，她要辛昌旺代替她去看望李钧儒。

朱向红对司机说："你送辛总去北京舰船研究所。"然后对罗天源说："你陪我去书店吧。"

辛昌旺觉得朱向红今天有点怪，看着朱向红想说什么，最后又咽了下去。他把罗天源叫到一边，交代了几句，就坐上办事处的车走了。

看着辛昌旺远去的车子，朱向红回身对罗天源说："叫辆出租车，送我去部里开会。"看到罗天源吃惊的表情，朱向红说："这次可能是挨批评，弄不好还是个处分。辛总好不容易熬到这个位置，我不愿意他跟我受牵连。"

坐在出租车里，朱向红想起临走前夫妻俩的谈话。

"如果部领导批评你怎么办？"刘智天问。

"解释呗。"朱向红答。

"如果领导不认同你的解释呢?"刘智天问。

"辩论呗。"朱向红答。

"如果部领导解除你的总经理职务呢?"刘智天问。

朱向红腰板一挺:"我开个公司,自己当总经理!"

刘智天吃了一惊:"你开公司?"

朱向红眼睛一瞪:"我早就想自己开公司了,我开个压缩机销售公司,与国外代理商合作,专门在全世界销售中国的压缩机,那时谁也管不着我。"然后朱向红嘴巴一甜:"智天,你到我的公司打工吧。"

刘智天赶忙点头:"行!我当副总经理,专门给你开车、跑腿、提包、当保镖。"

…………

出租车停下来,罗天源告诉朱向红到了。朱向红对罗天源说:"你回去工作吧,开完会我自己回去。"说罢便下车向办公楼走去。

罗天源望着朱向红的背影,觉得她和街上的其他妇女没什么两样,裹在带着寒气的春风里,朱向红的身板显得有些单薄。

"长江压缩机公司现在就靠她掌舵把航,可千万别出什么事。"罗天源暗自思量。忽然他想起辛昌旺临走时的交代,连忙掏出手机拨通辛昌旺的手机:"辛总,朱总到部里开会了……"

二十一

长江压缩机公司会议室里鸦雀无声,所有公司高级管理层和分公司经理、分厂厂长全都参加了会议。

副经理赵东亮打破了沉默,他冲着辛昌旺说:"老辛头!我们大家是怎样委托你的?让你保护朱总,你又是怎样表态的?你说宁可你替朱总背黑锅也要保住朱总。现在可怎么办?你来做这个总经理好了。"

辛昌旺哭丧着脸直做检讨:"都怪我一时糊涂,辜负了大家的信任,我也辞职吧。"

赵东亮把眼睛一瞪："休想！朱总辞职了你就得顶这个缺！"

朱向红心平气和地插进来："我刚才已经介绍了情况，我决定辞职不是一时的冲动，我是经过再三考虑的。"

总工程师陈东敏接上朱向红的话："向红，我们大家一贯支持你的工作，可以说你说什么我们就做什么。现在规划刚刚起步，你就这么甩手辞职了，你叫我们怎么办？不是说长江公司离了你就不行，而是说你要走也得安排个接班人吧？我的意见是：你向部里收回辞职信，我们一起保你。等到长江公司实现了我们的第一步规划，我们大家摆宴送你走。"

"对！朱总现在不能辞职。""请朱总收回辞职信！"其他几个副总经理立刻附声赞同。

朱向红无奈地叹了口气："其实我也是无奈，原因我就不说了。我只能告诉大家，我辞职实际上是迫使部里撤回调查组，避免破坏我们初步建立起来的快速发展局面。如果说个人原因，担任总经理这段时间，我总感觉不像做销售副总那样得心应手。我认真考虑过了，我不是管理生产型企业的材料，我是做销售的材料。我同贺部长谈过我的想法，他表示理解。"

赵东亮问："你与贺部长讨论过接替你的人选吗？"

朱向红说："讨论过。今天是我最后一次主持经理办公会，结束后，我单独向诸位副总经理汇报我与贺部长的谈话。"

朱向红与各分公司和分厂的负责人握手告别，赵东亮嘱咐他们先不要扩散朱向红辞职的消息，等候经理办公会正式通知。

待到其他人走后，朱向红对赵东亮说："按照贺部长的意见，你现在主持会议。"

赵东亮吓了一跳："你不会是让我当总经理吧？我声明：我干不了，我坚决不干！"

朱向红说："贺部长说，由现任管理层推举总经理，报部里批准。"

朱向红从文件包里拿出笔记本，然后开始汇报："我提出的总经理候选人有两个，史刚正和辛昌旺。史刚正是我们的前任总经理，他的为人我不用介绍了，主要是他具备这个能力，而且有把长江压缩机公司发展成世界级企业的魄力。在前一阶段合资企业工作中，他的确犯过错误，可是史总后来的检讨证明他是认识到自己的错误，而且有能力改正错误的。更重要的是他是长江公司培养的干部，更了解长江公司，我认为是比较合适的人选。坦白说，我从来不认为我比史总更合适做总经理，我做总经理是特殊情况下的特殊安排。关于辛昌旺，我的意见是排在史总后面作为备选人。我提出辛昌旺的目的不是他适合当总经理，而是他适合当副总经理。如果史总不能通过，而我们暂时又无法确定其他人选，可以请老辛暂时代理总经理。他没有官瘾，干什么对他都一样，很容易再交班给其他合适人选。"

陈东敏说："向红，在讨论总经理人选前，你告诉我你辞职的直接原因。"

朱向红沉默了，她回忆起那天早上的情景……

朱向红走进会议室，于司长带领几个纪检干部与她谈话。当时的气氛让她感觉好像是个罪犯，这让朱向红心中十分不快，这也给后来与于司长吵翻了、拍桌子辩论埋下引子。

于司长做梦也没有想到朱向红有这么大的脾气，能舍得放弃大企业总经理的职务，他更没有想到的是由于朱向红的辞职，引起部领导对他的强烈不满，而这种不满导致他提前退居二线。

得知于司长退居二线，朱向红想起隋贸良的话，"……你的想法很好，但是有些超前，弄不好你可能成为一个殉道者。"朱向红暗自想：殉道就殉道吧，像于焦念这种官僚干部必须有人把他搬下来，就算她给后人扫清道路吧。

朱向红坦白地说："于焦念摆出一副唯他正确的架子，不允许别人辩解，我实在受不了。所以当他威胁要解除我总经理的职务时，我干脆辞职了。"

陈东敏接着问："于司长已经退居二线了，据说起因就是把你逼得辞职了。这事你知道吗？"

朱向红说:"知道,我觉得部领导英明。"

陈东敏说:"既然是于司长的错误,那么你就应该撤回辞职信,继续做长江公司的总经理。"

朱向红摇摇头:"上级领导可能会调整干部管理的思路,能让于焦念退居二线已经足见贺部长的魄力了,但是替于焦念喊冤的大有人在,也许于焦念还通着贺部长的上级呢。我既然辞职了,就不打算收回了。如果贺部长真的愿意我继续留下来,他会跟我谈的。他不谈,就说明他也有难处,我们就不要再难为他了。你们想想:一个下级干部用辞职威胁部领导免掉一个司长的职务,这传到中央让他怎么解释?"

最后经理办公会通过朱向红的提议,请史刚正回来任总经理。

第二天早上朱向红家门口聚集了一伙人,全是那些对朱向红给技术骨干增加待遇表示不满的基层干部,领头的是长江压缩机公司计划科长许援朝。当朱向红还是副厂长时,因为预算问题许援朝曾经几次与朱向红发生争执,不过在朱向红眼里,许援朝是个合格的计划干部。朱向红原打算送宇弘上学,出门一看不由得愣住了,宇弘不知道发生了什么事情,紧张地紧紧握住妈妈的手。

看到朱向红,许援朝赶上前来:"朱总,听说你辞职了?"

朱向红点点头,许援朝狠狠掴了自己一个嘴巴:"朱总,我们是来给你赔罪的。"

朱向红嘱咐宇弘几句,目送他去上学。然后把大家让进屋内,十几个人把本来就不大的客厅挤得满满的。

许援朝说:"朱总,我们也不是反对给技术干部增加待遇,其实我们觉得行政干部也有很优秀的,希望也能增加待遇。我们压根儿就没有料到你会辞职,早知道会这样,我们说什么也不会给上级领导写信了。你现在可以一走了之,我们怎么办?要是大家知道是我们告状把你给告下来了,那他们……我们……"许援朝急的嘴直打哆嗦,唾液像螃蟹沫似的从嘴角冒出来。

朱向红给许援朝倒了杯水，然后平静地说："这是两码事，我不当总经理另有原因，与你们写信向上级反映情况无关。关于待遇问题，我倒是想谈谈我的看法，无论行政干部还是技术干部，都是长江压缩机公司的宝贵财产，离了谁都不行。可是目前的情况是我们目前可用的财力有限，我们只能先提高部分技术骨干的待遇，以免技术人才流失。举个不太恰当的例子，打仗的时候有在前线冲锋的，有在后方造弹药的，我们有时候慰劳在前线冲锋的也是为了我们自己的利益。"

送走许援朝他们后，朱向红立刻与辛昌旺联系，让他务必稳住干部队伍的团结，不要发生冲突和混乱。关于她辞职的原因，朱向红建议以"个人能力不够"为由。

辛昌旺辩解道："这对你太不公平了。"

朱向红厉声说道："就按照我的意见办，执行命令！"

放下电话，朱向红才想起来，她已经不是长江压缩机公司的总经理了，给辛昌旺下命令是否有点过分？

第三天，史刚正担任长江压缩机公司的总经理任命就下来了。此后的两个星期里，朱向红陪着史刚正开会、交代工作、走访各二级单位，大家觉得朱向红不像是辞职，倒像是准备长期出差。

一切交代完了，朱向红和史刚正在总经理办公室里单独谈话。

史刚正说："感谢你能这样帮我。"

朱向红说："我欠你的，没有过去的你就没有现在的我。"

史刚正问："今后打算怎么办？"

朱向红回答："还没有来得及想。"

史刚正说："虽然你到哪都能找到工作，我还是希望你今后继续为长江压缩机公司工作。"

朱向红说："其实我也舍不得长江公司，我真希望还像以前那样，你当总经理，我当销售副总经理。可惜时间不能倒流。"

史刚正说："我前一段时间读了许多书，也思考了许多过去没有时间思考的问题。我有个建议不知道你愿不愿意考虑？"

朱向红说："你变了，不像以前那样直率了。不过也好，也许能弥补你性格上的短处，刚性小一点，韧性大一点。你说吧，我愿意考虑。"

史刚正说："你成立一个公司，专门向国外销售长江公司的螺杆压缩机。"

朱向红想了一会儿说："如果成立一个向国外销售压缩机的公司，我就不只是销售长江公司的压缩机，我要向国外销售中国的各种压缩机。不过开公司需要人才和资金，这两样我目前都没有。"

史刚正说："资金要靠你自己想办法，人才我可以借给你，等你赚了钱再给我人工费。"

朱向红问："如果我赚不到钱怎么办？"

史刚正说："你是天生的商业坯子，对你来说，赚钱就像呼吸一样简单。"

二十二

三个月后，朱向红的"长江压缩机贸易公司"成立了，办公室就安在长江压缩机公司销售分公司里，梁浩按照朱向红的意见给她三间办公室。

朱向红下决心从本来就不多的资金里取出两万块钱，买了一个笔记本电脑。朱向红知道，今后她和电脑走到哪儿，哪儿就是办公室。

长江压缩机公司占了长江贸易公司的百分之四十的股份，朱向红占了百分之六十的股份。为了这百分之六十的股份，朱向红倾家所有，连宇弘多年攒的压岁钱也要了出来。"等妈妈赚了钱再还你。"朱向红向儿子许诺。就是这样还差一百五十万元，最后长江压缩机公司作保，朱向红向银行贷款。

"你妈要是失败了，咱们倾家荡产。"早饭桌上，刘智天对儿子说。

"瞎说！"宇弘一脸的正色："妈妈从来没有失败过。"

"妈妈不会失败。"朱向红疼爱地扯扯儿子的肥耳朵，然后抓起吃剩的半个馒头，匆忙地穿外衣、换鞋，准备出门上班。

宇弘懂事地给朱向红递上公文包，朱向红接过包，想了一下，从口袋里拿出十元钱："妈妈把你的钱都借走了，男子汉口袋里总得有点钱，这十元钱给你零花吧。"

"我不需要。"宇弘摇摇头，"爸爸把他的零花钱给了我一半，我给你攒着。你缺钱时，我再帮你。"

朱向红感激地朝刘智天笑笑："我星期五要去北京，史刚正要去北京开会，贺部长叫我一起去北京见他。"

星期六中午，部招待所餐厅的单间里，贺春江、当了基建司长的隋贸良、史刚正、朱向红和刚提升为长江公司副总经理的梁浩围了一桌子。

"今天找你们来就是为了发展压缩机的事。"贺春江开门见山："小朱和长江公司合伙成立压缩机销售公司的事，我听到几个版本。今天借这个机会一起聊聊。你们谁先说？"

史刚正抢先说："其实很简单，整个管理层都要求留住朱向红，我本人也希望她能协助我销售压缩机。所以，我们合资成立了长江压缩机贸易公司，这个公司主要任务是出口长江公司的压缩机。"

朱向红补充道："在我没有还清贷款前，主要是出口长江压缩机公司的压缩机；还清贷款后，我想把业务扩大到所有中国骨干压缩机企业。"

贺春江和隋贸良交换了一下眼神，然后问朱向红："你为什么要占百分之六十的股份？"

朱向红回答："我想说了算。"

贺春江对朱向红继续说："好好干！如果你能够成功，部里出面组织一个压缩机出口公司，我委任你当总经理。"然后对史刚正说："朱向红辞去长江公司总经理的职务，但是工职不能辞。说不定哪天部里还要启用她。"

史刚正问："如果这样，工资是不是还照发？"

隋贸良插嘴道："那是当然，有工职能不发工资吗？"

朱向红高兴了："就用我那工资还银行贷款吧。"

贺春江摇摇头："工资不能发，这事已经满城风雨了，不要授人以柄。"他对史刚正说，"部里有一笔扩改资金，你可以打报告申请，批下来以后可以投入到这个压缩机贸易公司，就算是朱向红向长江公司借的。这样小朱可以还掉银行的贷款。"

看着面露喜色的朱向红，贺春江问道："小朱董事长，说说你的企业规划吧。"

朱向红赶紧拿出笔记本："长江压缩机贸易公司的业务主要是出口长江公司的螺杆压缩机，如果需要，免费帮助国内销售业务。出口渠道初步确定日本和美国。"

贺春江问："为什么是日本和美国？"

朱向红回答："日本是'出口立国'，他们的业务主要在亚洲和中东。原来长江公司已经与日本畈钢公司建立了合作关系，现在长江贸易继续与日本畈钢合作，借助他们的力量开拓海外市场。当然，我们还在寻找更多的工程公司合作，力争早日出口、扩大出口。"

朱向红看了一下笔记本："至于美国，它本身就是一个大市场。我们的策略是先寻找一个或几个华侨开办的公司合作，通过他们代理销售压缩机。至于和工程公司合作，暂时放在下一步。如果美国业务开展起来，我们可以进入加拿大市场。"

朱向红又看了一下笔记本："目前长江贸易公司全职员工只有两名，一个是我，另一个是我从厦门大学招聘的外语系女毕业生牛亚男。其他人员根据需要从长江公司借用，按照劳务标准付给长江公司劳务费。"

"为什么从厦门大学招人？"隋贸良好奇地问。

"厦门大学华侨子弟比较多，"朱向红答道，"这样的人才比较容易开展海外工作。牛亚男有个叔叔在美国开餐馆，我想利用她叔叔的关系联络有兴趣的华商。"

"开拓市场比较艰苦，尤其是海外市场。为什么不招个男的？"隋贸良又问。

朱向红想都不想就答道："我觉得女的更能吃苦。"

"为什么？"隋贸良追问。

"因为女人要生孩子。"朱向红嘴里开始冒火星。

史刚正赶紧打圆场："隋司长，你带出来的兵你还不了解吗？朱向红是超级女权主义者。"

朱向红也觉得有点过，连忙歉意地说："招个女的还有个好处，我们出差可以住一间房，省钱。"

看着眼前这一幕，贺春江微笑着举起茶杯："长江公司五代销售处长都聚齐了，咱们以茶代酒庆祝一下。"

其他四人赶快举杯响应。隋贸良对梁浩说："小梁，你通知他们上工作餐。"

饭后，贺春江单独把史刚正留了下来。

贺春江问："你看长江贸易公司能成功吗？"

史刚正想了一会儿，回答道："按照目前的长江压缩机的质量和名气，成功很难。不过朱向红挑头干，肯定成功。"

贺春江担心地说："现在还没有人说什么，不过一旦成功了，就会有人指责我们借钱给朱向红开公司了。"

史刚正赶忙解释道："有个情况没给您汇报，朱向红与长江公司签订了协议，如果长江贸易公司把压缩机卖到国外了，公司盈利了，她主动将百分之五十五的股份无偿捐给长江压缩机公司。剩下的百分之五实际上就是她个人投入的资金，长江公司可以随时按照原来股价收购这百分之五的股份。"

"这个协议其他公司领导知道吗？"贺春江问。

"整个管理层都知道。"史刚正答道。

得知李卓然也在北京，朱向红当晚就住在李家，李卓然打电话把李钧儒也请了过来。

辛昌旺不在，李卓然和李母下厨，四个人热热闹闹地吃饭。

三杯酒下肚，李钧儒的脸就红了："向红，我就够倔的，你比我还倔。太倔了要吃亏，你还是改一改吧。"

朱向红犹豫着说："我是想改，可是一遇到事，我就全忘了。"

李母不屑地说："我一辈子让着别人，也没见有什么好。向红这样就挺好，我看不用改。"

李卓然帮着自己的老师说话："妈，你是让着我爸。向红是在外面工作，两码事。"

李母人老不糊涂："你不用帮着老李说话。我就喜欢向红这种敢作敢为的样子，你爸爸但凡有她一半的骨气也不会自杀。"

李钧儒赶紧打圆场："师母说得对，我也佩服向红这种骨气。咱们为做个有骨气的人干一杯。"

今晚的酒是黄颜色，有一丝淡淡的甜味。朱向红问李母："伯母，这是什么酒？"

李母说："这是绍兴黄酒。当地也叫加饭酒。"

李母让李卓然把原来装酒的坛子端了过来。坛子是陶瓷的，上面彩雕着一对龙凤。

李母说："黄酒装在这种坛子里，就叫'花雕'。"

朱向红说："我听说绍兴还有一种酒，叫'女儿红'。"

李母说："绍兴有个习惯，生了女儿，在地下埋一坛黄酒。待到女儿出嫁时，挖出来作陪嫁，这坛酒就叫'女儿红'。"

朱向红问："如果生个男孩呢？"

李母回答道："生男孩也埋一坛黄酒。待到娶亲时，挖出来招待宾客，这坛酒叫'状元红'。"

朱向红若有所思道："一坛黄酒，绍兴人卖出这么多花头。如果我们的压缩机也能这样创意……"

李卓然笑道："妈，向红又上痴劲了，您这坛酒喝值了。"

李钧儒哈哈大笑说："我就喜欢向红这股痴劲，事业成功靠的就是这股劲！"

晚饭后，李卓然送李钧儒回家，屋里就剩下朱向红和李母。朱向红起身要帮着收拾桌上的碗筷，李母摆手示意她坐下。

李母慈祥地看着她："向红，咱娘俩说会儿话。"

朱向红乖巧地把凳子移到李母的身边："伯母，您说吧，我替您捶捶腿。"

李母缓缓地说："我第一次看见你就让我想起一个人来。"

朱向红问："谁？"

李母认真地说："林大夫，林巧稚。"

朱向红吃了一惊："您认识林巧稚？"

李母边回忆边讲："1948年春天，老周被地下党送到解放区去了。我正赶上怀着卓子的姐姐，快分娩了，不能一起走。当时说好了，由送水工老许照顾我，他是地下党的交通员。可谁知老周才走不到两个星期，老许就被抓走了。老许被抓我也没有了经济来源，家也被特务盯上了。在邻居的帮助下，我在西城区找了个马车店住下来。"

李母沉浸在往事的回忆中，朱向红赶紧端上一杯茶水。

李母喝口水，接着讲："原想我就像农村女人一样，找个接生婆，悄悄地把孩子生下来，然后就带着孩子去找老周。可是，偏偏孩子横位，我光出血，孩子就是下不来。接生婆一看要出人命，赶紧招呼店伙计把我送到附近的一家诊所。

"当时我都快昏过去了，只觉得浑身一点力气都没有。等到第二天我才知道是林大夫给我接生的。那年我才二十七岁，什么也不懂，只觉得林大夫挺和气，像个大姐姐。我寻思着：人家开诊所是为了赚钱，把我从阎王爷那里救过来，那得多大的情哦。

"我悄悄问护士：我得交多少钱？护士说：差不多四十块吧。我当时口袋里只有两块钱，而且还欠着店钱呢。再说我们娘俩得吃饭呀，交上这两块钱以后可怎么活呀。

"我咬着牙支撑起来，我向林大夫提出要回家。林大夫用眼睛盯着我看了好一会儿，然后问我：你家在哪？我一时没忍住，哇的一声哭出来，多少天的委屈一下全倒了出来。

"以后林大夫就让我们娘俩住到她家里，一直到孩子三个月了，才帮着雇车送我去乡下找老周。解放了，我和老周每年春节都带着孩子给她拜年，一直到老周没了，我就没心思了。

"1983年春天，我从电台里听到林大夫去世了，临了只留下了三万块钱的存款，还捐给了托儿所。"

李母盯着朱向红的眼睛："向红，你知道为什么我看到你想起林大夫吗？"

朱向红犹犹豫豫地说："我长得有点像她？"

李母摇头笑了："闺女，我说句不中听的话你别生气，你没有林大夫好看。你们俩骨子里像。当年别的医生开诊所挂号费五角，林大夫开诊所挂号费只收三角，她是为了照顾穷人。可是有些人背后骂她，说她不考虑其他医生的生活。林大夫的学生告诉她后，林大夫笑笑不吭气，该干什么还干什么，根本不当回事。向红，能做大事的人，就要能顶得住所有人的骂。"

李母起身从柜子里取出一个存折，递给朱向红："我听卓子说你开公司缺钱，这点钱你拿去用吧。"

朱向红接过来翻开一看，吓了一跳："这么多钱，我可不能要。"

李母伤感地说："这是卓子他爸落实政策补发的工资和补偿，每次看见我就难受，也不知道干什么用好。你拿去也算是干了件正事。"

朱向红小心翼翼地问："你为什么不给卓姐呢？"

李母淡然地一笑："卓子打小就说我偏心。你要是觉得过意不去，就算她在你公司的投资吧。不过，这事你要等我不在了再告诉她。"

朱向红郑重地对李母说："伯母，既然您都说到这个份儿上，我把这笔钱替卓姐保管在公司里，将来听从她的安排。"

二十三

朱向红刚从北京回来,隋贸良的电话就跟来了。

"小朱,给你找了个合作的美国工程公司。"隋贸良开门见山地说:"他们找我参加基建项目,我说:只要他们帮助你,我就加倍地报答他们。详细资料秘书会用邮件给你发过去。"

"隋司长,"朱向红有点窘:"在北京的时候顶撞您了,您别生气。"

"晚啦,我已经生气了。"隋贸良在笑声中把电话挂了。

朱向红把牛亚男叫到办公桌前,递给她隋贸良发来的资料:"这是部领导帮我们找的合作伙伴,你研究一下,一个小时以后我听你的汇报。"

牛亚男人如其名,跟个男孩子差不多,不但性格活泼,而且不认生,跟谁都近乎。虽然朱向红挺喜欢她,可是她见了朱向红就发虚,老觉得无论说什么,朱向红总能看透她心里在想什么。

牛亚男总也忘不了朱向红面试她的情景。

那时候她是逢单位招聘就投简历,投完了也不多想,直到朱向红打电话通知她面试时,她才想起好像投过这个公司。她连忙翻看电子邮件,了解长江压缩机贸易公司的性质、招聘职位、职位要求……

同宿舍的人问她:"你喜欢这个工作吗?"

牛亚男回答:"没什么喜欢不喜欢的,只要工资高,我就去。如果不合适,明年再换,反正要找个养活我的地方。"

面试是在学校附近的咖啡馆里进行,朱向红专程从上海赶到厦门挑学生。

朱向红看着牛亚男的简历问:"听说你当学生会文艺部长时,经常冲着副部长发火,为什么?"

"他们工作不认真。"牛亚男挺自豪地说。她认为这是她的优点。

"怎样不认真，你举个例子。"朱向红不动声色地问。

牛亚男略微思索一会儿，回答道："有一次学校组织迎新会演，电子系的节目一塌糊涂。事后一问我才知道：负责电子系的副部长忙着考研，根本顾不上组织节目。"

"所以你就在学生会干部会议上点名批评他了。"朱向红轻声地说。

"嗯，"牛亚男问道，"你怎么知道的？"

朱向红笑着说："这么轰动的事情我还能不知道？因为你的点名批评，引起学校领导的注意，导师差点不要他了。对吗？"

"好像是这样。"牛亚男声音有点含糊。

"如果让你选，要么考上研究生，要么办好会演。你选哪个？"朱向红认真地问。

牛亚男一时语塞，过了一会儿才说："我也可能选考上研究生，不过我会尽力把两件事都办好。"

朱向红笑了："我有个题目：如果你是团队中的一名骨干，团队的成功与你的努力是分不开的。可是，每次团队负责人向上级汇报时，都不突出你的贡献。你感觉是因为你的能力超过他，他有意识地在压制你。现在有三种选择：一、找上级直接反映，讨个公道。二、找他个人谈，要求他今后公平对待你。三、什么都不说。"

"我选第二种。"牛亚男想都不想就回答。

朱向红严肃地说："我再出个题：有甲乙两支军队打仗，甲队一百人，乙队二百人。甲队的人都有这样的信念：最后谁活下来做英雄不重要，重要的是我们要赢。乙队的人都这样想：我一定要活着做英雄。你说谁会赢？"

牛亚男小声说："当然甲队赢，不过在现实中……"

"我们对这个问题不继续讨论了。"朱向红打断她的话："我决定录取你了。"

然后朱向红向牛亚男交代好报到的时间、地点以及其他有关注意事项，然后递给她三百块钱："这是去上海的路费，多退少补。咱们上海见。"

牛亚男懵懵懂懂地走回宿舍，同屋的人问她："找到工作啦？"

牛亚男点点头。

同屋的人又问："什么公司？有多少人？"

牛亚男回答："卖压缩机的，目前只有两个人。"

同屋的人再问："工资多少？"

牛亚男愣住了："没谈。"

全屋的人哄堂大笑。

牛亚男如约来到上海，朱向红已经为她安排好宿舍，待遇和长江压缩机公司新来的大学生一样。第二天，朱向红把牛亚男叫过来，她用不容置疑的口气说："从现在起两个月内，你下厂实习，了解压缩机制造的全过程。两个月后考试，合格后长一级工资。"

牛亚男也不问怎样实习，就拿着朱向红的条子去找辛昌旺，辛昌旺帮助她安排好实习路线、学习资料、接头的师傅，牛亚男忍不住问："朱向红是什么人？怎么你们都听她的。"

辛昌旺意味深长地说："如果某天有人告诉我她调到国务院去了，我都信。"

一个小时以后，牛亚男把美国斯德霖工程公司的简介整理出来了。

朱向红读完以后，对牛亚男说："你设法查一下我们这样的企业怎样办理赴美手续。另外，你加紧与你美国的叔叔联系，我们去美国时拜访他。还有，你准备一下，明天跟我去北京，我们先会见斯德霖公司北京办事处的代表。"

牛亚男的日记：

1999 年 8 月 10 日

朱姐（她坚持要我叫她朱姐，说是工作起来方便）是个谜，她从来不摆架子，不过谁都尊敬她。也奇怪了，就连史总也常来她办公室坐坐，还和她商量压缩机公司的事情。多数情况下朱姐不表态，有时候让史总逼急了，才说几句话，还一再声明是个人意见。

朱向红先给史刚正打了个电话，然后来到史刚正的办公室。
"你打什么电话呀，以后直接过来。"史刚正有些不满。
朱向红笑着说："我怕你正在与别人谈话，不方便。"
"瞎扯，"史刚正不耐烦地说："我有什么不方便？以后不要先打电话。"
朱向红不与他争辩，从文件袋里拿出一沓材料："这是我起草的《建立国外代理的方案》，你看看，然后请其他领导也发表意见。"
史刚正拿起材料浏览一下，他眉毛一扬："你怎么降级了？"
朱向红赶紧解释："我觉得以长江贸易公司国际部经理的身份更便于工作。"
史刚正问："如果合作伙伴来公司谈判怎么办？"
朱向红从文件袋里拿出一盒印好的名片，递给史刚正说："我请你做总经理。"
史刚正拿起名片看看，笑着说："这是你的阳谋，明着说是为了工作，其实是想好了退路。"
朱向红跟着打哈哈："反正早晚都要把公司交给你，现在这样做将来不就省了重新印名片了嘛。"
史刚正回来后，他们俩的关系更融洽了。

不过并不是所有的人都与朱向红融洽，财务处长吕建广一直不买朱向红的账。朱向红当副总经理的时候，因为销售费用报销多次与他发生争执。吕建广每次总能找出文件，让对方认为应该报销的款项变成合理不合法的支出；而同样他也能找出文件，让他想报销的款项变成合法（虽然不合理）。朱向红当总经理后，吕建广收敛了一些。朱向红也觉得不应该因为个人的好恶撤换干部，所以一直没有动他。现在成立长江压缩机贸易公司，虽然财务由长江压缩机公司代管，朱向红明确提出，公司财务处指定专职会计，由朱向红和史刚正共同领导。

吕建广对这个决定感到很不爽，你朱向红已经辞职了，干吗还赖在公司里不走？你要成立公司，你到外面自己成立去，干吗还非要拉着长江公司跟你一块干？成立了公司还要独立的财务，肯定有猫腻！要不干吗不归到我吕建广的领导之下呢？吕建广发誓，一定要盯住朱向红和她这个贸易公司，绝不能让她朱向红发家致富！

吕建广对朱向红的怨恨由来已久，还是在长江压缩机厂的时候，起因是厂领导班子讨论财务科科长人选。那时吕建广是财务科的普通科员，因为史刚正比较喜欢他，所以他是当时的主要候选人。厂长办公会上讨论时，其他人都表示同意，偏偏朱向红提出吕建广缺乏为生产服务观念，反对提拔他当科长。虽然最后史刚正的提议还是通过了，可是当时的副厂长吴任虚却把开会的情况告诉了吕建广，从此吕建广就把朱向红当做敌人。

朱向红对此一无所知，还以为吕建广秉性耿直，对工作负责。

拜访美国斯德霖公司北京办事处回来以后，朱向红向长江公司管理层汇报了压缩机出口工作的进展。

在开会之前，朱向红给每人发了一份汇报材料。开会时，她结合汇报材料又作了详细的解释。最后她总结道："日本这条线已经走出了第一步，虽然还不能肯定说什么时候能够出口压缩机，但是沙特和科威特的用户已经知道我们长江压缩机，目前陆续接到索要资料的邮件。"

副总赵东亮问："为什么选这两个国家？"

朱向红回答："在中东地区，这两个国家石油化工比较发达、政局比较稳定、资金充足。"

史刚正问："根据你刚才的汇报，美国斯德霖工程公司在美国很有影响力。我想听听你的具体打算。"

朱向红说："通过与斯德霖公司代表的接触，我认为单靠我们一个企业单打独斗很难进入国际市场。隋司长答应斯德霖公司,只要他们帮助长江压缩机公司,他就优先照顾他们在中国的基建项目。这对斯德霖公司是个天大的馅饼,他们做梦都没有想到会有这等好事。你们想想,买中国长江压缩机,他们赚钱;优先照顾他们承接中国的项目,他们又赚钱。"

听朱向红这么一说,会议室里顿时嗡嗡声一片,大家纷纷发表意见。

陈东敏露出了少有的笑容:"我一直认为向红出口的主意太过于乐观,有点不切实际。可是听你这么一说,还真有道理。"

辛昌旺憨厚地笑着说:"朱总,你接着给我们讲讲下一步的工作。你需要我们干什么?"

史刚正欣赏地说:"老辛说到点子上了,下一步我们做什么?"

朱向红歉意地说:"下面是些不太好听的,我刚听到时也是一肚子火,差点跟斯德霖的代表拍桌子。可是冷静下来一想,对方说的都是实情。所以,下面我逐条汇报,咱们一起研究对策。"

史刚正宽慰道:"你放心,我们什么话没听过,你详细地说。"

朱向红翻开笔记本,开始叙述她与美国斯德霖工程公司北京办事处首席代表帕克先生的会谈。

"帕克先生的全名叫帕克·罗伯特,化学工程博士,今年五十三岁。帕克先生是1980年来中国工作的,两年前升为首席代表。根据帕克先生的描述,目前有相当多美国民众对中国的现状不了解,对中国的历史不能正确地理解。

"由于个别媒体的误导和歪曲宣传,有些美国人认为中国非常贫困、落后,除了制造武器外,几乎什么工业产品都是粗制滥造。中国人对待产品的态度是:能用就行。所以在中国工厂,质量检查不是用仪器,而是靠眼看。如果买了东西不好用,厂家要么不管,要么再让你出高额的修理费。

"有些美国人在报纸上公开发表文章批评中国人比犹太人还狡猾,合同写的繁文缛节,用词却含含糊糊,一旦发生纠纷就推三躲四,没有诚信。

"有些诋毁文章甚至是海外华人写的,这类文章对美国民众的影响很大。比如,在1985年中国出口到美国一批电动理发剪。原来美国市场上台湾的产品很多,物美价廉。可是,中国内地的产品更便宜,于是一些亲台湾的华人就在当地报纸上发表文章,说:中国内地的电动理发剪一过保修期就会损坏,无法退货。给这批电动理发剪的销售造成很大的负面影响。"

"有些美国人听信了一些误传,认为中国物资匮乏,民不聊生。在中国最常听到的一个词是'没有'。就连帕克先生本人也曾经受过影响,他生活在美国南方,刚到北京正是冬季,树叶都落光了。他听说中国人在青黄不接的时候吃树叶和野菜,所以当时他以为树叶都被人吃光了。"

……

最后,朱向红总结道:"帕克先生的承诺是:为了能够换取中国政府的支持,开展在中国的业务,他本人将尽力协助我们。但是,他要求我们:一、提升长江压缩机在美国的知名度和认可度;二、帕克先生认为,长江压缩机无论在设计技术上,还是在制造质量上,还不能和国际上的二流品牌,甚至是三流品牌相对抗。他要求我们不仅要用价格低来赢得美国客户,还要提供额外服务来取悦美国用户。他强调,如果我们不具备这两点,即使斯德霖公司在自己承建的项目中推荐长江压缩机,美国用户也很可能会拒绝。"

会议室的气氛异常压抑,赵东亮一拍桌子说:"这叫什么合作!如果我们在美国有了很高的知名度,隋司长干吗提出与他们的交换条件?"

接替刘玉昆担任总会计师的张志娟一脸的冰冷:"世界上没有人比美国人更狡猾,从第一次世界大战到中东石油战争,没有一次不是首先考虑自身利益的。"

"这种合作不成也罢,大不了自己干。"

"我看应该再找找其他美国公司,我就不信这么好的交换条件找不到合作伙伴。"

陈东敏不瘟不火地说:"这个帕克没说假话,如果达不到那两条,我们自己也不能把长江压缩机卖出去。"

史刚正冲着辛昌旺说："老辛，你有什么看法？"

辛昌旺赶快谦恭地说："我先听听大家怎么说。"

赵东亮在旁边捅了他一把："别磨蹭，有话就说出来。"

辛昌旺好脾气地笑着说："老赵仗着身体好，老是欺负人。别忘了，我可比你小，等到你老得只能在炕上拉屎的时候，咱们再算账。"

大家被他那一口家乡土话给逗笑了，会议室的气氛缓和下来。

辛昌旺喝了口水，然后不紧不慢地说："我在农村生产队那会儿，村里有个会计，叫王驴子。因为他不但打得一手好算盘、脾气倔，而且还特别会卖驴。每次生产队养的驴要卖了，队长都是叫他去，他总是比别人能多卖钱。有一次饲养员忙不过来，队长派我跟王驴子去集上卖驴。"

辛昌旺又喝了口水，接着说："王驴子备上草料袋、带上水桶、牵上三头驴，我们一起来到集上。他先是给驴拌上草料，里面还加上了豆饼。那三头驴早上没喂料，所以这么好的料一上，这些家伙可劲地抢着吃。"

辛昌旺又要拿杯子喝水，被赵东亮一把抢过去："你又不是早上没上料，讲完了再饮。"

辛昌旺没法，只好接着讲："王驴子一会儿给这头驴子刷刷毛，一会儿给那头驴子顺顺鬃，就是抽烟也是盯着驴子发愣。买主过来问价，王驴子总是不冷不热地说个高价，（其实也就高十块钱，不过那时十块钱可不是个小数。）然后继续吧嗒眼袋，从不跟人家讲价钱。

"说来也怪，我们带的那三头驴子是最早卖出去的。回家的路上我问他：'王会计，我没看你干啥，咋就卖出去了呢？'

"王驴子说：'买东西实际上是买个心思，买得值。咱们的驴没上早料，所以我带着让它们集上吃。我带的料好，驴就吃得欢实，外人看了就觉着这些驴壮实。再说，哪有驴要卖了还喂料的？我就是叫他们瞅着我不愿意卖，这样他们就不和我扯价钱。看我对驴这么好、这么有感情，谁还好意思地压我的价钱？'

"我说：'可是咱们还得背着这些料袋和水桶回去呀。'

"王驴子说：'赚钱能不苦？再说，养它们一场，临了也算是个情分。'"

辛昌旺说完了,赵东亮把杯子还给他,还拍了拍他的肩膀。

会议室里很静,好一阵子谁都不说话。

史刚正打破沉默:"我看今天就开到这儿,周三办公会咱们接着讨论,我想我们能超过王驴子。"

二十四

经过两次办公会的讨论,长江压缩机公司的管理层冷静下来,大家不再抱怨美国人,而是认真地想对策。

陈东敏说:"我研究过德国凯克科公司的压缩机制造标准,我觉得长江压缩机应该与凯克科压缩机差不了许多。"

设计所所长倪志远说:"从历次竞标材料看差别不大,如果我们能证明我们和凯克科压缩机差不多,或者超过它,我们长江压缩机在国际上的地位就可以算是中等水平。如果是中等水平,再加上价格优势,我们就有条件进入美国市场。"

朱向红立刻接上说:"我们可以联系南方石化公司,让他们标定一下两台压缩机的运行状况,然后我们再决定下一步。"

辛昌旺打趣地说:"朱总给自己下达了个任务。"

大家哄地笑了。

朱向红也笑了:"我今天就给刘智天打电话,让他安排。"

史刚正一本正经地说:"如果能把各个石化公司设备老总的夫人全招到咱们公司上班,我就敢撤销销售分公司。"

大家哄的一声又笑了。

管理层很快就做出三项决定:

一、比较在南方石油化工公司运行的两台苯乙烯压缩机(一台是德国凯克科公司制造的,一台是长江压缩机公司制造的)的运行状况,通过对比，来确定长江压缩机的质量定位。

二、编制更加人性化、更加方便用户的维护操作手册，给美国用户传递中国压缩机制造厂的责任感。

三、编制一套新颖漂亮、客观介绍中国和长江公司的资料，改变美国人对中国产品的偏见。

史刚正和朱向红再三斟酌，最后决定：第一项由陈东敏负责；第二项由赵东亮负责；第三项由辛昌旺负责；史刚正自己任总负责。

会后，朱向红对史刚正说："虽然长江贸易公司早晚要交给你，我还是感激你全力支持我的工作。"

为了适应新的工作，朱向红拼命地学英语。只要有可能，她就戴着耳机听英语录音。她不断地试着用英语与牛亚男谈工作，练习自己的口语能力。

牛亚男的日记：

1999年8月15日

我从来没有遇到过这么疯狂学习的人，幸亏我比朱姐晚出生十几年，如果和她同班，非让她给羞死。

1999年8月20日

朱姐今天问我一个词，我说：不会。她诧异地看着我说：你也有不会的词呀。多新鲜，你以为我是谁呀，美国人还有不会的词呢。不过让她问住实在不好受，看来我也得努力。

1999年8月25日

我们正在吃中午饭，朱姐看到地上有一粒米，立刻放下手中的筷子，把米粒捡起来扔到垃圾桶里，然后洗手，再坐下来继续吃饭。我问朱姐：你不怕麻烦吗？吃晚饭再捡不行吗？

朱姐说：我也怕麻烦，但是看到地上有一粒米，怪不舒服的。所以，宁可麻烦地捡米、洗手，也不愿意这粒米放在那儿碍眼。

我有点明白她为什么干事情那么专注和认真了。

1999 年 8 月 26 日

今天有意思，朱姐和我用英语正在谈工作（她那英语实在蹩脚，我就是看在她是领导的分儿上陪她练练），忽然史总进来，朱姐立刻用英语与他说话，看着史总一脸茫然的样子，她竟然浑然不知。

1999 年 9 月 1 日

今天与朱姐吵了一架，明明是她用那蹩脚的英语没说清楚，却硬赖我没认真听。中午朱姐买了午餐哄我："亚男老师，别生气。"我接过饭盒，一撅嘴："一盒饭就把人给打发了。"

1999 年 9 月 20 日

现在朱姐的英语有点"外国味"了，起码听着不刺耳了。我也真佩服她，一个孩子妈妈，还是管一大摊子事的领导，不怕磨不开面，天天练英语。

我今天才知道，原来朱姐曾经当过长江压缩机公司的总经理。乖乖，难怪大家都那么尊敬她。看来，我也算是能和她"平起平坐"的少数几个人了。

1999 年 9 月 22 日

今天我算见识朱姐发脾气了，她气的脸色煞白。朱姐打电话把"黑张飞"（我给赵总起的外号）叫到办公室里来，拿着他负责编的《压缩机维护手册》，一条一条、细声细语地和他讨论。真是奇怪了，堂堂五尺高的汉子、人人都怕的赵总，竟然紧张得头上直冒汗。想想十几天前我和她吵架，真是吃了豹子胆了。

1999年9月25日

朱姐说：如果长江压缩机出口美国成功的话，她就派我在美国负责业务。也不知道她是当真还是说着玩儿的。负责我倒不想，能常住美国不错。如果能再找个红毛番做男朋友……

在史刚正亲自督办下，南方石化公司长江和凯克科两台压缩机的标定出来了，新编《压缩机维护手册》初稿完成了，长江压缩机公司介绍初稿也完成了，朱向红和史刚正共同召集公司主要管理人员审阅定稿。

朱向红对陈东敏的工作很满意，不仅是标定的结果显示长江压缩机和凯克科压缩机不差上下，而且标定结果的对比做得非常专业。考虑到要出口美国，陈东敏专门用API标准衡量了长江压缩机的主要性能指标，加上近几年长江公司的业绩，陈东敏制作出一份很有说服力的评价报告。

陈东敏说："我们专门制作了英文版，请有关院校和研究所的专家协助审阅，我敢负责任地说：凭借这份报告，任何一家国际上有资质的工程公司都能判断长江压缩机的设计水平和制造质量。"

朱向红问："陈总，根据您编的这份资料，美国工程公司能给我们长江压缩机一个什么样的定位？"

陈东敏沉思了一会儿说："乐观一点可以接近二流偏上，二流中等水平是没有问题。"

朱向红又问："您指的一流、二流是什么水平？"

陈东敏说："其实也没有什么严格定义。一般来讲，几个制造大型乙烯压缩机的公司是一流的，制造中型压缩机业绩比较多的公司是二流的，制造中型压缩机业绩比较少或者制造小型压缩机的是三流的，当然也有一些优秀的压缩机公司专门制造小型压缩机。"

史刚正接着问："这种情况下我们怎样定价呢？"

陈东敏有点语塞："这个……"

朱向红替他回答："这个不难。我们先计算成本，然后按照国际通行价位定价，然后再根据用户的诚意和竞争情况降价。"

赵东亮负责的《压缩机维护手册》令人有点不满意，虽然他和一群工程师绞尽了脑汁，编出来的《压缩机维护手册》就是原来老《压缩机维护手册》的精装版，没有新意。几个人翻来覆去地翻看，也提不出什么有价值的意见。

陈东敏说："我有个想法也不知对不对，说出来你们参考。"

赵东亮苦笑着说："老夫子，你就说吧，这都什么时候了。"

陈东敏端详着《压缩机维护手册》说："从技术角度看没有问题，很专业。只是让人读得有点累。"

赵东亮抢白说："读技术资料又不是读小说，哪能不累？"

朱向红安抚道："老赵，你别着急，听陈总说完。"

陈东敏继续说："如果在每一步的安装、检查、拆卸等步骤下面都配上照片或者图片，那么效果会大不一样。"

赵东亮一拍脑门："对呀，你怎么不早说！"说罢就要风风火火地去安排布置。

史刚正一把拉住他："还像个工人大班长，还没散会呢。"

朱向红提议道："陈总的建议很好，我建议从设计所抽调一名有经验的设计工程师协助，要保证图片的准确性。"

大家都觉得陈东敏的主意不错，陈东敏感到一种从心底升腾出来的满足。

辛昌旺负责的公司介绍的确有些奇特，阅读起来像是一本中国压缩机简史。虽然也像其他压缩机制造厂家一样，宣传自己的现代化厂房、先进的加工设备、严格的质量管理，但是给人感觉比重不大。

资料的首页是一台漂亮的长江压缩机，翻开第一页却是一架古老的中国风箱，风箱做得古朴典雅，美丽的让人无法把它与农村的灶房联系起来。图片下的语句也别出心裁："您看的是中国第一台空气压缩机，它于公元前500年产自中国。中国人用它给炉灶吹氧，极大地提高了炉灶的燃烧效率……"

在介绍压缩机选材时，雄伟的宝钢炼钢炉下配的是这样的文字："虽然宝钢建设于20世纪，但是早在公元前400年，智慧的中国人就开始了金属的冶炼……"

在介绍压缩机加工时，炫目的加工部件和让人生畏的巨型机床图片下，写的是："公元前770年前，中国人就开始了机器人的研究，唐朝时，洛州县令殷文亮制造了一台木制人偶，专门用来酌酒行觞。西汉时期，汉武帝被匈奴单于冒顿的妻子阏氏所统的兵将围困于平城。了解到阏氏生性嫉妒，大将陈平就命令工匠制作了一个会跳舞的人偶，放在城墙上婀娜起舞，阏氏担心破城以后冒顿专宠这个中原美姬而冷落自己，因此率领部队弃城而去了，平城解围。

"两千年后的长江压缩机公司的中国人为现代工业制造和加工压缩机……"

几个人看着这份材料直笑，辛昌旺搓着手说："大家提意见，大家提意见。"

设计所所长倪志远说："老辛下了工夫，只是觉得有点另类。"

朱向红对陈东敏说："请陈总评价一下。"

陈东敏认真地说："这篇公司介绍很吸引人，愉悦感很强，不但宣传长江公司，而且长中国人的志气。至于是否会影响专业水平，我建议请几个大学和科研机构的专家发表意见。"

最后，史刚正下命令道："就按照陈总的意见办，各项材料尽可能在两周内完善，最后由朱总和陈总定稿。"

1999年11月，朱向红带着从设计所抽调的设计工程师王昭杰、自己的助手牛亚男，再次拜访美国斯德霖工程公司北京办事处。

朱向红自信地看着王昭杰和牛亚男把各种精美的资料摆放在帕克先生面前，等待帕克先生和陪同的美国工程师米尔斯给予好评。

帕克的秘书端来茶水和糕点，客气地请朱向红三人在沙发上休息，帕克和米尔斯两人认真地研究他们带来的资料。

两个小时以后，双方开始交谈。

帕克先开口："朱女士，你们的材料做得很精美，也很充分，但是没有说服力。"

朱向红一愣："为什么？"

帕克解释道："这些材料都是你们自己做的，可靠性谁来担保？"

朱向红不服气："所有的压缩机制造厂都是自己做材料，难道都不可靠？"

帕克说："有些制造厂已经有了良好的声誉，他们的名字为他们的材料担保。"

朱向红辩解道："所有的制造厂都是从没有名到有名，总得有个开始吧。"

帕克不耐烦了："朱女士，我不和你讨论先有鸡还是先有蛋。我认为这些材料无法说服美国用户。"

朱向红耐着性子说："请问帕克先生，你建议怎么改呢？"

帕克一耸肩："这是贵公司自己的事情。"

一瞬间，朱向红觉得帕克面目可憎。她看着眼前的蛋糕，心想：如果把这块蛋糕掷在他脸上，奶油正好击中他的鼻子，帕克就会像戏台上的小丑一样可笑。想到这儿，她扑哧一声笑了出来。

帕克吃了一惊，不解地看着朱向红，眉毛挑成一个大问号。

朱向红缓和地说："帕克先生，我代表长江压缩机公司感谢你的合作，你给我们提出了很多中肯的意见。我们一定认真研究和解决。现在已经中午了，我请你们二位吃顿便餐吧。"

帕克也觉得刚才有点太激烈了，执意要请朱向红他们吃午餐，一行五人来到底楼餐厅。

午餐时，朱向红向帕克请教英语问题。这下帕克来了兴趣，因为帕克也在学中文，他也借着回答朱向红的问题了解英语和中文的差别。两人的交谈找到了共同点。

帕克说："汉语中有一种用法非常难掌握。比如，美国人说：'你们公司如何如何。'中国人却说：'咱们公司如何如何。'可以说：'你媳妇如何如何。'不能说：'咱媳妇如何如何。'我经常被搞得晕头转向。"

朱向红解释道："这是中国人的思维方式。在中国人看来，无论做什么事，都要符合双方的利益。'咱'这个词有时候就表达了这种意思。如果你想和对方分担某个事情，你就可以用'咱'。否则，最好不用。"

帕克说："据我所知，只有汉语里有这种语言现象。"

朱向红说："世界曾经有四大文明古国，古巴比伦、古埃及、古印度和中国。你刚才提到的语言现象是中国历史在文化中的沉淀，在我们的历史中，有过令人骄傲的高点，也有让人心酸的低点，但是从骨子里，我们不是一个崇尚征服的民族。"

帕克接上说："我读过《论语》，中国是一个崇尚融合的民族。"

朱向红问："帕克先生，你为什么选择到中国来工作？"

帕克说："那时刚结婚不久，太太怀孕了，就想找个高薪水的工作，所以我就报名去海外工作，来到中国。"

朱向红问："你不懂汉语，也不了解中国，你是怎样开展工作的？"

帕克说："刚开始很难，我的工作是接触大企业负责基建的领导，可是和他们建立联系很难，不是他们躲着我，就是下面的人拦着不让见。"

朱向红问："那你怎么办？"

帕克说："毛主席说：'下定决心，不怕牺牲，排除万难，去争取胜利。'我就去'泡'他们。"

朱向红有兴趣了："怎么'泡'？"

帕克也说："我第一个'泡'的是江苏省渝中化工厂的副厂长孙贵年先生。我得到消息孙先生正在上海工程设计院开会，我和一名中国同事就去拜访他。设计院的先生们说我们没有预约，孙先生不能接见我们，撵我们走。我就在会议室外面等，一直等到下午4：00点钟，孙先生开完会，我才递上我的名片，向他介绍我自己。"

朱向红问："会议室里那么多人，一下子拥出来，你怎么知道哪个是孙先生？"

帕克说:"我在外面等的时候,服务员不断地往里送开水,我跟她套近乎,她从窗子上指给我的。"

朱向红说:"你见了孙先生怎么介绍自己?"

帕克说:"我说:'我是一个美国人,不远万里来到中国,为了中国的现代化建设来拜见你。'"

朱向红笑了:"生意成了?"

帕克说:"哪能那么容易呀,'万里长征才走完第一步'。"

朱向红笑着问:"后来呢?"

帕克说:"虽然我们去渝中化工厂开过技术交流会,生意还是没成。不过我知道应该怎样接触中国人了。"

朱向红饶有兴趣地问:"怎样?"

帕克说:"中国人很温和,不会当面驳你的面子。不过有时候也会误导你。"

牛亚男的日记:

1999年11月5日

我算是见识了什么叫做"酒逢知己千杯少"。下午我们与米尔斯在会议室继续讨论压缩机资料,帕克先生把朱姐请到他个人的办公室里。俩人一个用蹩脚的英语,一个操着半生不熟的中国话,整整聊了一下午。因为第二天是周六,朱姐和帕克先生去了中国历史博物馆,周日还去了十三陵,真不知道朱姐还有这等雅兴。王昭杰说朱姐是为了工作。

周五晚上朱姐让我专门去书店购买关于中国历史博物馆和十三陵的书,她一直读到后半夜。我一觉醒来,朱姐还在读书,我说:"不要命啦。"硬把书抢下来,她才睡觉。朱姐就是那种干什么事都痴迷的人。

二十五

朱向红向长江公司管理层作赴美前最后一次汇报:"根据美国斯德霖工程公司北京办事处帕克先生的建议,我们增加了中国用户对长江压缩机的使用评价。到目前为止,资料工作可以告一段落。"

朱向红看到大家没有不同意见,就接着说:"下一步工作就是建立'长江压缩机美国销售代理'。第一批代理确定为三个公司,一个是美国斯德霖工程公司,这个公司主要从事石油化工装置的设计和承建,在美国西部石油化工行业有较好声誉,客户也比较多。第二个是香港三鼎工程公司,这个公司专门从事采购亚洲设备向美国和其他国家出口,与许多工程公司保持良好的合作关系。第三个是美国润波贸易公司,这家公司是牛亚男的叔叔推荐的,是专门从事中国贸易的一个华人公司。虽然这个公司从未涉足压缩机销售,但是该公司在美国华人中人脉关系极广,影响力很大,而且对促进中美贸易非常积极。我想接触这个公司的目的是想通过他们建立更多的销售渠道。"

大家对朱向红的准备工作都表示满意,但是对于赴美代表的选择却产生了分歧。

一部分人认为:这次赴美代表应该是那些在准备工作中作出重大贡献的人,这些人了解情况,熟悉资料,可以向美国客户做很好的宣传工作。而且这些人都在长江公司工作多年,忠诚可靠。这部分人的突出代表就是赵东亮,史刚正似乎也同意这种看法。

朱向红坚持:资料是辅助材料,主要是交给客户自己阅读。赴美代表是销售人员,必须要求会英语、懂外贸、有销售经验,不但能吃苦,而且要有灵活处理问题的能力。所以,朱向红建议代表团组成是她本人、牛亚男和公开招聘的一两名销售人员。

赵东亮问:"如果这些人到了美国不为我们工作,而是辞职留在美国不回来了,我们怎么办?"

朱向红说:"这是招聘工作要考虑的。首先,我们要明白组团的目的,如果我们不能达到出口压缩机的目的,代表团赴美没有任何意义。如果一定要评价风险的话,那么第一等风险是不能完成出口任务,其他风险都是次等的。"

陈东敏说:"朱总的道理无疑是正确的。只是长江压缩机公司是部管企业,虽说长江压缩机贸易公司是股份公司、不受部里领导,但是毕竟长江压缩机公司占有百分之四十的股份,一旦发生这种事,我们的压力就大了。我有一个建议:我们将出口压缩机的计划报送部领导,其中就包括组团人员。这样就不单纯是长江公司的计划,而是部里的计划。如果发生意外,部领导和我们一起承担责任。"

史刚正对陈东敏的建议表示同意,但是朱向红反对:"经商必然冒险,利润越高风险越大。因此,要考虑风险,不能害怕风险。另外,长江压缩机贸易公司是股份制企业,应该独立经营。如果我们这也请示、那也请示,我们的手脚就会被捆住,这完全违背了当初建立这个公司的初衷。"

最后,大家勉强被朱向红说服了。

牛亚男的日记:

1999年12月1日

朱姐对招聘新员工认真极了,她准备了三十二道考题,分成三组,说是针对不同的应聘者使用。其中有一些题古里古怪,比如:华盛顿和林肯谁更伟大?我问朱姐:"这道题的答案是什么?"她说没有答案,就是看看应聘者对美国的历史了解程度。还有一道题:如果黑奴制延续至今,美国能发展成为世界强国吗?朱姐说这是考察应聘者的眼界和政治敏感度。

朱向红吩咐牛亚男在上海电视台、电台和几个主要报纸发布招聘广告,征招压缩机国际市场销售经理。

朱向红委托销售分公司对应聘人员初试。她对梁浩说:"凡事人为先。

销售经理的选拔是开拓国际市场的重中之重,你不必拘泥形式,不要考虑历史背景,只要能打开国际市场,就是最好的人才。"

尽管招聘广告对销售经理的条件有比较苛刻的要求:大学教育、英语四会(读、写、听、说)、有国际销售经验、吃苦耐劳等等,仍然有一百多名年轻人报名应聘,其中有外贸系统的职工、外贸学院的教师、海外留学归来的研究生,还有几个在中国学习的外国学生也报了名。

梁浩陪同朱向红进行复试。第一个复试的是一名外贸学院的青年教师,叫张乐韵。他在国内外贸杂志上多次发表论文,一口流利的英语,是外贸局的特聘顾问。

朱向红欣赏地看着他的简历问:"应聘这个位置对你是否大材小用了?"

张乐韵回答:"我就是想把我的学问应用到实践中去,我不在乎职务的高低,我需要有一个任我自由驰骋的天地。"

朱向红又问:"你认为中国压缩机出口的难点在哪里?"

张乐韵毫不犹豫地答道:"主要是质量还不高,我们的经营体制还不完善,企业对出口认识不足……"

第二个复试的叫夏倩,在进出口公司工作。夏倩的简历很优秀,外贸大学毕业,多次被评为先进工作者,不但英文流利,而且多才多艺,弹得一手好钢琴。

看着眼前这位女士,朱向红似乎看到了以前自己的影子,她斟酌地问:"如果我们选中你做长江压缩机的销售经理,你准备怎样开拓美国市场?"

夏倩自信地回答:"我会首先调查在美国有多少长江压缩机的潜在用户,分析他们的购买时间,排出拜访计划,然后不断地走访他们,向他们宣传长江压缩机的优点。在反复做工作的基础上,我建议在美国的主要化工杂志上刊登广告，提高长江压缩机的知名度。通过长期的工作，我相信我一定能够将长江压缩机卖进美国市场。"

朱向红接着问："你预计打开美国市场需要多长时间？"

"这个嘛……"夏倩犹豫了。

第三个复试的叫约翰乔，是一名从英国留学归来的研究生。

朱向红问："目前中国出口的产品价值偏低，而进口的产品价值偏高，这样长期下去，对我们国家会有什么影响？"

约翰乔回答："每个国家都有自己的特点，不必强求一样。中国是农业国，因此，农产品是我们主要的出口产品。至于价值高低，我认为要辩证地去看，如果我们把农产品深加工出口，价值自然就会提高。"

朱向红问："你为什么应聘这个位置？"

约翰乔回答："我在英国读了四年大学，一年研究生，读书期间我在餐馆、超市中打工，我在白人家租房，我与白人交往，我相信我到美国后也不会陌生。这一切都是我的生活资本，我肯定能干好这份工作……"

第四个复试的叫刘刚，是工程设计院的工程师。

朱向红问他："你认为长江压缩机进入美国市场的突破口应该在哪里？"

刘刚回答："长江压缩机首先要适应美国的规范，要按照美国客户的要求进行设计和制造。我认为这是最重要的突破口。"

朱向红又问："目前长江压缩机的设计规范和制造体制都已经与国际接轨，在这种情况下，你有什么好的建议？"

刘刚回答："我认为应该与美国各个工程公司进行联络，与他们合作。"

朱向红又问："你有什么具体建议吗？"

刘刚回答："我需要在美国考察一段时间，然后研究和制订出下一步工作计划。比如：美国工程公司的分类、工程公司的人员结构和组成、工程师对压缩机推荐倾向等等。再比如：这些工程公司的文化趋向、对世界事务的看法……"

第五个复试的是一个美国学生，叫琼斯。

朱向红问他："你为什么应聘中国长江压缩机公司的销售经理？"

琼斯回答："我喜欢中国文化，尤其是中国陶瓷艺术。我想通过这份工作进一步了解中国，了解陶瓷。"

朱向红又问："你计划怎样销售我们长江压缩机呢？"

琼斯回答："我计划制作一本宣传册，宣传中国的艺术，在这本宣传册上刊登长江压缩机的广告，通过传播中国的艺术，宣传长江压缩机。只要了解中国艺术的人多起来，对长江压缩机感兴趣的人就会多起来，这样打开长江压缩机在美国的销售局面。"

朱向红接着问："你的创意不错。如果工厂中需要和购买压缩机的工程师或者管理者对艺术不感兴趣，那怎么办？"

琼斯回答："兴趣是可以慢慢培养的。作为企业也有责任担负教育人民和传播文化的义务……"

复试进行了一天半。结束时，朱向红问梁浩："你看哪几个候选人可以聘用？"

梁浩回答："相对而言，张乐韵和夏倩复试结果比较好。"

朱向红又问："如果选一个呢？"

梁浩犹豫着说："那就选夏倩吧。"

朱向红沉思半晌不说话，梁浩问："朱总的意见呢？"

朱向红回答："这些候选者中不乏优秀人才，但是我总觉得他们缺点儿什么。我今晚再考虑一下吧。"说罢，朱向红就准备回办公室收拾资料回家。

刚走出几步，梁浩在后面叫道："朱总，你稍等一下。"

朱向红回过头来，梁浩从公文包里取出一份材料："这里有一个候选人的简历，你看一下吧。"

朱向红一边接过简历一边奇怪地问："为什么不早拿出来呢？"

梁浩抱歉地说："这个……他是个残疾人，叫许渊之。"

按照简历上的地址朱向红找到了许渊之的家，这是一个自行车铺。门开着，有一个头发灰白的老人正在招呼几个买自行车的客人。

朱向红走进去，打量这个铺子。铺子不大，也就三十平方米，一半的地方排列着各种装配完毕的新自行车，另一半是装配区和接待客人的地方。

看到朱向红，老人笑着打招呼："您想买自行车？"

朱向红抱歉地说："我是长江压缩机贸易公司的，来找许渊之。"

老人向铺子后门里喊道："渊之，来客人了。"然后对朱向红说："您进去吧，他在后面。"

朱向红刚走到后门处，里面就传来"嗒、嗒"的手杖捣地声。门开了，现出一个戴眼镜的中年人。看到朱向红他瞬间一愣，立刻露出一脸灿烂的阳光："朱总您好！我是许渊之。"

朱向红有点诧异："我们认识？"

许渊之说："我认识您，您不认识我。"说着便把朱向红让进后面的房间。

虽然来之前朱向红知道许渊之是残疾人，但是看到他拄着手杖、右腿拖着地向前滑动的样子，心里仍然感到一颤。

后面的房间用布帘隔成两半，外间是灶间，一个老太太正在做饭。许渊之介绍说："妈，这是长江压缩机贸易公司的朱总。"然后对朱向红说："这是我妈。"

朱向红与许母相对笑笑，算是打招呼了。

里间是许渊之的卧室兼书房，除了一张大床和一个陈旧的桌子，到处都是书。朱向红见过许多书房，大多配有漂亮的书架，书籍分类摆放，错落有致。像许渊之这样的书房还是第一次看到，靠墙有两个粗木书架，上面的书一直顶到天花板。床下和房内空闲处也摞着木箱和纸箱，估计里面也是书。桌子上的书堆的快淌下来了，一台老式电脑正开着，看来许渊之正在写什么。

看到朱向红的眼神，许渊之解释道："我的腿有残疾，用书架不方便，我的书都是按需分类，放在不同的箱子里。书架顶上的书是我看完了暂时没用又舍不得扔的书。"

许渊之把朱向红让到房间内唯一的一把椅子上坐下，然后自己坐在床沿上。

朱向红问许渊之："你怎么会认识我？"

许渊之答："这几年我一直为长江公司翻译资料，为了翻译的贴切，我经常去你们公司设计所和制造车间请教工程师和工人。我听他们说起过你。这次你们公司招聘国际销售经理，我投简历前去长江公司门口候着，门卫把你指给我。"

朱向红问："为什么要认识我？"

许渊之答："我想看看未来的老板什么样。"

朱向红问："什么样？"

许渊之答："还不错，我愿意跟着你干。"

朱向红笑了，心想：这是谁面试谁呀。

朱向红问："你的简历介绍：你会英、德、法、俄、日五种语言，为什么学这么多种外语呢？"

许渊之答："刚开始是为了讨生活，给人家翻译资料可以多挣钱。后来我喜欢上外语了，一门一门地接着学，成了癖好。"

朱向红问："为什么应聘长江压缩机贸易公司的国际销售经理呢？"

许渊之答："觉得自己本事大了，想找一块天地试试。另外……"许渊之犹豫片刻："我爱人有病，我想多挣钱给她治病。"

朱向红问："你了解压缩机吗？"

许渊之答："我翻译过许多压缩机资料和规范，对压缩机不陌生。"

朱向红看着满屋子的书问："你都读什么书？"

许渊之答:"书架上的基本上是外文字典、工具书和一些工程类的书,靠墙的箱子里是外文小说,床下箱子里的是古文和一些舍不得扔的期刊,布帘边上的几个箱子里是些杂书。"

俩人开始漫无边际地谈论起书来……

朱向红问:"《论语》读过吗?"

许渊之答:"读过,不过没有《韩非子》痛快。《论语》是个慢工夫,每天读一段还行。"

朱向红指着墙边的箱子问:"这些外文小说都是你读过的?"

许渊之回答:"读小说主要是为了加快外语学习,英文的读得多些,其他语言的不多。"

朱向红问:"不多是什么概念?"

许渊之回答:"也就几本吧。雨果的《巴黎圣母院》,托尔斯泰的《战争与和平》,大仲马的《三个火枪手》、《基督山伯爵》。"

朱向红说:"这些都是经典书,英文读过些什么书?"

许渊之回答:"英文的稍多点,《远大前程》、《双城记》、《苔丝》,还有一些都忘记了。"

朱向红问:"夏洛蒂的《简·爱》读过吗?"

许渊之回答:"读过,不过我更喜欢艾米莉的《呼啸山庄》。"

朱向红说:"看这些书箱,好像不止这几本书。"

许渊之答:"其他都不是名著,属于泛读。如果消遣着读,那么西德尼的书比较轻松,其中《游戏的主人》最为精彩,《如果明天来临》也行。我最喜欢考琳·麦卡洛的《荆棘鸟》,虽然是悲剧,但是却有尊严。你喜欢什么书?"

朱向红说:"我喜欢阿加莎·克里斯蒂的侦探小说,不过没有时间读。只读过《尼罗河惨案》、《东方快车谋杀案》、《鸽子中的猫》。你读过她的书吗?"

许渊之回答说:"我读她的书是赌气。听说丘吉尔曾经猜到一本书的结尾,我就试试我自己。我一口气读完她的五十多部侦探小说,结果一个结尾也没有猜中，真让人沮丧。你喜欢黑利的书吗？"
……………
许母从帘子后面探进头来："渊之，该给妮子送饭了。"
许渊之抱歉地对朱向红说："对不起，我爱人的饭点到了。"
朱向红说："我去看看你爱人吧。"
许渊之犹豫了一下，点点头。
许渊之提起许母给他准备好的篮子，挂着手杖，右腿拖着地，领着朱向红穿过后门，沿着一条小弄堂走到一扇油漆斑驳的门前。他对朱向红说："我爱人脑子里有些钙化点，反应有些迟钝，现在吃饭要人喂。白天我岳母照顾她，晚上我照顾她。"
虽然朱向红有了思想准备，但是看到许渊之的爱人时，仍然感到揪心。许渊之的爱人叫王菊妮，已经病了三年。
许渊之给王菊妮围上一条干净的毛巾，用手轻轻地按摩王菊妮的额头、颈部和肩膀。他一边细声细语地和王菊妮讲话，一边用调羹慢慢地给王菊妮喂饭。王菊妮一双眼睛直直地看着他，脸上没有表情，朱向红无法判断王菊妮是否知道许渊之是谁。
从许渊之的岳母絮絮叨叨的话语中，朱向红了解到许渊之和王菊妮的一些往事。
许渊之和王菊妮是从小的玩伴，因为许渊之患有小儿麻痹症，王菊妮一直护着他，谁欺负许渊之，王菊妮就跟谁打架。弄堂里有个孩子王，经常欺负其他孩子，就是不敢惹许渊之，因为王菊妮为许渊之打起架来不要命。
因为残疾，许渊之没有能上大学。为了生活，许渊之帮着父亲卖自行车，忙里偷闲地读书自学。王菊妮从小就不愿意读书，但是却固执地支持许渊之的学习，天天晚上到自行车铺子里帮许渊之干活，让他能多腾出时间读书。就这样一来二去，他俩成了夫妻。
婚后两人非常恩爱，每顿饭抢着吃上顿的剩饭。如果剩下半碗米饭，俩人比着花样藏起来，然后自己偷偷吃掉。许渊之心灵手巧，组装一辆山地车只要二十分钟；给客人介绍各种自行车，讲的头头是道，就连自行车赛队也到他们铺子里修车。每当这时,王菊妮总是用一种骄傲的眼神看着丈夫、看着客人,那意思是说:这是我的男人!

唯一让王菊妮不安的是婚后一直没有孩子,为了给许渊之生个孩子,王菊妮到处寻医问药,偏方试了无数个。结果不但没怀孕,还造成药物中毒,引起脑子钙化。开始许渊之不知道,后来知道了就制止她,等到王菊妮经常头晕时,许渊之赶紧送她上医院,但是太晚了。药物中毒的王菊妮渐渐地迟钝起来,虽然医生说目前还没有疗效显著的办法治疗脑子钙化,但是许渊之还是到处查找资料,托人买药,买进口药,他每天给王菊妮按摩,陪她讲话。

喂完饭,许渊之端来一盆热水,自己先试一试水温,然后给王菊妮擦脸、洗脚。许渊之对朱向红说:"我总是幻想:一早醒来,我的妮子忽然恢复正常了。"换上干净的袜子后,许渊之像拉着恋人一样牵着王菊妮的手,把她带回车铺。

告别许渊之后,朱向红心里非常矛盾,许渊之无疑是一个优秀人才,但是招聘他做国际销售经理合适吗?

二十六

牛亚男的日记:

2000年1月7日

我们公司招进俩人,一个叫夏倩,是个女的。另一个叫许渊之,是个男的。

夏倩没的说,英文流利、国际贸易知识全面、外贸经验丰富,而且说话干脆、干事麻利,活脱脱一个朱姐的初级版。

许渊之就很一般了,还是个瘸子(虽然瘸的不算厉害)。不过几位领导对他还蛮尊重的,尤其是辛总,专门送来一根漂亮的手杖,还镶着橡胶头,走路不再"嗒、嗒"响了。朱姐说:"他是自学的外语,挺不容易的。"自学不容易，不过野路子的外语水平就不能高要求了。

2000年1月11日

今天朱姐交代我翻译一篇技术资料，其中有个"猫爪"，我不知道是什么东西，肯定不会是"猫的爪子"。大学里老师讲课曾经讲过类似的笑话，我可不能犯这种低级错误。

一查字典，有四个"爪"的英文：talon、unguis、claw、armature。请教夏倩，她也吃不准。瘸子（我背后给许渊之起的外号）在旁边说："猫爪是一种钢缆接头的卡子，应该用claw。"

我问他："为什么不用别的词？"

他说："talon是鸟爪，工程上用于不出力的部位，比如锁芯里的螺栓肩；unguis是不尖利的爪，应该叫蹄；armature是防御性的刺或者硬壳。"

看来瘸子的英语不瘸。

2000年1月14日

许渊之建议朱姐定做了一百个袖珍风箱，说是要带到美国做礼品。我一听就乐了："这么土的东西也能做礼品？"他说：这是"原始压缩机"，美国工程师准喜欢。

风箱做得还挺精致，放在手掌里挺好看，拉动把手"呼嗒、呼嗒"挺好玩。夏倩说这些风箱是许渊之亲自督做的，模型的尺寸是他自己比着实物缩小制定的。我忍不住偷偷藏起来一个，许渊之也没发觉，他也是个大马虎。

根据朱向红的建议，史刚正从公司财务处抽调副科长马兰兼任长江压缩机贸易公司的会计。朱向红在公司给马兰安排了一间小办公室，规定凡是贸易公司的账务必须在这间办公室内完成，不能与长江压缩机公司的账务混在一起。除了她和史刚正外，没有她的同意，任何人不得随意查账。

马兰性情温和，和朱向红差不多年纪，虽然知道财务处长吕建广与朱向红不合，但是恪守不掺和领导之间矛盾的原则，从来不两边传话。吕建广几次打听贸易公司经营情况，马兰都含糊其辞、不作回答。这使吕建广老大不高兴。

月末财务处对账，吕建广对马兰说："把贸易公司的账目拿过来对一下吧。"

马兰显出一副无奈的样子："总账在朱总那儿锁着，我只有一本现金册。"

吕建广恼怒地说："这叫什么管理，总经理管总账。"

副处长刘利民和马兰关系不错，他私下问她："朱总亲自管总账？"

马兰回答："没有，我管着。"

刘利民追问道："那你为什么说朱总管总账？"

马兰老实地回答："我觉得吕处长用心不善，我怕给朱总添麻烦。"

吕建广自认为与计划处长郝伯平关系不错，他对郝伯平说："长江贸易公司也是长江压缩机公司的一部分，你们计划处应当把他们的工作纳入计划，要不然我们财务处怎么考核呀？"

郝伯平像瞧怪物似的看着他："长江贸易公司是独立的法人，咱们只是投资占股份。我们计划处凭什么管人家？"

吕建广不甘心："有股份就得管，不然国家财产损失了谁负责？"

郝伯平无心跟他理论："这事得史总下命令。"

吕建广来见史刚正。

"史总，"吕建广觉得自己挺有面子，"我认为长江贸易公司应当纳入长江压缩机公司统一管理。"

"唔。"史刚正头也不抬地仍然批文件。

"我建议公司主要部门开个联席会议，讨论一个管理章程。"

"长江贸易公司是独立的法人公司，"史刚正打断了吕建广，"公司的经营由朱总负责。"

"可是，我们有股份……"史刚正的眼神让吕建广把后面的话咽了下去。

长江压缩机贸易公司赴美手续办下来了。为了节约经费，朱向红决定分成两个小组开展工作。

第一组是朱向红和牛亚男，分别拜访香港三鼎工程公司和美国润波贸易公司，谈判建立销售代理关系。

第二组是陈东敏和许渊之，参加美国斯德霖工程公司召集的塑料工程用户年会，然后与斯德霖公司谈判代理关系。

夏倩留守公司，接应国内外联络和处理公司日常事务。

出国前，朱向红找夏倩谈话："把你一个人留下有想法吗？"

夏倩回答："你们都走了有点寂寞。"

朱向红说："你们三个人里面，你最具有团队管理才能。我对你期望值很高，我不能封官许愿，但是你要努力，争取接我的班。"

夏倩感动地说："朱总，我一定努力锻炼自己，绝不让你失望。"

2000年2月，朱向红和牛亚男先行出发去香港，拜访香港三鼎工程公司。

香港回归祖国前，朱向红出差曾经路过香港，那时大陆人在香港人的眼里是贫穷的象征。在礼品店的柜台前，店员问朱向红："你们是从美国来的？"

朱向红回答："不是。"

店员又问："从台湾来的？"

朱向红回答："不是，我们从大陆来。"

当朱向红出了店门后，还能听到一个店员在说："这些'小平同志'穷啊。"

这次是香港回归后，朱向红第一次又进入香港。刚过香港海关，立刻就有服务人员递上《香港旅游手册》。为了节约，朱向红决定乘坐大巴。朱向红向火车站一名工作人员打听大巴路线，这名中年男子立刻热情地引导朱向红和牛亚男走到要去的大巴站。朱向红感慨地对牛亚男说："我感到踏在自己的土地上。"

香港三鼎工程公司的老板叫米璇，六十多岁，脸颊清瘦，说话时食指和拇指总是不停地旋转着一支钢笔。他原来是国内一家工厂的副厂长，后来继承遗产来到香港。朱向红刚一提合作事宜，米璇就一口回绝："朱经理，现在生意不好做，中国压缩机质量和名气都不高，韩国设备正在到处挤日本的海外市场，我已经不打算再做中国设备出口生意了。"

朱向红原以为米璇在大陆工作和生活过，应该比纯粹的香港商人更能体会国内企业开拓国际市场的艰难，比外国人更能善待国内企业。没想到他却是这般态度，而且朱向红事先寄来的资料米璇根本没有仔细阅读。

朱向红调整自己的心态，和缓地对米璇说："米先生说的我也有所耳闻，不过国内企业近几年来发展很快，在某些方面质量已经超过韩国和日本的产品。请米先生先阅读我们的资料，然后我们再详细讨论。"

第一次的会面让朱向红有点郁闷，原来设想香港三鼎工程公司可能是最融洽的合作伙伴，看来要调整原来的计划。她给史刚正打了个电话，通报与米璇的谈话。

史刚正提议说："不行就换一家。"

朱向红不同意："三鼎公司销售中国设备业绩很好，是个难得的渠道。我打算让夏倩从国内了解一下三鼎公司与其他公司的合作情况，先从我们自身找原因。"

第二天晚上朱向红就收到了夏倩的报告：香港三鼎工程公司一直从事向海外销售中国机械设备，尤其改革开放初期，中国国际贸易渠道不多，香港成为中国设备出口、外国采购的一个重要窗口。随着中国的开放，越来越多的外国公司在中国内地设立办事处、分公司，中国企业也纷纷在国外寻找合作代理，三鼎公司的生意受到了影响。有些中国企业一旦和外国企业直接建立贸易关系后，就不再通过三鼎公司了。因此，米璇产生了一种"为他人做嫁衣裳"的怨气。

米璇的确有怨气。回想当初在内地上学、工作的时光，他就一肚子委屈。那时自己家刚从印尼迁到香港，为了省钱，父亲安排他在北京读书。虽然大学的生活比较松散，但是班里的干部处处要求他"艰苦朴素"、"政治上要求进步"。本来他是印尼华侨中的穷人，结果在别人眼里却成了"富人"。毕业后他被分配到河北邯郸市的一个印刷厂工作。考虑到自己的身份，他夹着尾巴做人，每天穿着"劳动布"（一种粗帆布）的工作服混迹于工人之间。米璇虽然人低调，智商不低。他发明了一种安全机构，从此切纸机再也没有伤工人的手。虽然生活清贫，但是由于工厂小、知识分子少，他成了稀缺人才。也正是这个原因，他很快成为这个小工厂的副厂长，而且人缘很好。

"文革"后期他以继承遗产的名义移居香港，虽然父亲指名要他回来执掌家业，可是香港的两个弟弟和一个妹妹根本看不起这个长期生活在大陆、连抽水马桶都不会用的大哥，留给他居住的房子竟是原来的仓库。

区别于普通动物的一个重要因素就是人能够理性地思考，在大陆的时候，他总觉得自己受委屈，从心里瞧不起周围那些碌碌无为、似乎只为理想而活着的"老粗们"。可是一旦离开大陆，他的看法却似乎发生了改变。他开始有点怀念一些人，上大学时发高烧，咳嗽的整夜不能入睡，那个经常批评他娇气的团支书为了能夜里照顾他主动与别的同学调换床位；那年爱人生孩子，车间的大嫂们送来一些旧衣服给孩子做尿布；自己和爱人白天上班忙，每天都有职工顺便替他们接孩子，并且喂饱了晚饭才又送回他们家；还有那个大老粗厂长，总是替他值周日的班……

在家庭聚餐会上，二弟米律看着米璇的照相机问："大哥的相机是什么牌子的？"

米璇回答："东方牌的，我买的这款二百多块，在大陆算是中档相机。"

"大陆的相机更新周期多长？"米律接着问。

"大概两三年吧。"米璇猜的。

"日本奥林帕斯一年更新四代。"米律骄傲地像个日本人。

…………

妹妹米玉问米璇的爱人周嘉敏："嘉敏姐，听说大陆的穷人全家一套衣服，谁出门谁穿。"

周嘉敏不知怎么回答："大陆也没穷到那般地步。"

米玉笑着说："嘻嘻，如果全家一套衣服，全家一起上街怎么办？"

……

米璇讨厌弟弟妹妹说大陆的坏话，也憎恨别人取笑大陆人，虽然他现在是香港居民，他始终不认为他的本质有什么变化。他指着地图告诉儿子：香港只是中国领土的一个岛，世界在乎香港是因为旁边有个巨人，无论你将来到哪里，都要记住你是中国人。

妻子说他变了，像在内地时的共产党员。他知道自己没有变，他就是容忍不了别人说大陆这也不好、那也不好。至于为什么，他也不知道。也许是大陆有他一段历史？也许就是所谓的民族情结？也许他骨子里已经有那些"老粗们"种上的种子，无论他去哪儿，这发芽的感情永远萦绕在他的心上。

看到弟弟妹妹对他当父亲创业的五金商店总经理颇有些脸色，他当即把总经理的位子让给大弟弟。他另起炉灶成立了香港三鼎工程公司，专门从事出口中国的机械产品。凭着对中国机械产品的了解，加上那时中国产品也缺乏出口渠道，生意很快铺开。

大弟米韵头次登门拜访："大哥，听说你的公司生意很好，我给你贺喜！"

米璇客气地把他让进屋，周嘉敏赶紧张罗着沏功夫茶。

米韵恭维地说："看来大哥比我们几个强，到底是当过厂长。"

米璇谦虚地说："我只是运气好，没有别的。"

……

大弟主动把五金商店的总经理让回来，而且死乞白赖地要求大哥让他们几个入股三鼎公司，米璇心中的那口恶气终于吐了出来，成了家里说话最有分量的人。

不过最近的情形发生了变化，公司的贸易额和利润都大幅度下滑，弟弟妹妹的脸色也在降温。虽然米璇硬撑着对朱向红不理不睬，实际上他在犹豫，是转行干别的，还是继续坚持出口中国的机械产品？无论干什么，他都希望能找到一个成功后，不要像甩抹布那样抛弃他的业务合作伙伴。

朱向红第二次拜访米璇。一见面，朱向红递给米璇几张纸："这是您近几年为中国出口设备的业绩清单。"

米璇接过来一看，足有近百台，有一些自己都忘记了："朱经理是怎么知道的？"

朱向红笑着说："'天下何人不识君'。在中国内地机械制造行业，凡是做国际贸易的都知道您米先生。"

米璇有些动容，但是很快又恢复沉静："那都是过去的事了，我现在已经不想再费力从事出口生意了。"

朱向红从手提箱里拿出一本影集，放在米璇的面前："这是米先生过去学习和工作过的地方。听说米先生爱好摄影，请您评价一下这些照片。"

米璇翻开影集，里面有过去的大学教室、曾经的宿舍；还有邯郸那个印刷厂，自己原来的办公室、过去住过的民房；还有一些过去的熟人，不过他们也老了。

朱向红解释说："有些地方已经拆掉了，影集后面部分是现在的新貌。"

米璇仔细地翻看着，眼睛不禁湿润起来。他摘下眼镜，用面巾纸擦擦眼睛，对朱向红说："你真是有心，我经常做梦回到过去的地方。"

朱向红说："你完全可以回去看看。"

米璇摇摇头："我愿意把它们放在心里想着，我不愿意回去看它们。"

如果你有了我的经历，你就能理解我了。"他用手抚摸着影集，感慨地说："这些照片让我回忆起年轻时的往事，邯郸的冬天真冷，房檐下的冰柱有一尺多长。那时干活全凭人力，棉衣被汗水湿的透透的。越是冷越是不敢停，一停下来湿棉衣冰得人浑身打哆嗦。"

朱向红问："听说当年香港总督派人劝你加入英国国籍，那是怎么回事？"

米璇脸上露出一丝骄傲："那年我把中国产的家用电钻出口到英国，英国行业协会有个叫贾斯铂的找到香港总督府，要我替英国产品出口到中国，还说可以在香港给予优惠税收，许诺帮助办理加入英国国籍。"

朱向红问："您答应了吗？"

米璇嗔怪地看着朱向红："英国人鼻子高我就得听他的？且不说英国的东西不好卖，就是好卖我也得先卖中国的！我米璇虽然是商人，爱国还是不会忘的。"

朱向红接着他的话说："虽然改革开放中国经济发展的好了，不过国家还是很穷，为了建立一个富强的中国，我们需要你的帮助。"

米璇说："其实我也想继续出口中国的产品，只是近来有些企业不够朋友。"

朱向红郑重地对米璇说："我这次代表长江压缩机公司来拜访米先生，就是要发展长期合作关系。如果三鼎公司协助长江压缩机出口，凡是三鼎公司开发的客户，将永远属于三鼎公司，我们绝不会绕过你。"

看到米璇认真起来，朱向红接着说："长江压缩机公司是中国最大的螺杆压缩机公司，虽然我们有自己的销售公司，但是海外销售主要依靠代理。我本人一直从事销售工作，深知开发客户的艰难，我们绝不会'喝水忘记掘井人'。我们愿意与三鼎公司签署代理协议，明确规定保护三鼎公司长期权益。"

米璇立刻表示："只要长江压缩机公司能够保护代理的长期利益，三鼎公司一定全力销售长江压缩机。"

事后朱向红在给长江压缩机管理层的报告中说：我们要牢记商业合作

的第一铁律——利益第一。在今后与其他合作伙伴谈判中，要时刻想到对方的利益，否则，压缩机出口将永远是个梦。

朱向红和牛亚男的第二站是去美国洛杉矶，拜访美国润波贸易公司。牛亚男的叔叔在飞机场迎接朱向红和牛亚男。牛亚男叔叔的英文名字叫皮特牛，从小就跟着牛亚男的祖父在美国开餐馆。

皮特见到侄女很高兴，一个美式拥抱把牛亚男弄个大红脸。

在皮特的汽车里，叔侄俩先叙说了一些家长里短，然后皮特告诉朱向红："虽然美国看起来很繁荣，但是大家都是靠借贷做生意，所以要看紧自己的钱袋子。"

皮特告诉朱向红：润波贸易公司的总裁叫冯远廷，是公司的大股东。冯远廷祖籍福建同安，早年随父亲从台湾移民美国。冯远廷爱国，不论是台湾的还是大陆的，只要是中国的产品，他都支持。不过公司还有几个小股东，他们的态度就不一样了，尤其是冯远廷的舅舅车茂昌，听说算是个股东，是个彻头彻尾的无赖，而且还是个狂热的"台独分子"。最近冯远廷协助大陆的一个企业销售了一批民用阀门，因为这个企业初次做美国生意，不了解当地的实际情况，这笔生意做得利润很低。为了帮助这个企业发展，冯远廷就没有按照合同收取百分之二的代理费，而是象征性地收百分之零点三。车茂昌知道后背地里说三道四，骂冯远廷是败家子。

通过闲谈朱向红还了解到：冯远廷是当地同乡会的副会长，还担任社区基督教会的长老，是个虔诚的基督徒。他酷爱中国古典文学，尤其是《三国演义》，各种版本收藏了十几套。他对长江压缩机公司开拓美国市场非常高兴，用他自己的话说："只有中国强大了，华人才能在海外挺直腰杆说话。"冯远廷交际广泛、处事机智、为人仗义，生意面广、赚钱多，但是出手也阔绰。

据说早年冯远廷的父亲开过一家典当铺。一天来了一个壮汉，扛着一个磨盘，进店"咚"的一声扔在地上："老板，这个多少钱？"

冯父一看就知道是个找事的，赶紧给些钱打发走了。可谁知下个月壮汉又来了，还是扛着那个磨盘来当。以后这个壮汉每月来一次，虽然每次讹的钱不多，但是冯父不胜其扰。

估计壮汉这天又该来了，冯远廷找来个老头，老头身穿短褂，坐在柜台后面充伙计。壮汉又扛着磨盘来到当铺，"咚"地往地上一扔："老板，这个多少钱？"

老头信步从柜台后面走出来，伸出食指和拇指，从磨盘上掐下一块，俩指一捻，粉末从手指中纷纷落下。

"你的石头质量不行啊。"老头不紧不慢地说。

壮汉啥也不说，扛起磨盘就走了，从此再也没回来。

与冯远廷的会面让朱向红感到非常愉快。冯远廷已经年过五十了，看上去要年轻的多，面目方正像个演员。他很会谈话，认真倾听别人讲话，无论客人提起什么话题，他都能顺着话题兴致勃勃地与别人交谈。他最大的本事就是：明明是他的主意，可是能让别人觉得是自己的主意。

冯远廷介绍了一些生意上的朋友与朱向红认识，有杂货零售商、茶叶批发商、服装老板、建筑承包商、五金交电进口商……虽然这些人大多对压缩机没有任何概念，但是与他们交流却给了朱向红许多在美国做生意的知识和经验。

其中有一对夫妻引起朱向红的主意，他们都是从国内来的，男的叫黄炳坤，在国内是机械工程师；女的叫于丽娟，在美国学习自动控制。几年前，两口子为了生计在唐人街开了一个快餐店，一个掌勺、一个管账，招了两个服务生就开张了。虽然没赚什么大钱，但是生活有了保障，两口子也觉得其乐融融。

小日子没过多久，不知从哪儿冒出几个"越南帮子"，到店里收"擦玻璃费"，不给就捣乱砸玻璃，搅得小店不得安生。

黄炳坤托人找到冯远廷，冯先生从自己的餐馆里派去一个领班。那伙越南人一见这个领班，扭头就走，再也不来捣乱了。

冯远廷可惜这两个人才，在他的指点下，黄炳坤和于丽娟注册了"华美冷冻设备公司"。他俩在美国采购小型螺杆压缩机、换热器、阀门、仪表等部件,自己设计、雇用工人组装成适合民用冷藏厂的小型冷冻机组,然后销往中国内地和东南亚。从此,黄炳坤和于丽娟过上了体面生活,也成了冯远廷教区的信徒。最近,因为中国制冷机的发展和出口,华美公司的制冷设备销售停滞,利润急剧下降,原来二十多人的公司只剩下五六个人,两口子直发愁。

一个计划在朱向红的脑子里形成了,她写了一份书面报告,然后与史刚正通过电话,她决定予以实施。

他先找冯远廷谈,征求他的意见。冯远廷说:"做生意最怕互相猜忌,避免猜忌的办法只有一个,那就是:所有的合伙人都觉得自己占了便宜。这事得讲究个'水到渠成'。"

冯远廷每个周日都去教堂,他请朱向红一起去。这个周日牧师布道的题目是"人经不起试炼",冯远廷问朱向红:"感觉怎么样?"

朱向红是个无神论者,她吃着清汤寡水的教会午餐说:"坦白地讲,如果排除宗教意识,牧师的布道还是很有哲理的。"

朱向红问冯远廷:"你什么时候开始信教的?"

冯远廷回答:"我祖父信教,所以从小就知道周日上教堂。不过那时我并不真信,只是跟着大人学而已。在我二十岁那年,父亲的生意伙伴跟他闹翻了,俩人对簿公堂,打起了官司,整个生意垮得一塌糊涂。为了养家,我到处兼职,一天打三份工,其中一份是打扫教堂。

"有一天实在太累了,我打扫完教堂后,就用《圣经》当枕头,躺在连椅上歇一会儿。这时牧师走过来,他说:'远廷兄弟,你怎么啦?怎么躺这儿睡觉啊?'我说:'我们全家都信教,怎么还这么倒霉呀。'牧师用手一指前面:'你看那是什么?'前面是一片大海,海滩上有两行脚印。牧师说:'那行小脚印是你的,旁边那行大脚印是上帝的。'我一看,不对呀,原来是两行脚印,现在怎么成了一行了呢?我问:'现在上帝抛弃我了?'牧师说:'现在是困难时期,上帝把你扛在肩上。'脚印前头是一个硕大的珍珠，有篮球那么大。我高兴地跑过去，刚要搬回家，忽然看见珍珠上有两个小人在打架。仔细一看，一个是我父亲，另一个是他的伙伴。我大声喊：'你们别打了！'一下子就醒了，原来是一个梦。

"回家后我把这个梦告诉了父亲，他想了半晌，然后去找合作伙伴好言协商，家族的生意才又开展起来。从此，我开始真信教了。"

朱向红暗想：真的还是假的？难道冯远廷是圣人不成？

在旁边倾听的黄炳坤插话说："我现在就要靠上帝背我了。冯大哥，你帮我出个主意吧。"

冯远廷说："我琢磨着你与朱经理合作是条出路。"

黄炳坤急忙问："怎么合作？"

冯远廷说："你把生意倒过来做。"

黄炳坤听糊涂了："怎么倒过来？"

冯远廷说："长江压缩机公司是中国最大的螺杆压缩机公司，质量肯定没问题，而且还会越来越好。现在朱经理初次到美国开拓市场，别人都不知道。如果你能争取到与长江压缩机公司合作，把压缩机卖进美国，那你不仅有钱赚，而且还能对得起祖宗。"

黄炳坤听明白了，他对朱向红说："我也想为国家出把力，也想将来落叶归根回去光宗耀祖，可是我不会销售。以前向中国和东南亚国家卖冷冻机都是冯大哥负责销售，我只管组装。"

朱向红对冯远廷说："送佛到西天，冯先生也加入进来吧。"

三个人相视片刻，"哈哈"大笑起来。

朱向红写给史刚正的报告：与三鼎公司、华美公司的合作谈成了。长江公司提供压缩机，华美公司负责在美国采购换热器、阀门、仪表等部件，按照美国标准系统设计和组装成套，三鼎公司负责销售。这样的合作主要销售小型压缩机，中型和大型压缩机还要靠与大、中型工程公司或企业合作。

按计划朱向红要在洛杉矶与陈东敏、许渊之汇合，一起去休斯敦参加美国斯德霖工程公司召集的塑料工程用户年会。朱向红安排牛亚男留在洛杉矶，筹建长江压缩机贸易公司美国分公司。她对牛亚男说："你有三个任务，第一，办理美国分公司的手续；第二，扩大交际面，寻找压缩机销售渠道；第三，把握自己，别让我失望。"

虽然分别时间不长，但是见到陈东敏和许渊之还是让朱向红很高兴。许渊之递给朱向红一个精致的木盒："我要求的太严，师傅们做得太好，差点过不了中国海关，幸亏我带着销售发票，要不然准给扣在机场。"

当冯远廷接过朱向红手中的木盒时，脸上挂着平静的微笑："朱经理这么客气，大老远地带什么礼物……"说着便打开盒子，他突然愣住了，这是一副精美的无与伦比的中国象棋，所有的棋子都是彩雕的《三国演义》人物。冯远廷嘴唇哆嗦着半晌说不出话来，最后长出一口气："得此宝物，死都值了！"

二十七

虽然美国斯德霖工程公司的总部在休斯敦，但是它的塑料分部在得克萨斯州的得克萨斯市。这里有联碳等若干个大型企业的工厂，其中美国最大的苯乙烯工厂就坐落在海边。

帕克先生专程赶回美国，陪同朱向红他们参加这次塑料用户年会。开会前一天，帕克开车把朱向红三人带到得克萨斯市海边，指着沿岸的化工装置说："这些工程基本上都是斯德霖工程公司承建的，我们通常一种类型的设备向用户推荐几个制造厂。用户对制造厂的看法起到关键的作用，有时候价格并非决定性因素。相对而言，质量和服务更能抓住用户。"

朱向红看着脚下遍地的白色野花，对帕克说："20世纪60年代贵国约翰逊总统夫人曾经提倡在公路边种植野花美化美国。因为她是总统夫人，因此她有号召力,许多海外美国人把外国的野花种子寄回美国,所以有了今天这美好的环境。我们是制造厂,在没有业绩的情况下,很难赢得用户信任。我们希望斯德霖工程公司能够推荐我们,让用户了解我们,我们也会用质量和服务回报他们,就像这些野花一样,开遍美国。"

帕克从汽车的后备箱里取出一个冷藏盒,里面装着一些鸡脖子。四个人用绳子拴着鸡脖子,兴致勃勃地抛到海里钓螃蟹。晚餐就在他们住的汽车旅馆里,请厨房帮忙煮螃蟹。朱向红打开从中国带来的红葡萄酒,四个人"嘻嘻哈哈"差点把房顶给掀了。

塑料用户年会在休斯敦万年青宾馆的会议厅举行,会期两天,根据日程安排,长江压缩机公司的发言安排在最后一天的下午。

经过第一天的会议,朱向红对斯德霖工程公司的实力有了进一步的了解。除了美国的用户外,德国、法国、日本、加拿大、韩国、沙特等等许多国家大型企业的代表出席了会议,中国的石化三巨头:中石化、中石油和中海油也派出了代表。

用户的发言主要是介绍工艺应用和设备运行情况,许多人都要求斯德霖公司改造工艺,提高效率,降低能耗。

斯德霖工程公司的主持人布朗特先生对此作了回应:"我们意识到斯德霖工艺的某些不足,也在积极地研究和改进,并且取得了进展。目前的问题是工艺上的改革需要设备上的改变相配合,我们与几个主要设备制造厂进行谈判,他们提出的试验费太高,我们很难接受。尽管如此,我们仍然在努力做说服工作,希望在下面听取设备制造厂代表发言时,你们向他们施加压力。"会场响起一片笑声,几个设备制造厂代表冲着布朗特先生做鬼脸。

设备制造厂的发言主要是广告性质的,除了宣传自己设备的性能外,就是介绍自己新的业绩,几乎没有什么新鲜东西,有些用户代表溜达到会场外面闲谈或者喝咖啡。这也难怪,这些钢铁庞然大物经过几十年的进化已经没有什么好改进的了。

晚上朱向红三人共同与史刚正通电话，介绍会议的情况。朱向红提及工艺改造需要设备制造厂配合的事情，陈东敏觉得这是个机会。史刚正答应立刻与其他几个领导商量做出决定。

第二天轮到长江压缩机公司介绍，陈东敏的英文水平只能宣读准备好的资料，考虑到代表可能随时提问，朱向红安排许渊之跟着陈东敏一起登上讲台。当许渊之拄着手杖、拖着右腿走向讲台时，听众席上传来不太友好的笑声。

陈东敏举起一个风箱模型，开玩笑地说："如果哪位非华裔代表能猜对这是什么，我就送给他。"

一时间整个会场热闹起来，会场外面的代表也被里面的喧哗声吸引进来。一名日本代表说出了"风箱"的名字，拿到了这个奇特的模型，周围的代表都围拢上来要求看看是个什么东西。

陈东敏从提包里又拿出一个风箱模型："这是世界上最古老的压缩机，制造于两千五百年前的中国。如果哪位代表有兴趣，可以到我们住的旅馆了解中国的压缩机。我将很高兴奉送这样一个模型。"

陈东敏配合着幻灯片，有时自己宣读材料，有时靠许渊之翻译，简明扼要地介绍了长江压缩机的性能、业绩和用户评价。许渊之的翻译非常到位，不仅翻译出陈东敏的技术原意，而且富有激情，遣词用句恰到好处。朱向红感叹：许渊之的书没白读！

美国西岸石油公司苯乙烯工厂的代表提问道："长江苯乙烯压缩机现在连续运行的周期是多少个月？"

许渊之翻译陈东敏的回答："至少三十六个月。"

德国巴斯夫公司的一位代表接着问道："根据你们的资料，你们的压缩机性能似乎优于德国凯克科公司。资料可靠吗？"

许渊之翻译陈东敏的回答："可靠，我们提供用户使用者的姓名和联系方式，有疑问者可以自行确认。"

这位德国人一撇嘴，用德语嘀咕了一句："恐怕你们早都串通好了。"

许渊之立刻用德语回答："如果阁下不信任我们长江公司，你可以联络贵公司在中国的办事处，让他们暗访调查。"

那个德国人吃了一惊："你会德语？"

许渊之谦虚地回答："一点点。"

日本制素公司的代表用不太熟练的英语问道："长江压缩机已经不采用传统的蒸汽轴封，请问贵公司有自己的专有技术吗？"

许渊之翻译陈东敏的答复："是的，我们花了四年时间与中国舰船研究所合作，研制了自己的专有轴封。"

日本代表似乎还想问些什么，好像不知道用英语怎么说。许渊之体谅地说："你用日语说吧，我给你做翻译。"

……

一位法国代表站起来说："翻译先生，您究竟会几国语言？请告诉我们，也让我们发言方便。"

许渊之还是谦虚地说："我碰巧也能说一点法语。"

…………

陈东敏和许渊之在热烈的掌声中走下讲台，虽然许渊之仍然一瘸一拐，但是人们却向他投来尊敬的目光。几个中国公司代表走上前与他们握手："你们长了中国人的威风。""这是我参加的最爽的国际会议！"

第二天《休斯敦日报》头版刊登塑料年会消息，许渊之的大幅照片下配发新闻标题：中国代表——上帝创造的又一个奇迹。

接下来的两天，陈东敏的房间热闹非凡，其他公司的代表纷纷登门拜访。虽然不少人是冲着风箱模型去的，但是也有一些人非常认真地与陈东敏讨论长江压缩机。不少人临走前要求与许渊之合影，有个日本人告诉许渊之："你是黄种人的骄傲。"

美国斯德霖工程公司塑料部经理叫约翰·史蒂芬，在帕克先生的安排下，朱向红三人拜访了史蒂芬先生。

刚进入塑料部的办公楼，许渊之就被认出来了。人们主动伸出手与他握手，史蒂芬的秘书眼都不眨地看着许渊之问："许先生教我法语行吗？"

因为事先帕克做了大量工作，史蒂芬已经对长江压缩机有了比较充分的认识，因此双方会谈的比较融洽。最后朱向红与史蒂芬达成了合作协议：美国斯德霖工程公司支持长江压缩机在美国的销售，长江公司支持斯德霖公司在中国的业务，双方各自在办公区内给对方代表提供一间办公室，并且提供办公的便利。

陈东敏详细地询问了斯德霖公司工艺改进的情况，他向史蒂芬表示：长江压缩机公司有意向参加斯德霖公司工艺改进的设备试验。这引起了史蒂芬的兴趣，他立刻表态："我将长江压缩机公司的配合姿态汇报给有关部门，我希望双方能成为合作伙伴。"

朱向红决定把许渊之留在美国，她对许渊之说："怎样开展工作我就不多说了，有什么困难尽管提，我会照顾好你的家庭。"

许渊之摇摇头说："没有困难。"然后又补充说："我只是放心不下妮子。"

朱向红刚出机场大厅，宇弘就冲了过来，刘智天笑呵呵地在追在后面。朱向红一把搂住儿子，一股母爱之情油然而生。她把行李交给刘智天，抱歉地说："我给许渊之爱人带的药，得先送过去。"

在许渊之家，许父为了能仔细听儿子的消息，提前把店门关了。朱向红讲故事般地详细介绍了许渊之在美国开会的情景，听到得意之处，许家父母"哈哈"大笑。虽然妮子两眼一直发直，但是朱向红发现，只要提到许渊之的名字，妮子眼里就会出现一丝隐隐约约的火焰。

朱向红动员了所有能想到的关系为妮子检查病，虽然请了许多名医和专家，但是结论却令人失望。朱向红告诉刘智天："医生说目前妮子的病处于脑钙化中期,世界上还没有特效方法治疗,能维持缓慢发展就很不错了。"

刘智天担心地问:"发展到晚期什么样?"

朱向红痛苦地回答:"植物人。"

二十八

牛亚男极为兴奋地投入到新的工作,她白天除了办理注册公司手续外,到处参加各种展览会、贸易交流会、投资恳谈会……任何交际场合她都不错过。她年轻、精力旺盛,生就一副天不怕地不怕的性格,深得冯远廷的欣赏:"谁说大陆的独生子女不能吃苦?牛亚男就比美国出生的孩子强!"

晚上,牛亚男整理白天收集的名片、公司资料、与人会见的情况等等,分门别类地建立档案,用电子邮件发给朱向红参考。收到朱向红鼓励或表扬的回邮时,牛亚男就更来劲了。

每当会见有身份的客人时,冯远廷总是事先叫上牛亚男,他告诉她:"做生意首先要交人,人脉越广,生意越多。"刚开始牛亚男觉着也没啥,反正自己现在还没有具体销售任务,闲着也是闲着。可是经过一段时间,牛亚男就有了商业感觉了。有时候会见完客人,牛亚男还能恰到好处地评论两句,这越发引起冯远廷的喜欢。

有一次,牛亚男随同冯远廷参加美国青年企业家访华团举办的投资研讨会。回来的车上冯远廷让她发表感想,牛亚男说:"至少一半是骗子。"

冯远廷问:"何以见得?"

牛亚男分析说:"投资项目有风险、有回报,这才合理。如果只有高额回报、没有风险,这肯定是骗局。如果真有这么好的项目,他们能拱手让人?"

冯远廷听罢,哈哈大笑:"难怪朱经理这么放心把你留在美国打天下,有点眼力。哎,我给你介绍个男朋友吧?"

牛亚男说:"好啊,最好是美国总统。"

冯远廷不解:"为什么?"

牛亚男笑嘻嘻地说:"那样长江压缩机在美国就畅销了。"

冯远廷知趣地笑道:"你真是'少年不知愁滋味'。"

其实牛亚男也发愁,不但压缩机销售没有突破口让她发愁,而且冯远廷那个倒霉的舅舅车茂昌也让她发愁。

车茂昌是传世的书香门第,其父车桐君是台北有名的教书先生,车茂昌上面有两个姐姐,冯远廷的母亲是老大。车桐君晚年得子欢喜的不得了,对车茂昌不仅溺爱,而且尽浑身之力想把这个老幺培养成才。可是车茂昌偏偏没出息,顽皮得出奇。车桐君寻思孩子还小,大一点就好了,男孩子哪有不淘的?可是车茂昌越大越不成器,和一些纨绔子弟勾结在一起,欺负同学,侮辱老师。同班有个女生长得漂亮,但是根本看不起他,他就从菜场买了条蛇,趁课间放进这个女生的书包里,把女孩吓得好长时间不敢拿书包。国语老师给他的作文批了个不及格,他就偷偷给老师的茶杯里放进巴豆,让老师整整腹泻了三天。为此车桐君经常登门给人家赔不是,全家上下背地里都叫他"搅屎棍子"。十四岁那年,车茂昌和两个小混混把布店张老板家的半傻闺女给强奸了,惹下如此大祸,车桐君气的一病不起。

车茂昌是主犯,但是年龄还小,被从轻发落关进少年感化院。两年后车茂昌释放回家,车桐君死了,因为他惹的祸,家产也赔光了,他只好投奔嫁到台南的二姐,在当地一家茶庄做学徒。

二姐夫游陆天是个"文学台独分子",他不甘心自己写的文章算作中国文学的一个分支。他经常邀请好友在家中座谈,宣传文学台独思想。当时国民党政府禁止台独思想,因此,这些文人经常咒骂政府。

车茂昌不懂什么文学台独,但是骂政府正和他意,现在自己这么穷困潦倒不就是政府给害的吗?因此,他也跟着骂。车茂昌觉得与这些文人一起聊天骂政府很合算,不但出口气,而且骂完了还有人请顿饭。不久有人介绍他认识了郑评。

郑评是高雄人，经营小百货为生，非常顾家，极为疼爱妻子。1966年郑评的妻子得了乳腺癌，为了救妻，郑评变卖了所有家产。但是，还是未能如愿。妻子死后，郑评带着两个儿子到了台北，投奔基督教会里认识的朋友游进龙。游进龙敬佩郑评的为人，把他两个未成人的儿子留在自己的面包店里当学徒，并且介绍他到教会里做事，还动员其他教友接济他。郑评对教会是感恩戴德，勤奋工作。1971年被台湾基督教会推选参加"基督教反共联合会"在日本举行的国际大会。在日本郑评认识了"独立台湾会"的头子史明。一见面，老到的史明就巧妙地让郑评产生了相见恨晚的感觉。郑评多年来积郁在心中对社会的不满、人生的坎坷、待遇的不公，全部迸发出来了。在史明的诱导下，他参加了"独立台湾会"，史明给他办理了登记手续，被编为台湾第11号。

郑评滞留日本期间，史明对他进行了"台独政治理论"、"台独行动纲领"、"游击战基本要领"等全面强化培训。两个月后，郑评像只上足了发条的玩偶，热血沸腾地返回台湾。他立刻招兵买马，积极发展会员，五个月内"独立台湾会"在台湾的会员就发展到二十多人，车茂昌也被拉了进来。郑评组织他们学习日本总部发来的台独文件，研究如何扩大影响，讨论如何在普通百姓中发展会员，学习爆破技术、暗杀技能等。

刚开始车茂昌觉得挺新鲜、挺神秘，但是当他发现郑评真的要把"暗杀蒋经国、占领军械库、策反装甲兵、推翻政府、建立台湾国"这些惊悚的口号付诸实施的时候，他吓得找个借口投奔住在美国的大姐。

1973年7月10日，郑评被捕。警方搜到"独立台湾会"成员的名单，除了事先跑到美国的车茂昌外，二十几名台独勇士一半自首，一半被抓，车茂昌也受到台湾警方的通缉。8月13日郑评被枪决，除了自首的外，其他会员全部被判刑。

消息传到美国，车茂昌成了惊弓之鸟。他整天躲在姐姐家，看到谁都像是台湾派来的杀手，只要晚上听到敲门声，他就浑身打哆嗦。

在美国的"台独分子"并不害怕政府，他们把郑评奉为烈士，把那些坐牢的吹捧为英雄。听说车茂昌逃出来了，还正在被通缉，便纷纷前来拜访。车茂昌今天参加"台湾前途讨论会"，明天参加"台湾独立建国论坛"，渐渐地他发现自己因祸得福了。听说他是只身逃到美国，不少美国的"台独分子"捐钱帮他，他也到处吹嘘自己是"台湾独立起义的英雄"，并且跟许多仰慕他的台独女子拉扯的不清不白。

车茂昌知道自己什么也不会，便缠着大姐要求把别人捐给他从事台独活动的经费投在冯远廷的公司里入股，还要进董事会。冯远廷打心眼里就瞧不起这个比他大不了多少的舅舅，本想一口回绝算了，可是经不住母亲掉眼泪，便答应他在自己的一个茶庄里入股，但是不让他进董事会。可是很快冯远廷就后悔了，茶庄的经理向他报告：车茂昌三天两头到茶庄饮茶，不但自己饮，还经常约上一伙台独男女一起来饮。不但饮，而且还拿。经理说："他消耗的茶叶已经超过他那点股金了。"

依着冯远廷的脾气，他早就收拾车茂昌了。可是想到自己的母亲，冯远廷只好忍下这口气。谁知车茂昌想歪了，他以为冯远廷拿他当长辈，敬他、怕他。因此，他更加有恃无恐，凡是冯远廷的饭店，他都是吃喝不给钱，临走还得拿。大家看到冯远廷都不管，也就没人再敢说什么。

牛亚男来到以后，车茂昌有事没事地往她跟前凑。不是吹自己面对台湾警察如何英勇，就是讲自己受苦受难如何悲惨，再不就是宣扬美国如何自由，想干什么就干什么。他眨巴着一对獐鼠眼，歪着脑袋对牛亚男说："周五跟我到拉斯维加斯去玩吧，那是人间天堂，我保管你不后悔。"

考虑到与冯远廷的关系，牛亚男敷衍他："等我做成一笔生意再去吧。"

车茂昌撇撇嘴："何必给中国公司卖力气？就是做成了生意中国公司能给你多少钱？等我给你介绍份工作，保证你今后吃穿不愁。"

牛亚男住在叔叔家，为了报答叔叔的照顾，每天傍晚叔叔的天宝餐厅最繁忙的时候，她总是去帮忙。而最让牛亚男受不了的就是，每当牛亚男在天宝餐厅帮忙时，车茂昌经常溜达着跟进去。他就像到了自己家一样，自己动手沏一杯上好的西湖狮山龙井。他还有个特点，喝茶还要放糖，然后兑上凉开水，一仰脖"咕咚、咕咚"灌下去。然后就是缠着牛亚男说他那些不咸不淡的"英雄事迹"。说累了，就要厨房给他下一碗面。他要的可不是普通的面，每次都是鲍汁龙虾紫菜银丝面，每碗的成本就是五十美元，吃完、喝完从来不付账。皮特看在冯远廷的面子上，劝自己忍着。可是忍到哪天是个头啊？

这天车茂昌又晃悠着进了天宝餐厅，牛亚男心中一股怒火腾然而起。她把食用碱倒进通常装糖的罐里，等着车茂昌饮茶。果然车茂昌又像往常一样，自己沏上一杯茶，走进厨房，从糖罐里满满地挖出冒尖一匙"糖"，倒在杯里搅匀了，一仰脖"咕咚、咕咚"饮下去。还没等喝完，车茂昌"哇"的一声冲进盥洗室，对着便盆连咳嗽带呕吐，最后假牙都掉进便盆里了。外面，牛亚男"哈哈哈……"地笑弯了腰。

皮特脸都吓白了，他冲着牛亚男狠狠地瞪了一眼，赶紧打电话叫车送车茂昌上医院。看着服务生把车茂昌扶进汽车，皮特对牛亚男说："咱们和冯先生的关系完了。"

当晚冯远廷在天宝餐厅摆了一桌酒宴，说是自己提前过生日。他带着全家，把黄炳坤两口子也请来了，让皮特和牛亚男也参加，齐刷刷十几口人，好不热闹。

冯远廷带来从法国买的高级红葡萄酒，兴高采烈地要大家为他祝寿。当牛亚男端酒敬他的时候，冯远廷和她响亮地一碰杯："亚男，有种！将来是个人物！"

牛亚男最常去，也是最想去的地方是黄炳坤夫妻的工作室，那是他俩设计成套机组的地方。黄炳坤喜好书法，墙上挂着他正楷手书的杭州慧远禅师的《点绛唇》：

> 来往烟波,
> 此生自号西湖长。
> 轻风小桨,
> 荡出芦花港。
>
> 得意高歌,
> 夜静声偏朗。
> 无人赏,
> 自家拍掌,
> 唱彻千山响。

牛亚男喜欢这字,更喜欢这诗。她羡慕黄炳坤夫妇的才华,客户的一页订单,他们就能变成各式各样的图纸,还能画出三维立体图像给客户解释机组的特性和运行状况。

黄炳坤对牛亚男很好,热心地教她。不过,于丽娟对这个年轻活泼的牛亚男存着一丝女人本能的戒心。自从车茂昌喝碱水事件后,于丽娟对牛亚男一百八十度的大转弯,待她比黄炳坤还好,因为车茂昌一直欺负他们两口子。最初车茂昌让黄炳坤为台独组织写大幅标语,后来又动员黄炳坤参加台独活动。黄炳坤忍无可忍地回避了几次,车茂昌就到处散布谣言,说黄炳坤是大陆通缉的贪污犯,说于丽娟读书期间在脱衣舞厅兼职,把两口子恨得牙根疼。只是车茂昌是个无赖,整日与"台独分子"搅在一起,又是恩人冯远廷的亲戚,只好把苦水往肚子里咽。

这次车茂昌在天宝餐厅出丑,让于丽娟高兴得像过年。她对牛亚男说:"我真希望有你这样的胆量。这几年受车茂昌欺负的同胞有十几个,我告诉他们车茂昌喝碱水的事,他们希望和你见个面、聚一聚。"从此,牛亚男不但和于丽娟成了好朋友,而且在当地华侨里有一个朋友圈。

在黄炳坤和于丽娟的帮助下,牛亚男渐渐地学会看机组 P&I(工艺和仪表控制）图、总布置图、剖面图，懂得什么是逻辑连锁，什么是开、停车条件，明白了润滑油站和冷却水系统等等，这让她非常开心。

2000年10月，牛亚男完成长江压缩机贸易公司美国分公司的注册，在表扬牛亚男邮件的末尾，朱向红提醒道：为了长远的利益，尽可能地不要采用过激方式处理问题。虽然车茂昌可恶，我还是不提倡用恶作剧的方法对付他。

二十九

许渊之成了得克萨斯市的名人，当地残疾人互助协会专门请他去讲演；中学校长请他去给美国孩子讲一讲神秘的中国；就连一些台湾来的华侨也前来拜访。得克萨斯市最大的基督教社区——樱桃树教堂派人请许渊之与教友聚会，德伯特牧师骄傲地宣布：许先生能从中国来到我们教堂参加聚会，给我们介绍中国的宗教信仰，是万能上帝创造的又一个奇迹。

斯德霖公司塑料部经理夫人海伦·史蒂芬是得克萨斯市妇女读书俱乐部的副主席，她请许渊之参加她们的"白玫瑰读书会"活动，这是个主要由职业经理人太太组成的读书组织。刚开始许渊之有点不习惯，让一群语言流利的美国妇女盯着他讲话有点紧张。不过很快他就找到自信，他读的书丝毫不亚于任何一个普通的美国人。由于他是学习性的读书，所以他对许多作品的理解比较深刻，因此在读书会上的发言非常吸引人。他还给她们讲中国文学，讲《红楼梦》、《西厢记》、《聊斋志异》、《白蛇传》。这些妇女又把许渊之讲的故事转述给家里人听，这引起不少职业经理人的好奇。很快斯德霖公司其他部门的人就打来电话询问：许渊之是什么人？

许渊之生活在冰火两重天里。白天，他阳光灿烂地投入工作，回应美国客户的邮件，与各式人等周旋，与国内长江公司各部门联系；晚上，他一个人揭开内心的纱布，舔吻那永不愈合的伤痛。上帝既然这样眷顾我许渊之，为什么就不能分一点福分给我的妮子呢？

2000年11月1日，日本畈钢公司田中先生发来询价：两台沙特炼油厂火炬气压缩机。2000年11月3日，美国斯德霖公司烯烃部发来询价：一台年产十万吨丁二烯装置的螺杆压缩机。2000年11月7日，华美冷冻设备公司黄炳坤发来询价：一台钢铁公司用高炉煤气压缩机。2000年11月10日，香港三鼎工程公司发来询价：一台新加坡年产十五万吨苯乙烯装置压缩机。长江压缩机贸易公司开拓海外市场的战役打响了。

朱向红、史刚正、陈东敏、赵东亮、梁浩等人几乎每天开会批准技术方案、研究报价对策、听取商务调查，宇弘又开始很少见到妈妈了。

根据会议决定：陈东敏带领丁二烯项目组赶赴美国，参加在斯德霖公司举行的技术交流和商务谈判；然后去华美公司参加高炉煤气压缩机的技术交流和商务谈判。梁浩带领苯乙烯项目组赴新加坡，会同香港三鼎公司参加技术交流和商务谈判；然后赴沙特，会同畈钢公司参加炼油厂火炬气压缩机技术交流和商务谈判。

朱向红安排夏倩跟随梁浩一组，用邮件通知牛亚男到洛杉矶机场迎接陈东敏，一起去休斯敦与许渊之会合。当只有史刚正、陈东敏和她三个人时，朱向红对陈东敏说："这四个项目中，丁二烯压缩机最难，对于打开美国市场也最重要。请陈总负责技术谈判和价格把关，商务谈判和用户公关由许渊之负责。我和史总留在上海，协调公司各部门支持你们。"

陈东敏对这样安排欣然接受："请朱总放心，我一定尊重许渊之，商务上的事他说了算。"

陈东敏已经不是过去那个年轻有为、经常皱着眉头的设计室主任了，单纯的成名成家的理想已经渐渐淡去，近三十年的设计生涯不但染白了他的两鬓，而且在他的目光里增添了些许宽容的色彩。也许是年纪大了，他经常回忆起往事，有些甚至是孩提时代的记忆。

上小学时，语文老师经常纠正同学们在作文里的用词。"不要老是'洋火'、'洋皂'的，这些东西中国已经能造了。"戴着圆圆眼镜的马老师一面用手指蘸着口水翻作文本，一面训斥着："要写'火柴'、'肥皂'。

老辈人没本事，看见先进的东西统统都叫'洋'，那是拉中国人头上的屎！臭烘烘的，你们还不擦了去？"

是啊，那时何止"洋火"、"洋皂"，只要先进一点的东西都带个"洋"字，洋车、洋布、洋线、洋烟、洋油，就连蜡烛也叫洋蜡。

初中的时候在杂志上读到：苏联有一种叫"电视"的机器，可以在家里看电影。当时他一直想不明白：这个叫"电视"的盒子，通上电怎么就会不断地放电影？他是见过放映机的，一部电影的胶片足有两大铁盒子，这个"电视"盒子能装几部电影？

他很少看小说，不是不喜欢，而是舍不得时间。他总是算计着一个小时可以做多少道数学或物理题。不过《海底两万里》他看了两遍，其中某些章节反复看。他立志要做一名发明家，创造最先进的机器。

高中的时候，学校经常请校外名人给同学们作报告，其中不乏励志类的讲演，陈东敏已经听厌了"宝剑锋从磨砺出，梅花香自苦寒来"之类的老生常谈，不过有一位老教授的报告他现在都不忘。教授双目失明，用手摸索着桌上的茶杯喝口水："最伟大的人和最普通的人是一样的，如果有差别就是经历和个性。经历你可以选择，个性你可以塑造。你们小时候都尿床吧？现在都不尿了吧？（下面学生哄笑了）一样嘛！"

陈东敏立志要做个伟大的人，他模仿伟人的行为习惯。听说毛主席年轻时在市场读书，锻炼注意力，他也拿着课本坐在农贸市场里读；《马克思传》里写马克思在图书馆读书时，总是固定一个座位，而且两脚会不断搓地，久而久之地面被搓出两条凹痕。他也试着在地上搓脚，可是后来放弃了，因为很不舒服，反而影响读书时的精力集中。现在想想过去的事情，陈东敏也觉得好笑，不过这是他的青春经历，所以他对现在的年轻人宽厚多了。

可是前不久发生的一件事让他久久不能释怀。陈东敏作为中国压缩机制造厂代表参加了在日本举行的"国际压缩机 API（美国石油学会）标准讨论会"。会议期间，他提出根据中国 GB 标准（中国国家标准），对 API 标准的一项条款做适当修改。一名年纪可以做他儿子的美国人用笔敲打着桌子提醒他：API 是根据美国法律制定的。他缓缓地站起来，虽然脸上仍然保持斯文的表情，但是两眼炯炯地盯着那个年轻的美国人："我还没有老糊涂到不知道 API 是怎样制定出来的。既然 API 叫做国际标准，我猜想应该考虑各个国家的法律。"他知道：在这种场合，作为一个技术弱国的代表，哪能与这些技术垄断寡头有平等的话语权？其实他没有把话说完，他想告诉在座的所有代表：有朝一日，中国的 GB 标准必定像教科书一样摆上你们所有人的案头！

过去，在陈东敏眼里，白纸黑线条的压缩机图纸只是一台产品的设计图，组装待运的压缩机只是一堆冰冷的钢铁产品。现在，他从图纸上看到的是母腹中的婴儿，是他的孩子！抚摸着组装完毕的压缩机，他感到要融进去，这是他的一部分，里面有他的灵魂。他走进震耳欲聋的试验区观察出厂检验时，他听到的是金戈铁马的喊杀声，似乎中华民族几千年的英雄们在朝他呐喊：中国！中国！！中国！！！

当陈东敏到达休斯敦的时候，竞争对手已经交流完毕了。许渊之汇报说："我们的主要竞争对手是英国怀迪压缩机公司。根据这几天收集的资料，怀迪公司是一个有实力、有历史的压缩机制造商，每年的出货量是三十至五十台左右。"

许渊之查阅笔记："这次丁二烯项目负责人是斯德霖工程公司烯烃部经理德比·罗素，这个人毕业于英国剑桥，为人保守固执，人送外号'山核桃'。"

许渊之看着陈东敏和随行的设计工程师王昭杰、牛亚男，叹了一口气："我刚得到信息：英国怀迪公司的销售代表乔治·阿丁顿是罗素的大学同学。在大学里，阿丁顿是有名的才子，广览博记，尤其是辩论才能更是出色。曾经带队与牛津大学辩论，为剑桥赢得冠军。罗素年轻时是校队篮球前锋，曾经多次参加与其他大学比赛。据说俩人既是好朋友，又是当时女同学心中的白马王子。"

牛亚男问："有没有好消息？"

许渊之接着说:"有两个信息可以算作好消息:第一个是怀迪压缩机的主要用途是船用和民用,石化行业对他们来说也是近几年开拓的用户。第二个是斯德霖公司与用户签订的是EPC(建设和采购总承包)合同,价格也是斯德霖公司要考虑的重点。"

与斯德霖公司烯烃部的交流开始了,最终用户也派代表参加。陈东敏精彩的讲解和有问必答的能力,使长江公司精心准备的方案很顺利地通过了。就在准备签署技术附件的时候,烯烃部项目工程师斯宾塞·沃波尔接到罗素的电话,他抱歉地对陈东敏说:"我们还要对长江压缩机进行效率的再评估,请耐心等待,我们及时通知你们结果。"

在陈东敏住的宾馆房间里,几个人焦急地等待烯烃部对长江压缩机效率再评估结果。

许渊之问陈东敏:"你估计为什么会再次评估长江压缩机的效率?"

陈东敏回答:"机械效率是压缩机的一个重要参数,但是实际上凭着计算效率评估压缩机的优劣误差比较大。因为每个公司设计压缩机时都要留有余量,这个余量的大小就会影响效率的计算。再者,即便是优劣两台压缩机,其效率的差别也不会很大。"

牛亚男着急地问:"陈总,那怎么评价压缩机才合理呢?"

陈东敏回答:"应该评价压缩机的材质、主要转动部件的设计和制造、业绩和服务的优劣等等。"

许渊之思索着说:"烯烃部应该具备丰富的压缩机采购经验,他们不会不知道评价压缩机的合理程序。突然对我们的压缩机进行效率再评估肯定是不正常的举动,这一定意味着竞争对手采取了一种非常手段做工作。"他突然转向陈东敏问:"如果我们也采取非常手段,陈总反对吗?"

陈东敏问:"什么非常手段?"

牛亚男插嘴说:"都什么时候了还文绉绉的,只要不犯法,采取什么手段都行。"

陈东敏附和着说:"出国前朱总有交代:技术和价格我负责,商务和公关你负责。只要不犯法,你不必征求我的意见。"

许渊之给塑料部经理夫人海伦·史蒂芬拨电话:"你好!海伦,我是渊之。"

海伦带着埋怨口气:"渊之,你好。你最近已经两个星期不参加我的'白玫瑰读书会'了。"

许渊之说:"对不起,我最近一直在参加压缩机谈判。我遇到个麻烦事,想请你帮忙。"

海伦警觉起来:"与我丈夫有关吗?与他有关的事情我不能参与。"

许渊之回答:"与你丈夫无关,关系到一个英国公司。能见面谈吗?"

海伦松了口气:"你现在到我们俱乐部的咖啡厅找我吧。"

在咖啡厅里,许渊之把发生的事情简要地讲了一遍,然后说:"考虑到竞争对手与烯烃部经理罗素先生的特殊关系,我们认为是英国怀迪公司的代表阿丁顿采取了不公平的竞争手段。否则,烯烃部项目工程师沃波尔先生不会突然没有理由地中止了与我们的签字。"

海伦说:"烯烃部经理罗素先生的太太玛瓦也是读书俱乐部的成员。"她接着轻蔑地笑了笑:"不过她只读时装和菜谱,所以你没有见过她。我曾经在塑料部工作过,对烯烃部的人员也熟悉,我了解一下情况再与你联系。"

阿丁顿一直非常自豪是一名英国人,他总是保持着一种绅士的风度:面带着微笑,皮鞋擦得锃亮,西装笔挺,背挺直、头微微地昂着、眼睛朝前看,即使要看侧面的东西也是缓缓地转动眼睛,脑袋是从来不乱动的。

自从踏上美国他就感到不舒服,一切都很没有规矩。旅馆里没有规矩,服务员不洗手就整理他的床铺。餐厅里没有规矩,看似文质彬彬的食客右手操刀"咔嚓、咔嚓"地切牛排,然后放下餐刀,用右手抓起叉子戳牛排。你就不懂右手拿刀、左手拿叉的规矩？斯德霖把中国企业也请来参加竞争了，罗素你也不想想：不同的制造成本怎么竞争？和在学校里一样，四肢发达、头脑简单，真没规矩！

乔治·阿丁顿以过去同学的身份拜访了德比·罗素，他给罗素带来了苏格兰威士忌，给玛瓦带来了英国纯羊绒围巾。坐在罗素家的餐厅里，品尝着玛瓦的手艺，阿丁顿斟酌词句、阿谀奉承，不过心里却是另一番语言。

阿丁顿说："看到德比还是那样健壮，真是令人羡慕。"心里说：头发快掉光了，肚子像个酒桶，亏你过去还是篮球队员！

罗素说："能得到乔治夸奖真不容易，过去我们都怕你那张嘴。"

阿丁顿说："我们原来都知道你娶到了最漂亮的女孩，没想到玛瓦做的菜如此美味。"心里说：现在玛瓦像个皱皮苹果，哪有当年的风韵？

罗素说："听说你很晚才结婚？"

阿丁顿说："比你晚十年得到幸福。"心里说：我的伊丽莎白仍然美丽。

不过这个比自己小了近十五岁的妻子很会花钱，阿丁顿只好放弃大学教师的工作，投身到怀迪公司里挣佣金，这也是娶小太太的代价。听说最近公司销售的几台压缩机有问题，工程师几次去用户那儿都没修好。上帝保佑这一台不要出麻烦！

阿丁顿端起酒杯敬罗素。玛瓦温柔地看着罗素，示意他不要喝得太多。阿丁顿想：如果当年是我娶了玛瓦，她也许会这样照顾我、体谅我，我也许没有必要这么辛辛苦苦地跑销售，仍然安安稳稳地教书。他感到嘴里的酒有点发酸，甚至有点涩。这台设备要是出了麻烦活该！就算是我回报罗素的礼物，谁让他当年跟我抢玛瓦。

他从沙拉盘内叉起一片黄瓜放进嘴里，他想起一句谚语："瞎猫吃苦黄瓜，不知道为什么。"对！就让他不知道为什么。他端起酒冲着玛瓦绅士地点点头："为了你的高超的厨艺。"

海伦约许渊之在咖啡馆见面，她告诉许渊之：罗素和阿丁顿曾经是剑桥大学的同学，但是并非好朋友。恰恰相反，他俩因为追求玛瓦险些动手打架。通过原来斯德霖公司英国分部的同事了解到，英国似乎有两个怀迪公司。一个制造压缩机；另一个购买压缩机裸机，配套成机组，卖给不同用途的用户。这次来美国竞争丁二烯压缩机项目的似乎是后者，但是阿丁顿却给人以前者的印象。

许渊之也告诉海伦：他通过中国、香港的一些关系了解到：有一个英国的怀迪压缩机公司，它最近几年出售的几台丁二烯压缩机都存在轴封漏油毛病，目前它还一直无法解决这个故障。许渊之不能确定目前的竞争对手是不是就是这个英国怀迪公司？

情况基本清楚了，下一步就要解决问题。海伦狡黠地笑着说："如果我帮你把信息传递给烯烃部，让他们重新审查英国怀迪公司，公平对待你们。你要答应我：只要你在得克萨斯市，每周至少一次参加我的'白玫瑰读书会'。"

许渊之开心地伸出手来："成交。"

听说中国长江压缩机公司与烯烃部签署了技术方案文件，阿丁顿早茶都没顾上喝就来拜访罗素。罗素耐心地解释道："工程师们评估的结果是'合格的供货商'，方案可行，业绩也不错，我不能阻止他们。"

阿丁顿不耐烦地抱怨说："英国的制造成本怎么能和中国相比？下一步你让我怎么竞争？"

罗素的语气也有点硬："斯德霖公司和用户签订的是 EPC 合同，我们也要控制采购成本。"然后和缓地劝说："你们可以减少一些利润，降低价格嘛。"

如果阿丁顿向怀迪公司建议降低价格，公司首先就会大幅削减他的佣金。一想到钱，阿丁顿就能看到伊丽莎白纤细的手指和永不满足的眼神，他控制不住内心的恐惧和愤恨，从鼻孔里"哼"了一声："罗素，你的标准怎么降低到如此不堪的地步？难道你愿意与那个跳着舞走路的中国人合作？他是躲在巫师扫把下的黑猫，是应当被地狱之火烧死的怪物！"

也许阿丁顿的背挺的太直、头昂的太高，他在罗素家三个小时就没有看到夫妻俩视为掌上明珠的小女儿走路有点跛。罗素的脸上瞬间挂满了冰霜："阿丁顿先生，请允许我代表斯德霖公司通知阁下：丁二烯压缩机商务投标的日期定在明天上午10：00整。如果你还有兴趣参加，请不要迟到。"说完，罗素起身离开会客室。

阿丁顿一脸愕然，像只吃了苦黄瓜的瞎猫，不知道罗素为什么突然翻脸。

美国丁二烯压缩机中标的消息和新加坡苯乙烯压缩机失标的报告几乎是同时到达长江压缩机公司。

夏倩在报告中说：这家企业是韩国投资建设的苯乙烯装置，他们的采购目标是日本压缩机，我们被叫来参加竞争只是为了压低日本制造厂的价格。韩国企业派了两名技术代表参加我们的交流，当我们的工程师介绍方案时，他们头仰在沙发靠背上，脸冲着天花板，闭着眼睛，自始至终没有提出任何问题。他们只要求我们提交商务报价，对我们质疑的现场条件根本不予理会。根据梁浩副总经理和其他工程师的判断，我们决定退出该项目，赶赴沙特参加炼油厂火炬气压缩机项目的谈判。

火炬气压缩机是长江公司的强项，业绩表厚的像本书。很快就从沙特传来好消息：梁浩带领的团队与用户顺利签订了两台火炬气压缩机合同。

美国华美工程公司牵头的高炉煤气压缩机组颇费周折。美国是一个能耗大国，过去很少有企业重视能源再回收利用，利润永远是美国企业股票的上升动力。

因为石油渐渐涨价，有些企业开始考虑能源回收再利用了，钢铁公司每天送往火炬当废气烧掉的高炉煤气成了宝贝。长江公司已经在研发这类能源回收压缩机，虽然可以回收的能源一般比较脏，要求压缩机要抗恶劣工况操作。长江公司的管理层一直认为：能源再利用市场一定前景广阔，不要过分顾及眼前利益，要多占领市场。

经过技术交流，几家参加竞争的压缩机企业的方案都得到通过。当各家交出商务标书后，美国钢铁公司提出：接收到压缩机时，只能支付百分之五十的货款，余额将在半年后支付。理由是要考察压缩机的耐久性是否符合要求。

除了长江压缩机公司外，其他几家制造厂都表示了强烈的不满，明确表示如果不能全额付款，立刻退出此项目。其实对长江公司也是个难题，代表团没有答复用户是因为情况报告一直没有得到公司的明确意见。

在上海，朱向红告诉史刚正："暂不答复他们，我想许渊之能憋出个好点子。"

已经很晚了，陈东敏房间的灯光还亮着，代表团四个人还聚在房间里发愁。

陈东敏纳闷地说："史总没有答复，朱总也应该答复呀。他们俩都出差了？"他转头问牛亚男："你发出邮件后，确认朱总收到了？"

牛亚男说："确认了，朱总说她和其他领导研究后再回答我们。"

工程师王昭杰说："怎么研究也不能答应，如果半年后收不回钱来，那可就亏大了。"

许渊之一声不吭，无聊地翻阅着一本电话号码本。牛亚男捅了他一下："许大侠（这是牛亚男给许渊之起的新外号），你就不能说点什么？"

许渊之好脾气地躲开她，然后对陈东敏说："我琢磨着家里领导不答复我们是因为他们也没有好主意，没有好主意就等于失败，失败的答复还不如不答复。"

牛亚男瞪着眼睛说："你能不能不绕弯儿，你到底有没有主意？"

许渊之仍然不紧不慢地说："主意倒是有一个，就是损了点。"

陈东敏刚要张嘴，牛亚男抢在前面说道："你说说看，我就喜欢损主意。"

第二天，长江压缩机公司代表团高调宣布接受美国钢铁公司的付款条件。许渊之不但通知到钢铁公司的每一位技术和商务代表，而且还登门向其他几个压缩机厂致歉："对不起，我们工厂的生产负荷最近实在太低了，我们必须签这个合同，我们要养活自己的工人。""我们也知道这个付款条件蛮不讲理，可是我们太需要这个合同了。"

接下来的两天，长江压缩机代表与钢铁公司的工程师们详细地研究了现场各种工况条件。研究的非常细，以至于第三天还有一些问题没有讨论完毕。钢铁公司的工程师们一致认为：中国人太认真了。

就在这两天里，其他压缩机厂家代表纷纷离开美国，他们完全相信：中国人穷疯了。

当许渊之根据推算和与宾馆联系，确认这几家代表已经回国，他才让陈东敏和王昭杰停止无休止的技术讨论，开始商务谈判。

针对钢铁公司提出的半年后付款，他表示同意。但是他提出钢铁公司的提货条件必须包括"开立一份合同余额的银行远期信用证"。

他告诉陈东敏：有了这份"银行远期信用证"，只要我们的压缩机质量合格，向银行提交用户签字的"压缩机验收合格"文件，银行将无条件向我们支付货款。

钢铁公司要求长江公司进一步降价，许渊之回答：长江公司是守诚信的公司，投标价就是最低价，我们不能再降价。而且还哭穷说："因为交货半年后才能拿到另一半货款，长江公司已经无利润可言了。"

他告诉陈东敏，原来准备的百分之二不能再降了，这百分之二就作为余款的利息。

美国钢铁公司谈判代表杜威气得拍桌子，许渊之把手杖使劲往地上一捣："贵公司提出极为苛刻的付款条件，如果买你们的钢铁的用户提出这个条件，你们也不会同意。现在我们已经答应了，你们又提出另外的条件。这个生意本来就是为了开拓市场，根本无利可图，如果贵公司这样继续压下去的话，我们也不得不离开了。"

许渊之非常清楚：其他压缩机厂家都走了，如果钢铁公司再请他们回来，他们的要价更高。钢铁公司的代表也是员工，他想出这些苛刻的条件是为了向上级表达他对公司忠诚。如果最后他把所有的压缩机厂家都吓跑了，他的上级肯定不会表扬他。再说，只有卖方到了发誓赌咒地保证已经没有余地了，买方才从心里觉得做了一笔好生意。

果然，钢铁公司的代表同意了许渊之的意见。合同签订以后，许渊之哭丧着脸对杜威说："你是满意了，这么低的价格、这么好的付款条件买了一台这么优质的压缩机。可是我回去以后，同事们会反复盘问我收了你什么好处。这是长江压缩机公司以最低的价格、最差的付款条件签订的合同，你一定要给我一个补偿，不然我都不敢回中国了。"

最后，长江压缩机公司与钢铁公司又签署了一个合作协议，以后类似的项目优先照顾长江公司，其他美国客户需要参观长江压缩机的话，钢铁公司应当予以配合。

牛亚男的日记：

2000年12月6日

许渊之是不一般，不但博学广识，而且有智慧、有胆量。当陈总提出是否请示家里再行动时，他竟然说："商场如战场，战机瞬息万变，如果事事请示，必输无疑。只要我们不亏本，有利于开拓市场，怎么做家里都会同意。"结果让他说中了，朱总发来邮件，高度表扬代表团的成绩。

陈总说：与许渊之一起工作能得大奖，也能得心脏病。

许渊之让王工给他爱人带回一大包药，看着他清瘦的身体、简朴的衣着，我估计他的工资和补助大概都买药捎回家了。

陈总和王工回国前，我们开总结会。陈总夸许渊之有勇有谋。他却谦虚地说：主要是长江压缩机设计的好、制造的好，否则，他许渊之就是会五十国语言也卖不动一台。而且他还能检讨出一堆错误：什么事先信息不清啦,投标价格定的还是偏低啦……我觉得:除了腿瘸,他没有什么缺点。再说腿瘸也不是缺点,霍金歪着脑袋、靠在轮椅上就挺迷人的。

三十

海外市场的收获促进了长江压缩机公司质的飞跃。首先,为了达到国际标准,质检手段现代化了。通过质量管理,制造水平也提高了。各种荣誉随之降落在长江压缩机公司,落在史刚正的头上。有小道消息说:史刚正有可能提升到部里任职。

2002年7月,上海的天气闷热,湿热的空气中含着浓重水汽,天气又要变了。

史刚正手里拿着一沓纸,走进朱向红在销售分公司楼上那间狭窄的办公室。抬头看到史刚正的脸色,朱向红就感到脊梁有点发凉:"出事了?"

史刚正把那沓纸递给朱向红:"没有,不过有点麻烦。这是一份简历,是隋司长推荐的。"

看着朱向红翻看简历,史刚正解释说:"这是隋司长老朋友的儿子,这个朋友对隋司长有恩。隋司长在电话里说:这个孩子老实,虽然没有大才,但是不会惹祸。"

简历上的人叫佟川元,今年32岁,在天津一个外贸公司工作过一段时间。从简历的介绍来看,佟川元似乎除了会英语,没有其他才能。既没有受过嘉奖,也没有受过任何处分,很普通的一个人。

朱向红放下简历说:"把他分配到销售分公司怎么样?"

史刚正面有难色:"隋司长要求安排他到国外工作。"

朱向红皱起眉头:"长江贸易公司刚刚起步,国外经费十分紧张。一个萝卜一个坑,派他出去就必须抽别人回来。"

史刚正下决心似的说:"我们就这一次,下不为例。下次上海市长的面子也不给,毕竟我们公司起步隋司长帮过我们大忙。"

最后,朱向红决定把牛亚男抽调回来,派佟川元去美国分公司工作一年。佟川元临出国前,朱向红和他长长地谈了一次话,明确指示他:他虽然在美国洛杉矶工作,但是在美国的领导是许渊之,凡事一定要请示,不能擅自作任何决定。

美国是一个选择性鼓励移民的国家,不少其他国家中的技术人才抱着"美国梦"移民到美国,他们日常操着英语工作和生活,一旦发现有一个人能和他们说自己的母语,他们渴望交流的愿望自己都难以抑制。这对于能说五国外语的许渊之是个意外的有利条件,他不但通过与他们的交流促进了压缩机销售工作,而且每次与别人说一种外语,对他这种酷爱外语学习的人都是享受。他在给父母的信中说:听着外国人说纯正的母语,我觉得像是在听最美妙的音乐。每当他们走后,我凭着记忆模仿他们的语调、回忆他们的发言,那种收获的快感是我一天最大的享受。

另一个让许渊之受欢迎的因素是风箱模型。休斯敦大学的工程学教授霍尔·詹姆斯在美国《压缩机技术》杂志上发表文章形容他对这个模型的看法:"这个发明于两千五百年前的木制压缩机,充分显示了那时中国人的高超技术。你很难想象,一群不懂工程力学、没有比例与计量概念、只能用结绳计数的'半野人',能够制造出如此巧妙的机构。我很庆幸上帝对我们的偏爱,如果那时的中国以现在的速度发展,我有理由相信,美利坚合众国的缔造者有可能是黄种人。"

除了压缩机用户和工程公司工程师外,其他人也来索取风箱模型。一个拿到模型的古董商立刻给纽约博物馆写信,强烈建议博物馆派人去中国采购这个"古代文明的奇迹"。

许渊之发来邮件:尽管努力控制发放范围,风箱模型快赠送完了,需要再做一批。出国前,牛亚男留下一个样品,可以照此仿制。

朱向红拿着许渊之的邮件来找牛亚男，她发现这个平时比山雀还活泼的女孩竟然在窗前发呆。起初朱向红以为她是放不下美国的工作，一问夏倩才知道：姑娘大了，亚男恋爱了。可是让朱向红大吃一惊的是牛亚男爱上了许渊之。

牛亚男也吃惊，刚开始她只是佩服许渊之，后来有点喜欢他，再后来就愿意多和他待在一起。当她发现自己突然嫉妒别的女士与许渊之亲密谈话时，她已经刹不住车了。她问自己：许渊之是个瘸子，还有个病妻子，比自己大十二岁，家境贫寒，你究竟看上他什么了？自己心里回答她：许渊之英俊，他有常人无法模仿的气质，这气质通过说话、眼神、举止和处事把许渊之装扮的像卸掉盔甲的恺撒，像受伤的大卫；许渊之有超人的能力，自己两个十二年以后也达不到现在的他；她从小生活在富裕家庭里，从来没把钱当回事，她认为：只要她想，她能挣到她想达到的任何富裕程度；至于许渊之已经结婚，这是她唯一发愁的地方……

朱向红特意安排牛亚男给许渊之的爱人送了几次药，然后，朱向红坦白无误地告诉她：这是一份不会有结果的感情。

牛亚男流着眼泪倔强地说："她已经不认识许渊之了。"

朱向红爱怜地看着她，一字一顿地说："可是许渊之还认识她。"

海外的业务越来越多，朱向红整日忙碌。依靠夏倩和牛亚男协助她处理大量的国际贸易事务，朱向红腾出时间和精力准备扩大经营范围。她与国内其他一些压缩机制造厂联系，希望与他们建立长期代理关系。更让朱向红欣慰的是：长江压缩机贸易公司开始盈利了，她有能力归还贷款了。

2003年2月，在冯远廷和许渊之的协助下，华美公司为长江公司获得到一台污水处理厂通风压缩机组的合同。因为机组比较巨大，按照合作协议，长江压缩机贸易公司先行垫付二十六万美元，用于在美国购买配套的仪表、阀门、润滑油泵等美国客户规定的附属设备。

朱向红指示夏倩根据合同通知财务汇款，并且要求夏倩亲自叮嘱佟川元：要按照华美公司采购进度付款，太早了公司损失利息，太晚了，影响华美公司组装进度。

2003年3月，黄炳坤亲自发来邮件，催促付款采购附属设备。朱向红立即打电话给佟川元，要他根据华美公司的进度付款，不要拖延。佟川元答应马上给华美公司付款，可是一周后，黄炳坤又来电话催促，朱向红立刻明白出事了。她立刻指示许渊之飞往洛杉矶，察看到底发生了什么事，一方面与黄炳坤联系，安抚他再等几日。

当天夜里许渊之就从洛杉矶打来电话汇报：佟川元不在美国分公司，手机关机，去向不明。

朱向红的头"嗡"的一声大了，她立刻拨通了史刚正家里的电话，通报情况。两人立刻赶到公司，召集有关人员连夜讨论应急方案。

多数人提出上报有关部门协助查办，朱向红反对："事情还不清楚是怎么回事，不易立刻上报。当务之急是控制局面，稳住军心，保证刚开拓的海外市场正常发展。"

最后大家同意朱向红的意见：一、由朱向红和牛亚男立刻飞往美国洛杉矶，查清事情的真相。二、长江公司立刻筹集二十六万美元，以备紧急情况下使用。三、为了保持大局稳定，此事暂时保密，待朱向红从美国回来后，再作处理。

当朱向红到达洛杉矶的时候，冯远廷把佟川元找到了。

佟川元低着头，不敢抬头看朱向红。最后在朱向红反复询问下，佟川元说出了朱向红最担心的事情：二十六万美元没有了，全部被佟川元赌掉了。

朱向红立刻拨通了史刚正的电话，俩人经过几分钟的交谈，就做出了决定：再汇二十六万美元给华美公司购买机组附属设备。

看着身无分文的佟川元，朱向红对牛亚男说："你陪他去吃饭，然后去机场，送他回国。"

当一切都安排妥当，朱向红来见冯远廷。

朱向红平静地说："发生了这样的事情，让你见笑了。我们会接受教训，管理我们的海外销售队伍。"

冯远廷咬着牙说："这事不是你们的错，是车茂昌引诱佟先生去的赌场。"

车茂昌这几天很愉快，终于完成了"头儿"交给他的任务，把中国压缩机厂美国分公司搞垮了。更让他高兴的是赌场老板给了他不菲的"抽头"，真是名利双收啊！

每次遇到高兴的事车茂昌就去按摩房享受一番。虽然现在体力已经不比从前了，可是这个习惯车茂昌不想改。他崇尚这样的观点：口袋的钱不是自己的钱，花了的钱才是自己的钱。

为车茂昌按摩的女孩是新近从越南来的，车茂昌很喜欢她，给她起名"媚娘"。"媚娘"这个名字是他从书场里听来的，记得好像是中国古代的一个女官的名字，是谁他记不得了，不过这名字他记住了。每次来按摩院都点她，"媚娘"给他按摩感觉很飘。

车茂昌一边面朝上躺着，一边给媚娘讲自己过去的英勇事迹："……我和两个手下一起来到军械库，我们拿着刀……"

"上次你说你们拿着无声手枪。"媚娘打断车茂昌。

"是吗？"车茂昌一点也不尴尬："可能我参加的活动太多，有点混。"

"车大哥，"虽然他比媚娘大三十多岁，车茂昌坚持要她喊自己大哥。媚娘撒娇地拉着车茂昌的手："你帮我再另找个工作吧。"

车茂昌打了个哈欠："行啊，等我外甥来见我时，我看他那儿有没有合适的位置。"说着车茂昌伸手在媚娘屁股上拧了一把，正准备调情，他的手机响了,是茶庄经理打来的。

车茂昌一下子坐起来:"张经理,找我有事吗?……唔,我马上过去。"

车茂昌一面穿衣服一面掩饰不住地兴奋:"公司请我去开会,估计是非要让我进董事会。他们这群笨蛋,离了我什么事情也干不好。你的事咱们晚上再说。"

车茂昌傻愣愣地听完茶庄经理的话,他一时转不过弯来。过了二十多分钟,他才明白:他投到茶庄的钱全没了。

他忽地站起来:"冯远廷呢?冯远廷怎么不来?叫他……"

他还没有说完,脸上重重地挨了一巴掌。张经理身后闪出两个壮汉,他们是冯远廷从建筑公司调过来的工人。其中一个揪住车茂昌的衣领:"冯老板的大名是你可以随便叫的吗?"

车茂昌历来是欺软怕硬,他捂着半边脸,使劲眨巴眼睛,试图缓解脑袋里的"嗡嗡"声:"张经理,有话好说,有话好说。"

张经理斯斯文文地端起茶杯,慢慢地抿了口茶:"刚才都跟你说了,账目也跟你交代清楚了,你还欠着茶庄八百多美元,这八百美金可以宽限几日偿还。待到我们两不相欠时,欢迎你来买茶、品茶,不过今后要付现金。"

车茂昌打电话给他大姐,电话没人接。找到大姐住处,门房根本不让他进,说他大姐去非洲疗养去了。

"胡说!疗养也不能去非洲呀。"车茂昌刚想闯进去,他猛然看到门房里坐着两个陌生的壮汉,他赶快退了出去。

车茂昌恨恨地回到自己租的公寓,公寓的看门人盯着他仔细看,这让车茂昌感到奇怪。已经有几个人在等电梯了,电梯到了,他走进去,奇怪的是其他人都不进去。不进就不进吧,我一个人坐单间!车茂昌忽然看到电梯壁上贴着今天的《华侨日报》，上面有一幅照片似乎看着面熟。那不是自己吗？对了，是自己年少时的照片。天哪！是自己当年犯事时登在台湾报纸上的照片，还有自己强奸少女的罪行的报道。

车茂昌感到天旋地转，他跌跌撞撞地走进自己的房间，一头栽倒在床上。他静了一会儿，挣扎着起来给"头儿"打电话。对方一听是他，立刻就挂了。

他擦拭头上的汗，又给"相好的"打电话。对方一接电话就哭了："我老公知道咱俩的事情了，怎么办？你要想个办法。"

"完了，他们什么都知道了。今后怎么办？"车茂昌的天塌下来了。

一周后，车茂昌悄悄地离开了洛杉矶，是茶庄经理送他到机场。张经理严肃地对他说："到了那边以后，有人会安排你今后的生活。老板要你自食其力。他已经关照那边，只要你好好地工作，保证你能好好地活着。有什么事情可以写信，没有特殊情况不要给老板打电话，得不到允许不准来美国。这几条要是违反了话，老板对你不客气。"

看着车茂昌不情愿的脸，张经理冷冷地告诉他："有个事我得提醒你，你那个'相好'的老公是台独帮里有名的恶棍，正在到处找你。到了那边不要到处说你是谁，找上麻烦谁也帮不了你。"

朱向红通过电话与史刚正商量海外市场的下一步工作："既然来了美国，我想拜访其他几个潜在客户。牛亚男留在洛杉矶整顿美国分公司，评估佟川元造成的损失。"

史刚正问："你打算怎么处理佟川元？"

朱向红回答："我已经安排夏倩给他办理辞职手续。考虑到隋司长，我建议不往深里追究了。"

史刚正说："我给隋司长打电话汇报了情况，他觉得对不起你。当初就是怕你不同意，他才找我替他开口。现在想起来，我也有责任……"

朱向红打断他的检讨："什么你的、我的，都是长江公司的。让佟川元进公司是我同意的，与你没关系。损失的二十六万美元你打算怎么办？"

史刚正说："长江公司报坏账吧。"

朱向红说："我想放在长江贸易公司的坏账上。"

史刚正反对："你把佣金压的那么低，长江贸易没赚几个钱，除去日常开支，年底没有红利你拿什么还贷款？"

朱向红解释："这次是个意外，以后就好了。如果把损失放进长江公司，必然引起各方面的注意，后果不好。"

史刚正问："什么后果？"

朱向红犹豫着说："我也不确定，可能要提拔你到部里工作。"

史刚正问："那又咋样？"

朱向红说："干部提升历来比较复杂，有时候取得好的业绩并不起多大作用，但是错误却可以阻止一个提升决定。"

史刚正奇怪地问："你什么时候变得也这么世故了？"

朱向红认真地说："我不是世故，也没有很高的觉悟。我正在联系其他公司代理出口，我希望有人能在上面支持我。"

最后两人约定，一切等朱向红回国后再说。

史刚正最近的日子是喜忧参半，喜的是压缩机销量逐渐攀升，尤其是海外市场的业绩促进了国内的销售。过去一味要采购国外压缩机的大企业也开始明显转变态度，而且通过制造出口压缩机，压缩机质量的确有了提高，国内销售压缩机在保质期内的维修率明显下降。传言他要升到部里工作好像是真的，上次见到贺部长，他就嘱咐他要小心谨慎，要注意谦虚，不要翘尾巴，准备接受更重要的工作。

忧的是部里纪委副书记耿杰仁打来电话：有人举报长江压缩机公司违纪，一个合同寄给美国公司两笔相同的货款。他要到长江公司进行调查，要史刚正准备好汇报资料。

史刚正知道怎么回事，一定是有人将佟川元的事告到部里了。他把负责长江贸易公司财务的马兰叫来一问，立刻就明白了。他把吕建广叫到办公室，开门见山地问："你给部里写的举报信？"

吕建广看着史刚正的脸色，不知道该不该承认。他掂量着史刚正对他一直不错，不会因为这么点事把他怎么样，再说这事是朱向红的责任，与史刚正无关。他把心一横，一屁股坐在旁边的沙发上："是我写的，这是我作为财务人员的责任。"

史刚正"啪"地一拍桌子，吕建广吓得从沙发上跳起来。史刚正指着吕建广的鼻子说："开会讨论时，我们决定：暂时保密，待到朱总回来再作处理。你当时为什么不反对？"

吕建广狡辩说："当时我没有想清楚。"

史刚正问："你现在想清楚了？"

吕建广说："想清楚了。"

史刚正问："说说你是怎么想的。"

看到史刚正脸色平静下来了，吕建广大着胆子说："朱向红用人不当造成公司严重资金损失，应当负全部责任。"

史刚正接着问："你有什么建议？"

吕建广放开了胆子："首先从她个人投入的股本中扣除这笔损失，然后由您担任董事长，她可以继续留在长江贸易公司里工作，不过她今后必须接受长江压缩机公司各部门的管理。"

史刚正打电话找来副总经理辛昌旺和人事处长谷月明。他看都不看吕建广，对谷月明说："你记录一项决定：自今日起，暂停吕建广同志的财务处长职务。关于吕建广的工作安排，由经理办公会讨论决定。"

吕建广涨红着脸，扯着脖子喊道："你这是打击报复！"

史刚正冷笑一声："是吗？那就改了。"他对谷月明说："刚才的决定作废，执行这个新的：自今日起，撤销吕建广的财务处长职务。吕建广三日内到铸造车间报到，否则按旷工处理。"他看看气急败坏的吕建广，然后对谷月明接着说："旷工三日应当开除，这一条要严格执行。记住告诉铸造车间老王，不准新人无故请假，以虚假理由请假视同旷工。"

面对纪委副书记耿杰仁，史刚正把事情的经过说了一遍，不过他隐瞒了隋贸良对佟川元的推荐。

耿杰仁说："我来之前贺部长叫我告诉你：不能让国家财产受损失。他是替你担心……"

"怕影响我的前程？"史刚正打断耿杰仁的话。

耿杰仁笑笑没有正面回答："事情清楚了，这是一个经营事故，希望你们接受教训，继续搞好生产和经营。"

耿杰仁试探着问："有人揭发朱向红有巨额财产来历不明，你怎么看？"

史刚正一愣："有证据吗？"

耿杰仁说："根据揭发信，朱向红以个人名义投入长江贸易公司的资金超出她家庭可能的收入。"

史刚正松了一口气："朱向红个人投资中有一笔钱是辛昌旺岳母的，这个老太太不让告诉别人，说是待她百年之后再告诉她女儿李卓然。朱向红为了保证这笔钱以及分红将来分文不少地还给李卓然，专门写了一份说明交给长江压缩机公司保管，这份说明现在公司档案室里作为机密档案保管。"

史刚正亲自送耿杰仁去机场，在进安检门前，耿杰仁把史刚正拉到旁边："本来不想影响你，我也不想破坏你和朱向红的友谊。可是，部里已经把你报到国务院了，任命可能下个月就下来。对于你这样级别的干部，提升机会稍纵即逝。据说国务院领导总是通过各种渠道考察部级领导，还是小心为妙。我收到你们公司吕建广给我的揭发信，我调查过了，这个人不是好干部，我本人支持你撤掉他。但是我不知道还有没有其他人发表不同意见，所以我建议你不能把这次损失接过来。"

下班的路上，史刚正让司机在黄浦江边上停下。他对司机说：他要自己走一走。

耿杰仁透露的信息应该是中道消息,可能小道消息听多了、麻木了,史刚正没有特别兴奋。他替朱向红担心,虽然她是长江贸易公司的董事长、占有百分之六十的股份,但是与他掌握的长江压缩机公司这艘庞大的企业巨轮相比,长江贸易公司只是一条舢板。他稍微偏离航线掀起的巨浪就能把朱向红掀翻。朱向红已经把所有的家产投到长江贸易公司,而且还借贷巨款,稍有不慎就会跌入万劫不复的深渊。他该怎么办?

望着两岸灯火,他突然感到很羡慕普通百姓的生活。朝九晚五,按点上下班,晚饭后和家人一起散步、聊天、看电影、看电视、听音乐;听孩子讲自己的烦恼,听爱人讲女人之间那点矛盾;想吃什么就买点什么,买不起就自己做,自己做也是幸福啊。很长时间没有与年轻时的朋友联系了,也不知道他们过得怎么样?听说中学的女班长自己开了个商场,那时候她就爱打扮,这下好了,可以每天换一件穿,第二天再挂上去卖……

史刚正不知不觉走了两个多小时,前面是个馄饨馆,他感到饿了,走了进去。馄饨馆里人不少,有一些夹着书包的年轻人,他们是来吃夜宵的。一看表,快晚上9:00了。他在一张空位子上坐下来,要了一碗馄饨。旁边有一对男女在悄悄说话。

男的说:"快考试了,你复习得怎么样了?"

女的回答:"最近工厂里忙,每天都加班,哪有时间?"

男的鼓励道:"上夜校就是苦,咬咬牙就挺过去了。"

女的问:"你妈的病怎么样了?"

男的回答:"时好时坏。"

女的说:"还是去大医院看看吧,别耽误了。"

男的说:"我说了,她就是舍不得钱,不肯去。"

史刚正从馄饨馆里出来,肚子里有食,身上也暖和了。他突然觉得自己少了什么,公文包在手里,手机在口袋里,什么也没丢。他明白了,自己少了过去的锐气。中学时候与同学辩论"列宁和斯大林——谁是苏联的真正缔造者";当技术员时上书厂长,历数管理弊病,最后签名:"国家兴亡,匹夫有责!"那是何等的豪气!当干部,就是要把国家建设富强,不只是自己富,要让全中国都富,要做个富国富民的企业家。现在自己有这个能力了,为什么却心懒了呢?怎么这般悲天悯人?自私!史刚正当胸给了自己一拳,哦!还挺疼,这说明自己还行!他掏出手机:"老辛,你过来找我,有重要的事情商量。……我在黄浦江边上,这儿有个馄饨馆。……啰嗦,先到江边上来,然后打我的手机。"

史刚正做了一个扩胸运动,深深吸进一口江边的空气,空气里有些雨气,又要变天了。没关系,总是晴的时候多。他缓步走向一条连椅,他要在这儿等辛昌旺,等他的同志,一齐商量明天怎么办。

"青年原创书系"
后　记

　　北京市新闻出版局在北京市委宣传部的领导下，自2008年4月起实施"出版原创推新工程"，推出并启动了"青年写作爱好者作品征集出版"活动，在社会上产生了强烈反响，全国各地青年写作爱好者的作品纷至沓来。我们组织专家委员会和出版单位反复审读、严格把关，遴选出优秀作品，以"青年原创书系"的形式陆续扶持出版。

　　组织实施"出版原创推新工程"是政府行政部门推出的一种出版创新模式，目的在于以实际行动贯彻落实党的十七大精神和科学发展观，进一步转变政府职能，不断完善公共文化服务体系，充分发挥人民群众在出版业大发展大繁荣中的主体作用，推动新闻出版业又好又快发展。人民群众不仅是出版成果的消费者，更是出版业的开拓者、建设者和实践者。青年人激情飞扬、勇于开拓、熟悉生活、热爱生活，是出版业的未来和希望。当前，由于受传统思想观念、管理体制机制和出版业向市场转型等各种因素的影响，图书出版存在原创活力不足，人才队伍结构不合理，重复出版、跟风出版现象突出，原创民族文化特色和时代特色不鲜明，原创作品和人才低迷等问题，我们希望通过深入持久地实施这项工程，为青年写作爱好者搭建展示才华的公共服务平台，提供实现理想与梦想的广阔渠道与空间，激发他们的创作热情，着力发掘培植一批有潜质的写作新人，为出版业持续繁荣发展培育新生力量，丰富出版资源。

　　为深入推进"出版原创推新工程"，进一步拓展作品征集范围和形式，提升征集作品质量和数量，取得更好的社会效益，北京市新闻出版局与盛大文学有限公司于2009年2月正式签订了战略合作协议，共同致力于青年原创作品的发掘与出版。从此，凡发表在起点中文网出版频道的原创作品，均将参与"出版原创推新工程"，由盛大文学公司评选后进入"出版原创推新工程"的遴选程序。此举，为广大青年原创作者施展才华开辟了更为广阔的空间和更为畅通的渠道。

"青年原创书系"推出的这些作品，一方面显示出了青年作者们不凡的创作潜质；另一方面也因为其"新"，所以在艺术创作上不可避免地会存在这样或那样的不足。但是，我们相信，有广大读者的热情支持、有青年写作爱好者坚持不懈的努力，"青年原创书系"一定会推出更多更好的优秀原创作品，"出版原创推新工程"也一定会朝着"推出新人、打造精品、引领导向、繁荣出版"的目标迈进！

"出版原创推新工程"组委会
二〇〇九年十一月二十日

注：

"出版原创推新工程"长期征稿，征稿方式：

1. 纸质稿件请寄：北京市东城区朝内大街55号405室组委会办公室，邮编：100010，电话：010-64081996（来稿一律不退，请自留底稿）。

2. 网络投稿请登陆：起点中文网（www.qidian.com）"出版"频道专栏，提交作品。